Auf den Spuren des Geisterwolfs

1. Auflage 2020

ISBN 978-3-7641-7095-0

Dieser Vertrag entstand durch die Vermittlung
der Verlagsagentur Lianne Kolf.

Lektorat: Judith Schumacher
Umschlaggestaltung: Vivien Heinz, Henry's Lodge
unter der Verwendung von Fotos von iStock/Nazariy Karkhut, Adobe
Stock/fotomaster und Adobe Stock/htrnr

Druck und Bindung: CPI books GmbH
Gedruckt auf Papier aus geprüfter nachhaltiger Forstwirtschaft.
www.ueberreuter.de

Christopher Ross

Auf den Spuren des Geisterwolfs

ueberreuter

1

Der Mann, der nach der Mittagspause den Laden betrat, schien nur an ihr interessiert zu sein. Ashley war es gewohnt, dass männliche Kunden sie anstarrten, aber so aufdringlich war bisher keiner gewesen. Mit ihren langen Haaren, die sie zu einem lockeren Knoten gebunden hatte, wirkte sie besonders attraktiv, auch wenn das blaue Longshirt über ihren Jeans ihre schlanke Figur kaum zur Geltung kommen ließ. Es lag wohl an ihren blauen Augen, ein Erbe ihrer irischen Vorfahren und ungewohnt für eine junge Frau mit schwarzen Haaren.

Gloria Ward, die Besitzerin des »Native American Trading Post«, wie sie ihren Laden mit indianischer Kunst, Schmuck und Souvenirs nannte, war geschäftlich unterwegs, aber Maya hatte ein Einsehen und kümmerte sich um den Kunden. Maya war Ashleys Kollegin und beste Freundin, eine stämmige Frau mit kurzen blonden Haaren, die wegen ihrer fülligen Figur auf altmodischen Schlabberlook stand und zur Beißzange werden konnte, wenn ihr jemand dumm kam. Sie ging lächelnd auf den Mann zu, ganz die professionelle Verkäuferin.

»Kann ich Ihnen helfen, Sir?«, fragte sie ihn höflich, aber sehr bestimmt. Ihr Tonfall verriet, dass sie sehr wohl gemerkt hatte, woran er interessiert war. »Wir haben ein paar sehr schöne Stücke aus Arizona reinbekommen.«

Ashley verdrückte sich in das angrenzende Büro, eher eine Kammer, die durch eine große Glasscheibe vom Verkaufsraum getrennt war. Sie schloss rasch die Jalousie, ließ aber einen Spalt offen, um den Mann im Auge zu behalten. Sie bemerkte, wie er den Kopf verdrehte und nach ihr Ausschau hielt.

»Ich wollte eigentlich Ihre Kollegin sprechen«, sagte er. Er klang freundlich und gebildet, aber seine Augen suchten ständig nach Ashley und zeigten diesen fanatischen Ausdruck, den sie von besonders nervigen Verehrern kannte. »Ich glaube, wir sind uns schon mal begegnet, und wollte nur ein paar Worte mit ihr sprechen. Sie haben doch hoffentlich nichts dagegen, Miss?«

Maya ahnte natürlich, dass er die Unwahrheit sagte, und überlegte nicht lange. »Tut mir leid, Sir. Sie spricht gerade mit unserer Chefin. Das kann dauern. Haben Sie eine Karte, die Sie mir dalassen können? Ihren Namen?«

»Egal«, wich er aus, »dann komme ich ein anderes Mal wieder.«

Ashley beobachtete erleichtert, wie der Fremde den Laden verließ und in seinen Wagen stieg. Sie wartete, bis er weggefahren war, kam aber selbst dann nur zögernd aus ihrem Versteck heraus. »Danke, Maya«, sagte sie, den Blick noch immer auf die Straße gerichtet, »das war einer von der Sorte, die ich überhaupt nicht ausstehen kann. Der war mindestens zehn Jahre älter als ich.«

»Nicht ganz … aber eklig. Einer, der dich gleich anfassen will.«

»Hast du seine Augen gesehen?«

»Er ist weg, Ashley. Der kommt nicht wieder.«

»Wollen wir's hoffen«, sagte Ashley. »Keine Ahnung, was Typen wie der an mir finden, aber ich hab das ja schon öfter erlebt.« Sie machte sich daran, einige T-Shirts mit Adlermotiven, die eine Kundin anprobiert hatte, zusammenzufalten und ins Regal zu legen. Kaum ein Kunde legte ein T-Shirt, das er angesehen hatte, selbst zusammen. »Selbst Leo DiCaprio hätte zurzeit keine Chance bei mir.«

»Du würdest deinen Traummann von der Bettkante stoßen?«

»Ich muss erst mal mit mir selbst klarkommen.«

Maya wusste, was sie meinte. »Der Unfall deiner Eltern?«

Ashley strich über eines der T-Shirts und schien den aufgedruckten Adler zu studieren. »Ich weiß, es ist schon ein halbes Jahr her, aber mir schwirrt das alles noch ständig im Kopf rum. Du hättest die beiden Cops sehen sollen, die an dem Abend vor unserer Tür standen. Wie in einem Krimi, wenn sie der ahnungslosen Frau mitteilen, dass ihr Mann tödlich verunglückt ist. Ich kann mich nicht mal daran erinnern, wie ich damals reagiert habe. Ich war plötzlich weg, als hätte ich das Bewusstsein verloren. Alles verschwamm vor meinen Augen, und so richtig zu mir kam ich eigentlich erst wieder, als ich die Polizistin neben mir auf der Couch sitzen sah. Keine Ahnung, wie viel Zeit da vergangen war. Der Arzt hatte mir eine Beruhigungsspritze gegeben. Ein Scheißgefühl, kann ich dir sagen. Mir wollte einfach nicht in den Kopf, dass meine Eltern tot waren.«

»Ich weiß«, erwiderte Maya. Sie hatte schon oft gehört, was Ashley damals durchgemacht hatte. Ihren Schmerz konnte sie nur erahnen. Außer der Mobberei, der sie auf der Highschool ausgesetzt gewesen war, hatte sie nie ernsthaft gelitten. »Wo immer deine Eltern auch sein mögen, sie sind zusammen.«

Ashley wischte sich einige Tränen aus den Augen. »Das sage ich mir auch immer, aber es tut trotzdem noch genauso weh, auch nach einem halben Jahr. Vielleicht, weil ihr Tod so sinnlos war. Wenn dieser Betrunkene nicht so plötzlich auf die Straße getorkelt wäre, hätte mein Vater das Steuer nicht herumreißen müssen und sie wären nicht in den parkenden Truck gefahren.«

Maya legte ihr einen Arm um die Schultern. Wenn Ashley an ihre toten Eltern dachte und zu weinen begann, fielen ihr nie die passenden Worte ein.

Ashley prüfte, ob die T-Shirts nach Größen geordnet waren, nur um etwas zu tun zu haben und sich etwas abzulenken. Aber wenn die Erinnerung einsetzte, gab es nichts, was die schrecklichen Bilder vertrieb. Die Vorbereitungen auf die Beerdigung, die sie ganz allein bewältigen musste, weil ihre Tante in ihrem Schmerz nicht dazu fähig gewesen war. Die Beerdigung selbst mit den salbungsvollen Worten des Pastors, die nur wenig Trost spendeten. Die Trauerfeier nach der Beerdigung. Die ersten Tage allein zu Hause. Die Leere, die Stille, die mitleidigen Blicke der Nachbarn, wenn sie das Haus verließ.

Sie hatte das Haus, das ohnehin nicht abbezahlt war, bald darauf verkauft und war in ein winziges Apartment in einem Vorort von Denver gezogen. Den neuen Lexus ihrer Eltern hatte sie gegen einen kleinen Chevy eingetauscht. Ihre Eltern hatten beide an der Uni gearbeitet, ihr Vater als Professor für Englisch und Geschichte, ihre Mutter als Leiterin des Fachbereichs Indian Studies, wie das Studium der indianischen Kultur noch immer genannt wurde. Beide hatten ihr etwas Geld hinterlassen, aber sie brauchte noch ein Jahr für ihr Studium und musste sich etwas dazuverdienen. Immerhin würde ihr das Geld, das von der Anzahlung des Hauses übrig geblieben war, das Leben erleichtern.

Maya war ihr eine große Hilfe gewesen. Sie war immer bereit gestanden, wenn sie jemanden gebraucht hatte; hatte ihr Behördengänge abgenommen, für sie eingekauft und manchmal sogar bei ihr übernachtet. Mit dem Tod der eigenen Eltern zurechtzukommen, war härter gewesen, als sie es sich jemals vorgestellt hatte, und der Schock war auch jetzt noch nicht überwunden. Die Phasen, in denen sie locker und unbeschwert sein konnte, wurden allmählich länger, aber so ganz würde sie niemals über ihren Verlust hinwegkommen.

Die Selbsthilfegruppe »Grieving Together« hatte ihr die Polizei empfohlen. Ashley hatte geantwortet, sie würde allein mit ihrem Schmerz zurechtkommen und bräuchte keine fremde Hilfe. Sie hatte es Maya zu verdanken, dass sie doch hingegangen und ein Vierteljahr dabeigeblieben war. Erst dann hatte sie sich stark genug gefühlt, um den Alltag allein zu bewältigen. »Ohne dich hätte ich mich zu Hause eingeschlossen«, sagte sie zu Maya, »und wäre wahrscheinlich nie wieder rausgekommen.« Sie konnte schon wieder lächeln, wenn auch nur zaghaft. »Du könntest glatt als Krankenschwester anfangen.«

»Ich bleibe lieber bei meinem Schmuck«, erwiderte Maya. Sie hatte bereits einige ihrer Schmuckstücke im Trading Post verkauft. »Das liegt mir mehr.«

Der Besuch der Selbsthilfegruppe hatte Ashley geholfen. So seltsam sie sich während der ersten Sitzung dabei vorgekommen war, ihren Schmerz mit anderen zu teilen, so viel besser hatte sie sich gefühlt, als sie gemerkt hatte, dass es andere Menschen gab, die Ähnliches wie sie durchgemacht hatten. Der junge Mann, der seine langjährige Freundin beim Baden in einem See verloren hatte. Sie war untergetaucht und schon tot gewesen, als er sie endlich gefunden hatte. Die Verkäuferin, die den überraschenden Tod ihrer Schwester beklagte. Ein Herzfehler, den man zu spät entdeckt hatte. Die Mutter, deren Baby tot zur Welt gekommen war. Die Arme hatte sogar versucht, sich umzubringen.

Ashley war einigermaßen gestärkt aus den Sitzungen hervorgegangen, weinte wesentlich seltener als früher und war in der Phase, in der man das tragische Ereignis akzeptierte. So hatte sich ihr Arzt ausgedrückt. Nur im Eingehen von Bindungen tat sie sich noch schwer. Alle Flirtversuche junger Männer hatte sie nach dem Unfall abgeschmettert. Hatte sie Angst, wieder einen geliebten Menschen zu verlieren, wenn sie sich auf jemanden einließ? Oder wäre ihr ein fester Freund einfach nur lästig gewesen? Diese Fragen konnte sie selbst nicht beantworten, und Maya behielt ihre Meinung für sich.

Sie schien ihre Gedanken zu erraten. »Irgendwann kommt der Richtige vorbei«, sagte sie grinsend, »dann versteckst du dich nicht mehr im Büro.«

»Und du? Warum beißt du nicht an?«

»Weil ich nicht wie ein Cheerleader aussehe und mich keiner will?«

»Unsinn!«

»Weil ich wählerisch bin und nicht jeden dahergelaufenen Typen unter meine Bettdecke lasse. Und weil auf mich nicht so viele Männer anspringen wie auf dich …«

»Irgendwo läuft einer rum, der verrückt nach dir sein wird.«

»Und die Broncos gewinnen den Superbowl.« Maya war ein großer Football-Fan. Ihr Vater hatte in einem College-Team gespielt und hatte seine Begeisterung an seine Tochter weitergegeben.

»Den Typ von eben hätte ich nicht mal genommen, wenn ich drei Jahre allein auf einer einsamen Insel gewesen wäre«, erwiderte Ashley. Der hat mir richtig Angst gemacht. Augen hatte der … wie einer dieser religiösen Fanatiker. Ein Freak!«

»Ich sag ja … manche Typen drehen durch, wenn sie dich sehen.«

»Weil ich wie Pocahontas aussehe?«

»Du hast Indianerblut in den Adern«, erwiderte Maya,

»hast du selbst gesagt. Ein Achtel? Ein Sechzehntel?« Sie hob die Schultern. »Auf jeden Fall genug, um dir diese leicht hervorstehenden Wangenknochen und die leicht gebräunte Haut zu geben.«

»Ich hab blaue Augen.«

»Die sind der besondere Kick. Schwarze Haare und blaue Augen sind einfach cool.«

»Willst du mich als Model verkaufen?«

»Keine schlechte Idee.«

»Dann dürfte ich jetzt aber keinen Donut kaufen.«

»Boston Creme? Die mit Vanillepudding?«

»Und für jeden eine heiße Schokolade, ohne Schlagsahne natürlich, sonst werden wir noch fett.« Sie griff nach ihrer Tasche. »Ich bin gleich zurück.«

Der Donut-Shop lag nur zwei Häuser weiter, eine zu große Versuchung, um ihr nicht öfter zu erliegen. Für Ashley auch eine willkommene Gelegenheit, um wieder auf andere Gedanken zu kommen. Doch als sie den Donut-Laden verließ und schon auf dem Rückweg war, sah sie den aufdringlichen Mann vom frühen Nachmittag auf der anderen Straßenseite stehen.

Sie blieb abrupt stehen und hätte beinahe die Donuts und die heiße Schokolade fallen lassen. Die Sonne blendete etwas und sie konnte nicht erkennen, ob es sich wirklich um ihn handelte, war sich aber ziemlich sicher.

Verstört kehrte sie in den Laden zurück und stellte die Leckereien auf dem Bürotisch ab. Sie wartete, bis sich ein Touristen-Ehepaar mit Namensschildern an den Jacken für ein Souvenir entschieden hatte, und wandte sich aufgeregt an Maya: »Du glaubst nicht, wen ich eben gesehen habe.«

»Den Typ von vorhin?«

»Woher weißt du …«

»Ich hab ihn auch gesehen«, sagte sie. »Nur flüchtig auf der anderen Straßenseite, aber ich glaube schon, dass er es war. Ganz schön aufdringlich.«

»Ich würde am liebsten die Polizei rufen.«

»Und was willst du der sagen? Dass du einen aufdringlichen Verehrer hast?« Sie schüttelte den Kopf. »Nein, die kommen nur, wenn was passiert.«

»Wenn es zu spät ist, meinst du.«

Maya winkte ab. »Ach was, er ist doch nicht der Erste, der dir auflauert und dich zu einem Date überreden will. Sag ihm, dass du schon einen Freund hast, und fertig.« Sie steuerte das Büro an. »Und jetzt lass uns die Annehmlichkeiten des Lebens genießen, bevor wieder lästige Kunden kommen.«

Gegen Abend hatte Ashley den Verehrer schon wieder vergessen. Donuts und heiße Schokolade hatten eine Zauberwirkung bei ihr, schafften es schon nach kurzer Zeit, ihre Sorgen und Nöte vergessen zu machen. Sie unterhielten sich über einen neuen Country & Western Club im Nordosten der Stadt, zu dessen Einweihung sich eine bekannte Band aus Texas angesagt hatte. Maya kannte einen der Manager und versprach zwei Karten zu besorgen, obwohl sie nicht besonders auf Country stand. Ashley würde dafür wohl oder übel zu einem Footballspiel der Broncos mitkommen. Auch dort kannte Maya jemand, der sie mit Karten versorgen konnte. Normalerweise waren alle Spiele der Broncos restlos ausverkauft.

Mit dem Umsatz am Nachmittag waren sie zufrieden. Die meisten Sightseeing-Busse hielten nur einen Block entfernt am Larimer Square, dem Zentrum des historischen Denver und einer der attraktiven Plätze in LoDo, wie die Lower Downtown in den Reiseführern genannt wurde. Zahlreiche Fahrgäste der Tourbusse kamen in ihren Laden und kauften vor allem preiswerte Souvenirs, aber auch eine teure Türkisbrosche und eine von Mayas Kettchen.

Als sie den Laden abschlossen, war es bereits dunkel. Die historischen Laternen und die Lichterketten an den viktorianischen Häusern, für die der Larimer Square bekannt war, leuchteten in allen Farben. Maya würde mit der Straßenbahn nach Hause fahren, Ashley hatte ihren blauen Chevy Spark in der Einfahrt neben dem Laden geparkt. Zügig lenkte sie den Wagen auf die Straße und zum Speer Boulevard nach Südosten. Sie wohnte eine halbe Stunde vom Laden entfernt.

Sie dachte an einen gemütlichen Abend auf der Couch, als sie nach einem Parkplatz suchte. Auf TCM lief einer dieser melodramatischen Liebesfilme aus den 1950er-Jahren, die schon ihre Mutter so gerne gesehen hatte. In Gedanken schon zu Hause stieg sie aus dem Wagen, griff nach ihrer Umhängetasche und war schon auf dem Weg zur Tür, als wie aus dem Nichts der aufdringliche Fremde neben ihr auftauchte und lächelnd einen Arm um sie legte.

»Da sind Sie ja endlich«, begrüßte er sie mit einem falschen Lächeln. »Tut mir leid, wenn ich Sie erschreckt habe, aber ich habe den Eindruck, dass wir uns schon lange kennen. Wollen wir nicht einen Kaffee zusammen trinken?«

Sie blieb abrupt stehen. »Sind Sie mir gefolgt?«

»Sie sind mir doch nicht böse?«

»Was fällt Ihnen ein?«

Sein Lächeln blieb. »Ich mag Sie, Ashley. Sie sind so hübsch und … apart, wie eine Prinzessin aus dem Märchen. Tun Sie mir den Gefallen und trinken Sie eine Tasse Kaffee mit mir, dann können wir uns näher kennenlernen …«

»Lassen Sie mich los!«, schnitt sie ihm das Wort ab. »Lassen Sie mich sofort los, oder ich schreie!« Sie wollte sich aus seiner Umklammerung lösen, aber er war stärker und hielt sie noch fester als vorher. Als sie verzweifelt schreien wollte, presste er seine freie Hand auf ihren Mund und zog sie zu seinem Wagen. Er entwickelte eine ungewöhnliche Kraft.

»Sie dürfen mir keinen Korb geben, Ashley!« Seine Stimme klang immer noch freundlich, aber ein gefährlicher Unterton war nicht zu überhören. »Ich habe den ganzen Nachmittag auf Sie gewartet und könnte es nicht ertragen, wenn Sie mich wie einen dummen Jungen abkanzeln. Nur für eine Stunde.«

Ashley spürte, dass sie es mit einem gefährlichen Spinner zu tun hatte, der wahrscheinlich vor nichts zurückschreckte. Wenn er es schaffen würde, sie in seinen Wagen zu stoßen, gab es keine Möglichkeit zur Flucht mehr für sie.

In ihrer Verzweiflung trat sie ihm mit voller Wucht gegen das Schienbein. Sein Griff lockerte sich und er verzog vor Schmerzen das Gesicht. Es gelang ihr, sich zu befreien, doch ausgerechnet in diesem Augenblick kam ein Truck vorbei, und der Weg zu ihrer Haustür war versperrt. Aus den Augenwinkeln beobachtete sie, wie er sich fluchend vom Boden hochstemmte. Zu spät für sie, das Haus zu erreichen. Sie hielt noch den Autoschlüssel in der Hand, rannte zu ihrem Chevy und riss die Wagentür auf. Noch bevor er aufgestanden war und sie eingeholt hatte, startete sie den Motor und brauste davon.

Sie drückte das Gaspedal bis zum Anschlag durch. In ihrer Panik dachte sie gar nicht daran, sich anzuschnallen. Nur weg, nur weg von diesem verdammten Kerl! Das durfte ihr einfach nicht passieren. Noch einmal würde sie nicht die Kraft aufbringen, sich gegen das Schicksal aufzulehnen und in einer Selbsthilfegruppe über ihre schlimmen Erfahrungen zu sprechen. »Ich bin Ashley Morrison. Ich habe meine Eltern durch einen Unfall verloren, und es ging mir gerade wieder einigermaßen, aber jetzt hat mich ein Verrückter vergewaltigt …« Niemals würden solche Worte über ihre Lippen kommen.

Meine Eltern … durch einen Unfall verloren!

Sie nahm den Fuß vom Gaspedal, wischte sich mit dem Handrücken die Tränen aus den Augen und griff nach dem Sicherheitsgurt. Zu spät. In diesem Moment streifte sie einen parkenden Wagen, drehte sich mit ihrem Chevy einmal um die eigene Achse und prallte gegen einen weiteren Wagen. Sie war bereits bewusstlos, als einige Leute herbeigerannt kamen und jemand die Polizei und einen Krankenwagen rief. Den unscheinbaren Mann, der die Szene aus seinem Wagen beobachtete und dann hastig in eine Seitenstraße abbog, sah niemand.

2

Ashley bekam nichts von der Aufregung mit. Keine heulenden Sirenen und flackernden Warnlichter, keine aufgeregten Stimmen, als die Sanitäter sie aus dem Wagen zogen und auf einer Trage in den Krankenwagen schoben, kein Notarzt, der sich über sie beugte und sie untersuchte. Nur gnädige Stille, die sie wie ein Schutzmantel umfing und vor großen Schmerzen bewahrte.

Sie spürte nicht, wie der Wagen losfuhr, der Arzt während der Fahrt die üblichen Notmaßnahmen ergriff und die Sanitäter sie vor der Notaufnahme des Rose Medical Centers aus dem Wagen hoben. Sie hörte nicht, wie der Notarzt den Ärzten des Krankenhauses seine vorläufige Diagnose und die Vitalwerte wiederholte, die er bereits über den Computer durchgegeben hatte. Sie spürte nicht, wie zwei Pfleger sie durch die langen Gänge schoben. Und in der Notaufnahme sorgten Schmerz- und Beruhigungsmittel dafür, dass sie in diesem Zustand blieb. Erst viel später würde sie erfahren, dass beim CT mehrere Rippenbrüche festgestellt worden waren und ihre Atmung dadurch so beeinträchtigt war, dass man beschloss, sie ins künstliche Koma zu versetzen.

»Ins künstliche Koma?«, erschrak Maya. Sie hatte sich Sorgen gemacht, als Ashley nicht an ihr Handy gegangen war, und von dem Unfall erfahren.

»Kein wirkliches Koma«, erklärte der Arzt, »wir nennen das Analgosedierung, weil wir ihr gleichzeitig starke Analgetika, also Schmerzmittel, und Sedativa, also Beruhigungsmittel, verabreichen. Eine Art Langzeitnarkose, die es dem Körper ermöglicht, sich ausschließlich auf den Heilungsprozess zu konzentrieren, und außerdem die Lunge schont und Stress und Angst abhält.«

Ashley hörte auch nicht die guten Nachrichten, dass keine Organe verletzt worden waren, keine innere Blutung vorlag, und man das künstliche Koma höchstens zwei, drei Wochen aufrechterhalten müsse. Sie glitt, ohne es zu merken, aus ihrer Bewusstlosigkeit ins künstliche Koma über, verlor die Kontrolle über Zeit und Raum und fand sich in einem unbekannten Land wieder.

Es unterschied sich nur wenig von der Hochprärie, die sie auf einer Reise zum Yellowstone National Park durch Wyoming gesehen hatte. Weite, scheinbar endlose Ebenen, die sich in alle Richtungen ausbreiteten und irgendwo am Horizont mit dem Himmel verschmolzen. Vielleicht war der Himmel in ihrer Vorstellung etwas blauer und das Gras grüner und dichter, und es gab mehr Bäume an den Flüssen, die aus den fernen Bergen kamen.

Die Luft war erstaunlich klar. Man konnte jeden einzelnen Grashalm und selbst Insekten und andere winzige Tiere erkennen. Die Sonne strahlte so hell und warm wie nie zuvor und brachte selbst die heiseren Krähen dazu, in den höchsten Tönen zu singen. Der Wind, ein ständiger Gast auf den weiten Ebenen, beugte das kniehohe Büffelgras und ließ die silberne Seite der Halme leuchten. Man hörte das Wasser einer versteckten Quelle sprudeln und den Sand von einem Felsen rieseln. Es gab keine Sorgen, keine Nöte, keinen Stress, und sie trieb scheinbar schwerelos über dem wogenden Grasozean.

Gelegentlich glaubte sie Stimmen zu hören, entfernt und leise nur, und die wenigen Worte, die sie verstand, ergaben keinen Sinn. Doch genauso schnell, wie die Stimmen gekommen waren, verschwanden sie auch wieder. Sie war weder allein noch einsam. Um sie herum war blühendes Leben, sprangen Antilopen über die Hügel, hoppelte ein Hase durchs Gras, bewegten sich Mäuse und Insekten, und über ihr breitete ein Adler seine breiten Schwingen aus.

Der mächtige Timberwolf wartete an einem versteckten Bach auf sie, halb verdeckt von dem Wacholder, der sich am Ufer erhob. Ein kräftiger Bursche mit dichtem Fell in mehreren Grautönen, um die Augen und unter dem Kinn fast weiß, die Muskeln gestählt von der Jagd. Ein Einzelgänger, auf der Wanderschaft oder von seinem Rudel verstoßen, mit scharfen Augen, die bernsteinfarben aus seinem kantigen Schädel hervorstachen. Über seinem linken Auge war eine sichelförmige Narbe zu sehen. Seine Ohren zeigten nach oben.

Ashley erstarrte mitten in der Bewegung und blickte den Wolf entsetzt an. Obwohl sie irgendwo gelesen hatte, dass Wölfe sich am liebsten von Menschen fernhielten und nur angriffen, wenn es in der Wildnis keine Nahrung mehr für sie gab, fürchtete sie sich. Sie war in einer Großstadt aufgewachsen und es nicht gewohnt, sich in der Gesellschaft von wilden Tieren zu bewegen.

»Hab keine Angst, Schwester«, sagte der Wolf, »ich bin dein Freund.«

Ashley reagierte ungläubig und verstört. Sie hatte noch nie einen Wolf sprechen gehört und glaubte, sich verhört zu haben. Tiere sprachen nur im Kino und im Fernsehen. In Cartoons wie »Tom and Jerry«, in beliebten Kinderfilmen wie »Der König der Löwen«. In Märchen wie »Rotkäppchen«.

War sie in einem Traum gefangen? War alles um sie herum nur eine Vision, die ihr Gehirn für sie bereithielt, um ihre Genesung nach dem Unfall leichter für sie zu machen? War der sprechende Wolf tatsächlich aus Fleisch und Blut oder ein Scheinwesen, das nur in ihren Gedanken auftauchte?

Sie wusste von ihrem Unfall, erinnerte sich aber nur vage daran. An den ungeheuren Schlag, den der Aufprall verursacht hatte. An das aufgeregte Stimmengewirr, das kaum zu ihr durchgedrungen war. Die hektischen Bewegungen, die sie nur im Unterbewusstsein wahrgenommen hatte. Die ungeheure dunkle Leere, in die sie während der Fahrt im Krankenwagen gestürzt war.

Sie hatte keinen Schmerz gespürt und jeglichen Sinn für Raum und Zeit verloren, war erst wieder in dieser Traumwelt aufgewacht. Einer Welt, in der das Licht heller, der Himmel blauer, die Luft klarer und das Gras grüner war.

Einer Welt, in der Wölfe sprechen konnten.

»Ich bin dein Schutzgeist«, sagte der Wolf, als er spürte, dass sie bereit für seine Worte war. Seine Miene hatte sich entspannt, seine Augen leuchteten aufmunternd. »Ich komme aus der Welt deiner Vorfahren und bin hier, um dir den Weg zu zeigen, den du gehen musst. Du weißt, was ein Schutzgeist ist.«

Es klang wie eine Feststellung, und tatsächlich hatte sie von ihrer Mutter gelernt, dass indianische Krieger und auch manche Frauen in die Wildnis zogen und dort fasteten und beteten, bis sie eine Vision bekamen und ihren Schutzgeist trafen, meist ein kräftiges Tier, das sie auf ihrem Weg durch ihr Leben begleitete und ihnen mit Rat und Tat zur Seite stand, ihnen aber niemals eine Entscheidung abnahm. Sie meldeten sich in Träumen zurück, die für Indianer eine ähnliche Bedeutung wie die Wirklichkeit hatten. Schutzgeister waren ein wichtiges Thema in den Vorlesungen ihrer Mutter gewesen.

»Ja, das weiß ich«, sagte sie. »Was willst du mir sagen, Bruder?«

»Ich will dir Kraft geben«, antwortete er. »Die weißen Männer und Frauen, die sich um dich kümmern, besitzen magische Kräfte. Sie nehmen dir den Schmerz und sorgen dafür, dass du deinen Körper wiederbekommst. Sobald du in deine Welt zurückkehrst, wird es andere weiße Männer und Frauen geben, die dir helfen werden, so stark wie früher zu werden. Nicht so stark wie ich und meine Brüder, aber stark genug, um mit dem Mann fertigzuwerden, der dich in diesen Unfall getrieben hat.« Hatte der Wolf gesehen, wie der Fremde sie verfolgt und angegriffen hatte? War er gekommen, um ihr zu helfen?

»Dafür brauchst du mich nicht.«

Ashley wurde neugierig. Sie hatte keine Angst mehr vor dem Wolf, hielt aber Abstand, um ihm den nötigen Respekt zu erweisen. Sie hatte einige Vorlesungen ihrer Mutter besucht und wusste, welche Bedeutung Geistwesen wie er bei den Indianern hatten, selbst heute noch. »Was soll ich tun, Bruder?«

»Geh einen neuen Weg, Schwester. Seit deine Eltern auf die andere Seite gegangen sind, plagt dich ein Schmerz, den keiner der weißen Männer oder Frauen heilen kann. Du hast gelernt, mit der Trauer umzugehen, auch wenn du es versäumt hast, dir Wunden beizubringen und die Haare abzuschneiden.« Auf seinem Gesicht zeigte sich etwas, das wie ein Lächeln aussah. »Aber bist du auch mutig genug, in die Zukunft zu blicken? Bist du bereit, die alten Pfade zu verlassen und den beschwerlichen Weg in ein neues Leben zu gehen?«

Darüber hatte Ashley noch nicht nachgedacht. Ihr Leben war bisher in festgefügten Bahnen verlaufen. High-School, College, das Studium an der Uni und der Wunsch, in die Fußstapfen ihrer Eltern zu treten und an der Uni zu lehren. Beruflich war sie immer noch auf Kurs. Nur ihr Privatleben war durch den Tod ihrer Eltern aus den Fugen geraten. Ihr fester Freund, an den sie sich inzwischen kaum noch erinnerte, hatte gleich nach dem Unfall mit ihr Schluss gemacht. Sie war viel zu sehr mit ihrer Trauer beschäftigt gewesen, um ihm lange nachzuweinen.

Eine Episode in ihrem Leben, weiter nichts, auch wenn es einer Katastrophe bedurft hatte, um das festzustellen. Aber was war mit neuen Freunden und Bekannten? War sie bereit für eine neue Liebe?

»Geh dein Leben behutsam an«, hatte der Leiter der Selbsthilfegruppe ihr geraten, »auch wenn du jetzt weißt, wie du mit deiner Trauer umgehen musst, werden dich manche Anforderungen erschrecken, vielleicht sogar zurückwerfen. Sei geduldig! Der Schmerz über deinen Verlust wird niemals ganz verschwinden, das ist ganz normal, aber du bist stark. Du wirst es schaffen.«

Ihr Schutzgeist war der gleichen Meinung, nur wollte er mehr. »Auch du hast indianisches Blut in den Adern«, sagte er, »das Blut einer tapferen Frau, die ein noch schlimmeres Schicksal als du erleben musste und dennoch stark genug war, ihr Leben zu meistern. Lerne diese Frau kennen, auch wenn sie längst nicht mehr lebt, und hole dir neue Kraft bei ihr. Erfahre mehr über ihr Leben und finde einen neuen Weg zum Horizont. Nur wer die Vergangenheit kennt, kann die Zukunft meistern. Geh zurück und lerne von ihr, Schwester!«

»Von welcher Frau sprichst du, Bruder?«, fragte Ashley. »Wir haben selten über unsere indianischen Vorfahren gesprochen. Ich weiß nicht mal, zu welchem Stamm sie gehörten. Wie heißt diese Frau? Wo kann ich sie finden?«

»Das darf ich dir nicht sagen, Schwester«, antwortete der Wolf, »auch einem Schutzgeist sind Grenzen gesetzt. Wir sollen die Menschen, die wir beschützen, auf den richtigen Weg bringen, aber es wäre falsch, ihnen die

Verantwortung abzunehmen. Dein Leben liegt in deiner Hand, nicht in meiner.«

Sie lächelte. »Du bist ein seltsamer Wolf.«

»Ein Schutzgeist«, erwiderte er und verschwand.

Ashley schloss die Augen und versank erneut in endloser Leere, diesmal noch unheimlicher und tiefer als zuvor. Keine märchenhaften Landschaften mehr, nur noch dunkler Abgrund, durch den sie orientierungslos taumelte und keinen Halt mehr fand. Kein Schutzgeist, keine Stimme, keine Hoffnung.

Wie lange dieser Zustand dauerte, vermochte sie nicht zu sagen. Auch in diesem Stadium spielten Raum und Zeit keine Rolle. Ihre Gedanken verschmolzen mit der Leere, es gab weder Vergangenheit noch Zukunft, und sie hätte nicht einmal ihren Namen sagen können. In der Leere verschwand auch jeder Schmerz, und wenn sie überhaupt etwas fühlte, dann nur vage Benommenheit und leichten Schwindel wie nach einem scheinbar endlosen Traum.

Das Gefühl verstärkte sich, als es wieder heller wurde. Vor ihren Augen tauchten ungewohnte Schatten auf, auch der Schmerz, den sie beinahe schon vergessen hatte, kehrte zurück. Sie hörte undeutliche Stimmen, sah einen der Schatten näher kommen, dann verschwand der Schmerz, und die seltsame Benommenheit, die sie schon die ganze Zeit verspürt hatte, meldete sich.

Die Schatten verschwanden, und es wurde stiller. Zwischen der tiefen Bewusstlosigkeit, die sie nach ihrem Unfall erlebt hatte, und einem Zustand, den sie noch nicht bestimmen konnte, pendelte sie hin und her, verzweifelt darum bemüht, ihre Gedanken unter Kontrolle zu bringen. Hinter dem gläsernen Dunst, der sich vor ihre Augen gelegt hatte, wartete das wirkliche Leben, so viel war ihr klar, und sie musste alles versuchen, den Schleier zu durchbrechen und die andere Seite zu erreichen. Noch reichte ihre Kraft nicht aus, schaffte sie es nicht mal, ihre Augen länger als ein paar Sekunden offen zu halten. Was war geschehen? Wo hatte man sie hingebracht?

Sie versuchte ihre Hände zu bewegen und spürte ein leises Kribbeln. Ein Gerät, das sich in der Nähe befinden musste, piepte in regelmäßigen Abständen und dann immer schneller. Sie spürte, wie irgendetwas mit ihrem Körper geschah. Die Schmerzen kehrten zurück, und ihre Brust begann zu brennen.

Eine Tür wurde geöffnet, und hastige Schritte näherten sich ihr. Über ihr waren wieder Schatten zu erkennen. Die aufgeregte Stimme einer Frau erklang, dann der tiefe Bariton eines Mannes. Das konnte sie inzwischen schon unterscheiden. Sie wollte sich regen, etwas sagen, doch ein Schlauch in ihrem Mund hinderte sie am Sprechen. Sie war unfähig, sich zu bewegen. Tausend ängstliche Fragen schossen ihr durch den Kopf. Bin ich gelähmt? Werde ich mich nie mehr bewegen können? Was sind das für seltsame Schatten? Dann schwanden die Schmerzen, die Benommenheit kehrte zurück, und sie fühlte sich endlich wieder wohler.

Dieses Wechselspiel der Gefühle zwischen Schmerz und seltsamen Empfindungen schien kein Ende zu nehmen, bis sie es tatsächlich schaffte, länger die Augen zu öffnen und plötzlich klarer sah. Sie lag in einem Krankenbett, angeschlossen an mehrere Apparate und mit einem dicken Schlauch in ihrem Mund.

Vor ihrem Bett standen ein Arzt und eine Krankenschwester, beide erwartungsvoll und offensichtlich erleichtert, als sie endlich die Augen öffnete.

»Da sind Sie ja, Miss«, begrüßte sie der Arzt. Er war schon etwas älter, eher der väterliche Typ. »Herzlich willkommen! Erschrecken Sie bitte nicht über den Schlauch und die vielen Geräte, die haben wir alle nur zu Ihrer Sicherheit eingeschaltet. Sie befinden sich auf der Intensivstation im Rose Medical Center. Das ist Schwester Judith und ich bin Doktor Ron Hartley. Sie hatten einen Unfall. Glücklicherweise wurden dabei keine inneren Organe verletzt und wir mussten nicht operieren. Aber Sie haben eine schwere Rippenserienfraktur, soll heißen, Sie haben sich mehrere Rippen gebrochen, und wir mussten Sie in ein künstliches Koma versetzen. Das war notwendig, um Ihren Genesungsprozess zu beschleunigen und von unnötigen Risiken zu befreien. Selbstständige Atmung hätte zur Schädigung Ihrer Lunge führen können, außerdem wären die Schmerzen viel zu groß gewesen. Sie stehen jetzt noch unter starken Analgetika. Auch in nächster Zeit werden wir die Schmerzen nicht vollständig unterdrücken können, aber wir werden die Schmerzmittel verringern und vielleicht bald schon ganz absetzen können. Ich bin mit der Heilung der Rippenfraktur sehr zufrieden.«

Werde ich wieder ganz gesund? Wann nahm er endlich den verdammten Schlauch raus? Wie lange muss ich das verfluchte Ding denn noch drin behalten?

Er schien ihre Gedanken zu erraten und lächelte aufmunternd. »Sie werden wieder ganz gesund, Miss. Das Schlimmste haben Sie schon überstanden. Ich denke, wir werden Sie in einer Woche in die Reha entlassen können. Um die werden Sie leider nicht herumkommen. So eine Analgosedierung, ein künstliches Koma, ist ein schwerer Eingriff, und Sie müssen nach der künstlichen Beatmung erst mal wieder atmen und schlucken lernen. Aber das geht schnell. In ein paar Wochen sind Sie wieder auf dem Damm, versprochen.«

Ashley lächelte dankbar. Sie merkte schnell, dass man aus einem künstlichen Koma nicht wie an einem gewöhnlichen Morgen aufwacht. Der Prozess zog sich über mehrere Tage hin und brachte Augenblicke, in denen sie sich hellwach wähnte und kaum von Schmerz geplagt wurde, und Rückfälle, in denen die Schmerzmittel kurzfristig erhöht werden mussten, um Schaden zu vermeiden.

Die Umstellung von künstlichem zu selbstständigem Atmen war am schwierigsten und kostete sie Kraft und Energie. Der Doc hatte recht, erkannte sie, auch das Atmen musste man wieder erlernen. Das Atmen, das Schlucken und jede einzelne Bewegung. »Ein Spezialistenteam aus Neurologie, Physiotherapie, Logopädie und Ergotherapie«, versprach ihr Dr. Hartley. »Sie werden dafür sorgen, dass sich Ihre sensorischen und motorischen Fähigkeiten wieder normalisieren. Dass die Bewegungsabläufe wieder stimmen. Kann sein, dass der Kreislauf nicht immer mitspielt, aber das kriegen wir alles wieder hin.«

Ashley konnte schon wieder einigermaßen sprechen und sich bewegen, als die Schwester eine Besucherin ankündigte. »Ich denke, Sie sind inzwischen kräftig genug, um sie empfangen zu können. Warten Sie, ich hole sie rein.«

Wenige Sekunden später stand Maya vor ihr und schloss sie weinend in die Arme. Endlos lange verharrten sie so, ohne etwas zu sagen, überwältigt von der Magie des Augenblicks, wie zwei Schiffbrüchige, die sich nach langer Odyssee auf einer einsamen Insel begegneten. Beide hatten Tränen in den Augen, als sie endlich voneinander ließen, beide waren lange Zeit sprachlos.

»*Holy Shit!*«, stieß Maya hervor.

»Ich hab's geschafft«, sagte Ashley.

»Ich war schon ein paarmal hier«, sagte sie, »hab dir deinen Kram und die Klamotten gebracht. Hausschuhe, Unterwäsche, T-Shirts, Jogginganzug … na, was hier so rumliegt. Und deinen Waschbeutel. Händchen hab ich auch gehalten.«

»Du hast meine Hand gehalten?«

»Hat der Arzt mir empfohlen. Es wäre nicht erwiesen, aber wahrscheinlich würden Patienten im künstlichen Koma merken, wenn sie vertraute Stimmen hören und Berührungen spüren. Ich sollte dir was erzählen und vorsingen.«

»Und? Hast du?«

»Hast du nichts gemerkt?«

»Nicht wirklich.«

»Ist auch besser so«, sagte Maya. »Die Lieder waren nicht gerade jugendfrei.« Sie griff nach ihren Händen. »Und du wirst wirklich ganz gesund?«

»In einer Woche werde ich entlassen.«

»Halleluja!«, jubelte Maya.

3

Noch bevor Ashley entlassen wurde, bekam sie Besuch von der Polizei und ihrer Versicherung. Der Polizist war einige Jahre älter als sie und wirkte etwas unsicher, aber das konnte auch an seiner Abneigung gegen Krankenhäuser liegen. »Sie sind sicher froh, wenn Sie wieder draußen sind«, war einer seiner ersten Sätze. Seine blonde Partnerin benahm sich kühl und routiniert.

»Tut mir leid, wenn wir stören«, begrüßte sie der Polizist und stellte sich und seine Partnerin vor, »aber wir haben da noch einige Fragen hinsichtlich Ihres Unfalls. Keine Angst, wir wissen inzwischen, dass Sie nur eine bedingte Schuld trifft. Es gibt Zeugen für die Belästigung durch einen jungen Mann, und Ihre Freundin Maya hat ausgesagt, dass er bereits mittags dort auftauchte und Stunden später vor dem Laden gesehen wurde. Er muss Ihnen bis zu dem Haus, in dem Sie wohnen, gefolgt sein und dort gewartet haben.« Er hatte seinen Notizblock aus der Tasche gezogen und blickte sie erwartungsvoll an. »Würden Sie uns die Ereignisse bitte noch einmal aus Ihrer Sicht schildern?«

Ashley tat ihm den Gefallen und beschrieb den Angreifer, wie sie ihn in Erinnerung hatte. Sie blickte den Polizisten noch einmal direkt an. »Er war hinter mir her, Officer! Er wollte mich vergewaltigen! Reines Glück, dass ich ihn zu Fall bringen konnte. Ich war in Panik, Officer!«

»Detective«, verbesserte er sie. »Das verstehen wir. Es gibt auch kein Verfahren gegen Sie, aber wir brauchen Ihre Zeugenaussage. Was die Schäden an den betroffenen Fahrzeugen betrifft, das müssen Sie mit Ihrer Versicherung klären. Hat der Mann Ihnen gedroht? Hat er gesagt, dass er Sie vergewaltigen will?«

»Nicht wörtlich, aber sein Benehmen war eindeutig.«

»Hat er Sie unsittlich berührt?«

»Er wollte mich in seinen Wagen zerren! Warum sonst sollte er mich entführen? Um irgendwo mit mir einen Kaffee zu trinken? Er ist ein gefährlicher Stalker, und es würde mich nicht wundern, wenn er schon einige Frauen auf dem Gewissen hätte.«

»Seien Sie vorsichtig mit solchen Verdächtigungen!«

Ashley wurde wütend. »Soll das etwa heißen, Sie lassen den Mistkerl laufen? Was muss denn noch passieren, bevor Sie eingreifen? Nehmen Sie ihn fest und ziehen Sie ihn aus dem Verkehr, bevor er noch weiteres Unheil anrichtet!«

»Wir kümmern uns darum, Miss. Danke, das war schon alles.«

Seine Begleiterin nickte nur.

Ashley hatte nichts anderes erwartet. Das Problem war ihr bekannt, sie wusste, dass die Polizei nur eingreifen konnte, wenn jemand das Gesetz übertreten hatte. Aus der Ferne betrachtet, hätte ihr Gerangel mit dem Fremden auch ein heftiger Streit unter Liebenden sein können.

Sie konnte von Glück sagen, dass Maya ihre Aussage bekräftigt hatte.

Mehr Kummer bereiteten ihr die Kosten, die auf sie zukommen würden, falls sie die Schäden, die an den beiden Fahrzeugen, die sie gerammt hatte, aus eigener Tasche bezahlen musste. Von ihrem eigenen Wagen ganz zu schweigen. Der Versicherungsvertreter, der sie am selben Tag wie die Polizisten besuchte, machte ihr wenig Hoffnung. Zur Not würde sie einen Anwalt einschalten müssen. Nur gut, dass von dem Geld, das sie für das Haus ihrer Eltern bekommen hatte, genug übrig geblieben war. Ansonsten wäre sie wohl pleite gewesen und hätte ihr Studium verschieben oder aufgeben müssen.

Am Entlassungstag holte Maya sie ab. Sie fuhren auf dem kürzesten Weg zum nächsten Dunkin' Donuts und gönnten sich einen Boston Creme und heiße Schokolade. Nach der wochenlangen Krankenhauskost die reinste Offenbarung. Sie setzten sich auf die Hocker am Fenster und blickten in den herbstlichen Nieselregen hinaus.

»Danke«, sagte Ashley und prostete ihrer Freundin zu.

»Unsere Chefin lässt dir schöne Grüße ausrichten. Sie stellt es dir frei, wann du wieder in den Laden kommst. Ich hab ihr gesagt, dass du sicher noch ein paar Tage brauchst, um wieder in Hochform zu kommen. War das okay?«

»Ich brauche die Kohle, Maya.«

»Ein Auto hätte ich schon für dich.«

»Ein Auto?«, fragte Ashley verwundert.

»Dein Chevy hat einen Totalschaden, hat man dir das nicht gesagt? Aber ich bin neuerdings mit einem Autofritzen zusammen, der würde dir das Wrack für ein paar Hunderter abkaufen und hätte einen Chevy wie deinen rumstehen.«

»Du hast einen Lover? Einen Mechaniker?«

»Rudolph … und spar dir den Witz mit dem rotnasigen Rentier, den muss ich mir nämlich jedes Mal anhören, wenn sein Name fällt. Rudy arbeitet in einer großen Autowerkstatt in Colorado Springs und schraubt so ziemlich an allem rum, was nicht niet- und nagelfest ist, an Autos, Flugzeugen, Booten.«

»Und wo hast du ihn kennengelernt?«

»Im Grizzly Rose vor zwei, drei Wochen. Du warst gerade in die Reha verlegt worden, das hab ich natürlich feiern müssen. Er hat mir ein Bier spendiert und mich zum Two-Step aufgefordert. Ich bin nicht die tollste Tänzerin, wie du weißt, aber er konnte noch weniger tanzen, und als wir uns genug gegenseitig auf die Füße getreten hatten, sind wir ein paar Häuser weiter zu einem Chinesen gegangen. Beim Chop Suey hat es gefunkt.«

»Wow! Kaum ist man eine Weile weg, schnappst du dir einen Lover!« Ashley biss in ihren Donut und kaute zufrieden. »Wie ist er denn so?«

»Ein Prinz«, schwärmte sie. »Rücksichtsvoll, zärtlich, sexy … ganz anders, als man sich einen Schrauber vorstellt. Macho ist für den ein Fremdwort. Ein Gentleman der alten Schule, der mir jeden Wunsch von den Augen abliest.«

»Klingt zu schön, um wahr zu sein.«

»Ein bisschen rund um die Hüften«, schränkte Maya ein, »aber ich bin ja auch nicht von der mageren Abteilung.«

Ashley erinnerte sich dunkel. »Und der Sex?«

Maya hüstelte verlegen. »Wir sind noch nicht so weit. Klar, wir haben ein bisschen rumgemacht, aber das war's dann auch. Ich will's nicht verderben.«

»Hört sich gut an. Bei mir wird's noch eine ganze Weile dauern.«

»Du hast einen in petto?«

Ashley schüttelte den Kopf. »Ich hab im Augenblick ganz andere Probleme. Das Koma war ein Wendepunkt für mich. Es war ganz seltsam, als würde man ständig träumen, gar nicht so, wie man immer hört. Als ob du plötzlich in einer anderen Gedankenwelt gelandet wärst. So wie in manchen ›Star Trek‹-Filmen, wenn sie auf dem Holodeck seltsame Dinge erleben.« Sie wischte sich den Mund ab. »Stell dir vor, ich bin einem Wolf begegnet. Meinem Schutzgeist, hat er behauptet. Bei den Indianern hatten die meisten Krieger einen Schutzgeist, der ihnen half, das Leben zu meistern. Wie ein Schutzengel, nur dass ein Schutzgeist seinen Schützling nicht vor einem Unfall oder dem Tod bewahrt. Er gibt lediglich die Richtung vor und rät einem, welchen Weg man gehen soll. Meine Mutter hat sogar Vorlesungen darüber gehalten.«

»Ein Wolf? Dein Schutzgeist?«

»Wir haben miteinander gesprochen, Maya. Ich weiß, das klingt alles ziemlich verrückt, aber wir haben tatsächlich miteinander gesprochen. Er will, dass ich nach einem meiner indianischen Vorfahren suche, nach einer jungen Frau, die mehr durchgemacht hätte als ich. Sie würde mir neue Kraft geben.«

»Ein verrückter Traum, weiter nichts.«

»Es fühlte sich vollkommen echt an.«

Maya winkte ab. »Mach dir keinen Kopf deswegen, Ashley. Ein künstliches Koma ist wie eine verlängerte Narkose, hat mir der Arzt erklärt. Meine Mutter war vor zwei Jahren im Krankenhaus, der Blinddarm, und drehte beinahe durch, als sie aus der Narkose erwachte. Sie hatte angeblich gesehen, wie sich die Krankenschwester mit einem Messer in ihr Zimmer schlich. Meine Mutter ging wütend auf sie los, als sie die Augen aufmachte. Zum Glück waren gleich zwei Pfleger bei ihr. Später tat sie so, als wäre nie etwas gewesen.«

»Nun ja … ein bisschen seltsam ist es schon.«

Maya hob ihren Kakaobecher. »So gefällst du mir schon besser.«

Damit war das Thema erledigt. Doch als Ashley zu Hause war, holte sie den Schuhkarton mit Krimskrams und alten Fotos hervor, den sie nach dem Tod ihrer Eltern aus ihrem gemeinsamen Haus mitgenommen hatte. Die Möbel hatte sie mit dem Haus verkauft, die Kleider und alles andere an die Wohlfahrt verschenkt. Behalten hatte sie die Trophäen und Urkunden, die die beiden für ihre wissenschaftliche Arbeit erhalten hatten, das Gemälde einer Cheyenne-Indianerin von Howard Terpning, das inzwischen über Ashleys Bett hing und einen unschätzbaren Wert hatte, die Lieblingsbücher ihrer Eltern und einige andere Bücher, die sie selbst interessiert hatten, ihre Laptops und Handys, einen Ordner mit schriftlichen Unterlagen und den Schuhkarton.

Sie machte es sich auf der Couch bequem und ging die Fotos durch. Sie stammten alle aus der Zeit, als man noch nicht mit dem Smartphone fotografiert hatte, zumeist Familienfotos von gemeinsamen Kurzurlauben in Nationalparks und ihren Reisen nach Kalifornien und zu den Vergnügungsparks in Florida. Ihr Vater war ein großer Achterbahn-Fan gewesen. Obwohl ihre Eltern in ihrem Beruf aufgegangen waren, hatten sie sich immer Zeit für Urlaubsreisen und Vergnügungstrips genommen, und wenn es nur für ein paar Tage gewesen war. Und sie hatten sich um ihre einzige Tochter gekümmert.

Sie legte ein Foto, das ihre Mutter mit Donald Duck zeigte, in den Karton zurück und rieb sich einige Tränen aus den Augen. Zumindest hatten ihre Eltern die Zeit, die sie gehabt hatten, ausgekostet. Sie trank einen Schluck von der Diet Coke, die sie sich eingeschenkt hatte, und ging die Schwarz-Weiß-Fotos durch, die in einem braunen Umschlag im Karton lagen.

Auf ihnen waren vor allem ihre Großeltern zu sehen, die ihres Vaters, die in Boston und später in Tucson in Arizona gewohnt hatten, und die ihrer Mutter, die bis zu ihrem Tod in Cheyenne in Wyoming zu Hause gewesen waren. Grandpa Ben war Rancher gewesen und hatte sich bis zu seinem Kreuzbandriss als Rodeo-Reiter versucht. Grandpa Herbert hatte in einer Schiffswerft bei

Boston gearbeitet und war nur wegen seines chronischen Asthmas nach Arizona gegangen. Er war an einem Herzinfarkt gestorben.

Alle weiß, keine Spur von indianischer Vergangenheit. Wie auch? Ihre Mutter hatte erzählt, dass ihre indianischen Wurzeln weit zurückreichten und heute kaum noch erkennbar waren. Bei Ashley waren zum ersten Mal wieder die pechschwarzen Haare und die leicht hervorstehenden Wangenknochen aufgetaucht, ein typisches Merkmal von Indianern.

Wer ihre indianischen Vorfahren gewesen waren und ob ihre Mutter jemals versucht hatte, es herauszubekommen, hatte sie ihr nie verraten. Nur dass es irgendwann in grauer Vorzeit eine Verbindung gegeben haben musste, nichts Ungewöhnliches für Siedler im amerikanischen Westen, und dass sie ihre blauen Augen von Grandpa Herbert hatte, dessen Vorfahren aus Dublin in Irland stammten und an Bord eines Auswandererschiffes nach Amerika gekommen waren. Die Angebereien, mit berühmten Indianern wie Sitting Bull und Crazy Horse verwandt zu sein, wie es auch unter Politikern einmal Mode gewesen war, überließ sie anderen. So etwas war ihr viel zu albern.

Aber wer waren ihre indianischen Vorfahren?

Hatte ihre Mutter es herausgefunden und verschwiegen?

Während der folgenden Tage machte sich Ashley daran, die Laptops und Handys ihrer Eltern zu durchsuchen. In den Dateien der Handys war nichts zu sehen. Sie hatte die Tarife bereits gekündigt, würde die Handys aber behalten und in dem Schuhkarton mit den Fotos aufbewahren. Warum, wusste sie auch nicht. Ähnlich würde sie mit den Laptops verfahren. Das Gerät ihres Vaters barg keine Überraschungen, enthielt vorwiegend medizinische Vorträge und Artikel, die er für Fachzeitschriften geschrieben hatte. Obwohl er Geschichte gelehrt hatte, war die Ahnenforschung nie sein Ding gewesen. Ganz im Gegensatz zu ihrer Mutter, die öfter darüber nachgedacht hatte, wie ihre indianische Vergangenheit aussah. »Das spielt doch keine Rolle«, hatte ihr Vater gesagt. »Im letzten Jahrhundert ließen sich mehr Männer mit Indianerinnen ein, als viele Leute sich das vorstellen können, vor allem Fallensteller und Kundschafter, die jahrelang mit den Indianern abseits der Zivilisation lebten. Die meisten Menschen mit Indianerblut in den Adern wissen das wahrscheinlich gar nicht. Was würde es schon bringen, wenn wir wüssten, dass du von Pocahontas oder irgendeiner Kriegerfrau der Sioux oder Cheyenne abstammst?«

»Lakota oder Dakota«, verbesserte sie ihn. Ihre Mutter wusste selbst, dass sie sich manchmal wie eine Klugscheißerin aufführte, konnte aber nicht anders. »›Sioux‹ war ein Schimpfwort ihrer Feinde und bedeutete ›Schlangen‹.«

Auf dem Laptop ihrer Mutter gab es auch keine Dateien mit Informationen oder Fotos, die an Ahnenforschung erinnerten. In den Lesezeichen ihres Browsers waren zwar mehrere Websites mit Indianerthemen gespeichert, aber das war bei einer Professorin, die Indian Studies unterrichtete, auch natürlich. Die Lakota, über die sie während des laufenden Semesters referiert hatte, waren besonders oft vertreten. Sie klickte mehrere dieser Seiten an, konnte aber keinen Hinweis dafür finden, dass sie dort nach ihren Vorfahren gesucht hatte. Auf eine falsche Spur lockte sie der Ordner »Lakota-Frauen«, in der ihre Mutter ihre Notizen für ein geplantes Buch über die Frauen der Lakota abgelegt hatte.

In dem Ordner hatte sie bereits die Rohfassung von drei Kapiteln abgelegt, die über die Rolle der Lakota-Frauen innerhalb einer Dorfgemeinschaft berichteten, aber keinerlei Hinweise auf eine Ahnenforschung enthielten. Ein weiterer Ordner enthielt eine Fülle von historischen Fotos, die sie während ihrer Vorlesungen zeigte. Anscheinend eine Auswahl von Abbildungen, die für ihr Buch infrage gekommen waren. Keine Notiz, die ihr weiterhelfen konnte.

Ashley gab auf und kümmerte sich um den Alltag, zeigte ihrer Chefin im Trading Post, dass sie wieder ganz gesund und voll bei Kräften war. Sie ging jede Woche zweimal zu einer Psychologin, die ihr helfen wollte, das mögliche Trauma zu bewältigen, auch wenn ihr schon nach wenigen Besuchen klar war, dass sie diese Hilfe nicht mehr brauchte. Der Wolf, dem sie während ihres Komas begegnet war, hatte ihr ausreichend Selbstbewusstsein gegeben. Ashley hütete sich, irgendjemand von ihrem Schutzgeist zu erzählen, außer Maya ging die Begegnung niemand etwas an.

Der Chevy, den sie von Mayas Freund bekam, war zwei Jahre älter als ihr erster, aber noch gut in Schuss und würde noch mindestens hunderttausend Meilen durchhalten, versicherte ihr Rudy. Maya und sie holten den Wagen in Colorado Springs ab und gingen anschließend mit ihrem Freund zu einem Italiener. Er war ein fröhlicher Mann, der Maya zu vergöttern schien und sich wie ein Gentleman benahm. Sie war sichtlich stolz, ihn zum Freund zu haben.

Der Herbst hatte schon übernommen, und die Blätter des großen Cottonwood-Baums vor ihrem Laden hatten sich längst verfärbt, als eine Angestellte der University of Colorado anrief und sie bat, im ehemaligen Büro ihrer Mutter vorbeizukommen. Das Native American Studies Center der Universität lag in Boulder, ungefähr dreißig Meilen von Denver entfernt und über die Interstate in einer halben Stunde zu erreichen. »Es geht um einige Sachen Ihrer Mutter, die wir hier noch liegen haben. Verstehen Sie mich nicht falsch …«

»Kein Problem«, erwiderte Ashley. »Passt es Ihnen morgen früh?«

Mary Eagle Feather, die Sekretärin Ihrer Mutter, eine Southern Cheyenne aus Oklahoma, begrüßte sie am nächsten Morgen. Sie hatte ihre langen schwarzen Haare zu Zöpfen geflochten und trug eine Türkiskette, die Ashleys Mutter ihr zu letztem Weihnachten geschenkt hatte. Sie hatten sich bei der Beerdigung gesehen und gegenseitig getröstet, umarmten sich aber auch jetzt nochmal. Beide hatten Tränen in den Augen, als sie sich voneinander lösten.

»Wie wär's mit einer heißen Schokolade?«

Die Sekretärin wusste von Ashleys Vorliebe und brachte ihr einen Becher vom Automaten. Sie deutete auf das Regal hinter sich. »Tut mir leid, dass wir darüber sprechen müssen, aber wir haben hier noch etliche Bücher Ihrer Mutter stehen, die ich Ihnen nicht kommentarlos schicken wollte. Ich dachte mir, Sie sehen die Bücher durch und nehmen sich die mit, die Sie behalten wollen. Vielleicht können Sie einige für Ihr Studium brauchen. Die Sie nicht wollen, lassen sie hier, die würde ich interessierten Studenten geben. Einverstanden?«

»Natürlich. Ich fange am besten gleich damit an.«

Ashley brauchte fast drei Stunden, um die Bücher durchzusehen, und entschied sich für zehn, die ihr beim Studium helfen könnten. Beim Aufräumen folgte sie einer alten Gewohnheit, die ihr die Eltern vererbt hatten: Bevor sie Bücher ausmusterten, blätterten sie jedes einzelne nochmal durch, weil man dabei oft auf Notizen, Lesezeichen und sogar Geldscheine stieß. In einem Buch, das ihre Mutter auf einem Flohmarkt gekauft hatte, war mal ein Zehn-Dollar-Schein versteckt gewesen, genug für einen Besuch bei McDonald's.

Diesmal stieß sie lediglich auf ein ausgedrucktes historisches Foto, das ihre Mutter als Lesezeichen benutzt hatte. Es zeigte eine junge Indianerin in traditioneller Kleidung und trug die Unterschrift »Waynoka, December 1864.«

4

Waynoka trieb ihren Schecken in den Schneeregen hinein. Der Frostriese war früher als sonst von den Bergen herabgestiegen und blies seinen eisigen Atem über die Ebenen. Das Büffelgras hatte längst seine Farbe verloren und duckte sich unter den kräftigen Hieben des Windes. Das Büffelfell, das sie sich um die Schultern gebunden hatte, schützte sie gegen den Schnee und die Kälte.

Die geheimnisvolle Stimme ihres Schutzgeistes hatte sie in das winterliche Wetter getrieben. Seit mehreren Monden begleitete sie der graue Timberwolf durch ihr Leben, sprach ihr bei jeder Begegnung neuen Mut zu, obwohl die Geister ihrem Volk schon längst nicht mehr wohlgesonnen waren und die weißen Männer sich anschickten, sie in ein Reservat zu schicken. Von ihren Schwestern im Süden wusste sie, wie es in diesem Reservat aussah. Schlechtes Land, das sie mit eisernen Werkzeugen verletzen sollten, um Saatgut in den Furchen anzusäen. Meist vergeblich, weil das Land viel zu trocken war und kaum Ernte abwarf. Ein Schicksal, beinahe so schlimm wie der Tod, aber die einzige Möglichkeit für ihr Volk, in den nächsten Jahren zu überleben.

Sie ritt über einige Hügelkämme nach Norden und erreichte einige Bäume, die sich an einen steilen Hang schmiegten und bis in ein schmales Tal hinabreichten.

Unter den schützenden Baumkronen zügelte sie ihr Pferd. Noch herrschte gespenstische Stille zwischen den Bäumen, man hörte nur das Rauschen des Windes in den hoch aufragenden Fichten und das Schnauben ihres Schecken. Vor seinem Maul gefror die Atemluft zu feuchtem Nebel.

Waynoka schob ihre Fellkappe in den Nacken, um besser sehen zu können. Sie war erst achtzehn, sah aber wesentlich älter aus und war von jener stillen Schönheit, die typisch für die Frauen ihres Volkes war. Ihre schwarzen Haare waren zu Zöpfen gebunden und hingen bis über die Schultern herab, ihr Körper wirkte schlank und beinahe zierlich, war aber harte Arbeit gewohnt und täuschte über ihre eigentliche Kraft hinweg. Das Blitzen in ihren dunklen Augen schien tief aus ihrer Seele zu kommen. Unter dem Büffelfell trug sie das lederne Kleid und die Leggins und Mokassins einer *tsis tsis tas*.

Sie biss von dem Pemmikan ab, das sie als Proviant mitführte – getrocknetes, mit Fett und Beeren vermengtes Fleisch – und kaute angestrengt. Während der vergangenen Monde hatte sie gelernt, sich ihre Vorräte einzuteilen. Die *tsis tsis tas* oder Cheyenne, wie die Weißen sie nannten, hatten schwere Zeiten hinter sich. Die Büffel wurden weniger, und in zahlreichen Dörfern hatte der Hunger regiert. Einige Gruppen waren weiter nach Süden gezogen, hatten aber auch dort nur vereinzelte Tiere gefunden. Selbst erwachsene Krieger waren gezwungen gewesen, sich von Wurzeln und Rüben zu ernähren. Die Krankheiten des weißen Mannes, vor allem der schwere

Husten, den es früher nicht bei ihren Leuten gegeben hatte, war vor allem Kindern zum Verhängnis geworden. Auch der heilige Mann hatte keinen Rat gewusst.

Waynoka verstaute das restliche Pemmikan in ihrer Ledertasche und ritt langsam weiter. Sie überließ es ihrem Schecken, einen Weg durch die Bäume zu finden, und ihrem Schutzgeist, sich zu zeigen, wenn er den Augenblick für eine Begegnung gekommen sah. Sie hatte sich daran gewöhnt, öfter allein zu sein. Sie lebte im Tipi ihrer Verwandten und half den anderen Frauen, die Kinder zu versorgen. Die Männer suchten nach den Büffeln, seit mehreren Tagen schon, und erst recht, nachdem immer mehr weiße Männer über die Ebenen zogen, um in den Bergen nach dem glänzenden Metall zu suchen, das die Weißen so schätzten. »*Vehos*« nannten sie die Eindringlinge, weil sie wie Spinnen über ihre Jagdgründe herfielen und ihre klebrigen Netze ausbreiteten.

Maheeta, der seit einigen Monden um sie warb und auf der Adlerknochenflöte für sie spielte, war bei ihnen. Der junge Hundekrieger gehörte zu den tapfersten Männern ihres Volkes und schmückte sich schon seit Langem mit den aufrecht stehenden Rabenfedern seines Kriegerbundes. Die Hundekrieger waren dafür bekannt, dass sie sich tollkühn in einen Kampf stürzten und alles dafür taten, um einen Feind zu töten oder mit ihrem Coupstock zu berühren. Sie würden niemals aufgeben, nach den Büffeln zu suchen, und eher als tapfere Krieger im Kampf sterben, als mit den anderen ins Reservat zu ziehen.

Waynoka wollte nicht daran denken, dass ihr Verehrer vielleicht niemals zurückkommen würde. Wie alle Frauen der *tsis tsis tas* klagte sie nicht. Sie würde weiterhin zu Maheo, dem Schöpfer aller Dinge, beten und ihn bitten, Maheeta in den Kampf zu begleiten, und warten, bis er von seinem langen Ritt zurückkehrte und auf der Flöte für sie spielte. Sie wunderte sich jetzt noch darüber, wie ein kampferprobter Krieger so zärtliche Melodien erfinden konnte. Es würde nicht lange dauern, bis er einen älteren Verwandten zu ihrem Vater schicken und ihm ein Angebot für seine Tochter machen würde. Sie ahnte, dass ihr Vater viele Pferde für sie verlangen würde, eine Ehre, die sie mit großer Würde genoss.

Vor einem entwurzelten Baum blieb ihr Schecke abrupt stehen, und ihr Schutzgeist tauchte zwischen den Bäumen auf. Er schien seit ihrer letzten Begegnung gewachsen zu sein, wirkte noch kräftiger, und seine bernsteinfarbenen Augen leuchteten wacher und entschlossener als jemals zuvor. Die sichelförmige Narbe über seinem linken Auge hatte sich tief ins Fell gebrannt.

»Du hast mich gerufen, Bruder«, sagte sie.

»Und du bist gekommen, Schwester.«

»Ist es wegen Maheeta?«

Der Wolf ging nicht auf ihre Frage ein. »Ich will dich in diesen schweren Zeiten nicht allein lassen«, erwiderte er. »Dunkle Wolken versperren den schmalen Pfad, der in eine bessere Zukunft führt. Ich habe euer Wehklagen gehört. Das wütende Geheul der Krieger, als sie kaum noch Büffel auf den Ebenen fanden. Die Trauer der Frauen, die ihre Männer im Krieg gegen die *Vehos* verloren haben. Das Weinen der kranken und hungrigen Kinder.«

»Was willst du mir sagen? Hat Maheo uns verlassen?«

»So mag es euer heiliger Mann sehen, wenn er keine Antwort von den Geistern erhält. Die Krieger, wenn sie vergeblich nach den Büffeln suchen und beim Anblick der vielen blassen Männer erkennen müssen, dass es so viele *Vehos* wie Blätter an den Bäumen gibt. Die Frauen und Kinder, die unter Hunger und Krankheit leiden. Ich gebe zu, auch ich mache mir große Sorgen, wenn ich daran denke, wie viele Vehos in eure Jagdgründe strömen.«

»Dann sind wir verloren?«

»Maheo liebt dein Volk«, antwortete er, »auch wenn er zulässt, dass sich die bösen Geister mit den Vehos verbünden und euch ins Unglück stürzen. Aber ich habe gelernt, dass vieles von dem, was ihr auf der Erde erdulden müsst, erst einen Sinn ergibt, wenn ihr diese Welt verlassen habt und über die Milchstraße auf die andere Seite gegangen seid. In den glücklichen Jagdgründen wird er euch für den Schmerz belohnen, den ihr hier ertragen musstet.«

Waynoka blickte ihren Schutzgeist ungläubig an. »Wir sollen leiden und weinen, um auf der anderen Seite dafür belohnt zu werden?«

»Maheo ist mehr als ein übermächtiger Vater«, antwortete der Wolf. »Er ist das Große Geheimnis und lebt überall, in den Menschen, Tieren und Pflanzen, sogar in den Steinen am Flussufer. Er ist die Macht, die alles zusammenhält. Er sieht mehr, als ihr jemals sehen werdet.

Er fühlt mehr, als ihr es mit euren Herzen vermögt. Nur er kennt die ganze Wahrheit!«

Waynoka stieg von ihrem Schecken und blickte ihren Schutzgeist enttäuscht an. Sie vertraute dem Wolf und sah keine Feindschaft in seinen Augen. Es war eher der Blick eines strengen Vaters, der seine Kinder vor den Fehlern bewahren wollte, die er begangen hatte, und sie auf die Probleme eines beschwerlichen Lebens vorbereiten wollte. »Was soll ich tun?«, fragte sie nach einiger Zeit des Nachdenkens. »Sollen wir uns kampflos in unser Schicksal ergeben? Sollen wir ins Reservat gehen und die staubige Erde aufreißen, ohne jemals eine Ernte zu sehen? Sollen wir die Grausamkeiten und Betrügereien der *Vehos* ertragen? Haben wir keine andere Wahl, Bruder?«

Ihre Worte schienen den Wolf ins Grübeln gebracht zu haben. Er legte den Kopf schief und gab einen Laut von sich, der wie ein Schnauben klang. Waynoka befürchtete schon, er würde ihre Fragen unbeantwortet lassen und verschwinden, doch er überlegte nur lange und war wohl selbst ein wenig ratlos, wenn man dem Ausdruck in seinen Augen glauben durfte. »Ich weiß, wie schwer es für dich und dein Volk ist, die Wirklichkeit zu ertragen. Aber es gibt nur diesen einen Weg. Selbst die Hundekrieger werden erkennen müssen, dass man die *Vehos* nicht mit Kriegsäxten und Gewehrkugeln besiegen kann. Viele blasse Männer wollen euren Tod. Wenn ich die Augen schließe, sehe ich, wie Männer in blauen Röcken über ein Dorf herfallen und viele Menschen töten.« Blaue Röcke trugen die Soldaten der *Vehos*. »Du kannst die Soldaten nicht aufhalten, aber du kannst ein Zeichen setzen. Vertraue den Kräften, die in dir wohnen, und finde die wenigen Sonnenstrahlen, die sich durch die dunklen Wolken kämpfen! Du bist stark genug, um zu überleben.«

»Was soll ich tun, Bruder?«

»Folge dem Weg, der für dich vorgezeichnet ist!«

Waynoka wollte noch etwas sagen, aber der Wolf war bereits verschwunden. Sie stieg auf ihren Schecken und ritt zum Waldrand zurück. Das Schneetreiben hatte nachgelassen. Über der hügeligen Prärie spannte sich ein schmutziger Himmel, und das wenige Sonnenlicht, das durch die Wolken drang, zauberte Licht und Schatten auf den Schnee. Eine Nachricht der Geister, die kommendes Unheil ankündigten? Eine Warnung des Schöpfers?

Ihr Schutzgeist hätte sie nicht gerufen, wenn ihm seine Worte nicht wichtig gewesen wären. War es wirklich so schlimm? Würden die Pferdesoldaten ihr Fort verlassen und trotz aller Abmachungen gegen ihr Volk in den Krieg ziehen? Und welches Dorf hatte der Wolf in seinen Träumen gesehen? Wehten die amerikanische und eine weiße Flagge über einem der Tipis? Würden sich die Soldaten an Frauen und Kindern vergreifen? Wollten sie ihren Tod?

Ihre Gedanken wurden durch bedrohliche Laute unterbrochen. Das Klappern von Metall gegen Metall, das Knarren von Leder und das Schnauben von Pferden klang durch den Schnee. Sie griff ihrem Schecken in die Zügel und blickte sich ängstlich um. In dem trüben Dunst, der mit dem Schneetreiben gekommen war, glaubte sie dunkle Schatten zu erkennen. Noch waren sie weit entfernt, aber sie bewegten sich in ihre Richtung und kamen rasch näher.

Waynoka lenkte ihr Pferd hinter einen der zahlreichen Hügel und hielt ihm eine Hand über die Nüstern. Ihr Pferd war kein Kriegspony, wusste aber, wie es sich bei dieser Berührung zu verhalten hatte. Jeder Laut hätte sie möglichen Feinden verraten. Sie stieg ab und lief geduckt zum Hügelkamm hinauf, legte sich flach auf den Boden und blickte auf die Soldaten. Sie waren schon so nahe, dass man sie selbst in dem Schneetreiben erkennen konnte. Eine kleine Einheit nur, ungefähr zehn Reiter in den blauen Uniformen und ein indianischer Scout in Uniformhosen und Büffelfelljacke. Ein Osage, einer ihrer erbittertsten Feinde, der Spuren für die Weißen las.

Sie hatte ihr Versteck gut gewählt. Die Soldaten zogen in weitem Abstand an ihr vorbei und hatten nicht die geringste Ahnung, dass sie in der Nähe war. Ein Spähtrupp, der Dörfer ihres Volkes ausfindig machen und sie den Befehlshabern der Soldaten melden sollte? Die Osage waren gute Spurenleser und würden auch versteckte Dörfer finden. Würden bald mehr Soldaten kommen und ihre Leute überfallen? Der Gedanke an einen Angriff der Pferdesoldaten auf ein Dorf, in dem nur Frauen und Kinder lebten, ließ sie erstarren.

Sie wartete, bis die Soldaten weit genug entfernt waren, und beeilte sich, zu ihrem Dorf zurückzukommen. Die über hundert Tipis standen halbmondförmig am Ufer des Sand Creek, eines schmalen Flusses, der um diese Jahreszeit kaum Wasser führte und teilweise nur aus gefrorenen Pfützen bestand. Über dem Tipi von Moxtaveto wehte die amerikanische Flagge, ein Geschenk, das der Häuptling bei seinem Besuch in Washington von Präsident Lincoln erhalten hatte. Darunter hing eine weiße Flagge, die den Pferdesoldaten anzeigen sollte, dass in den Tipis keine Krieger wohnten und es keinen Grund gab, das Dorf anzugreifen. Einige Zelte waren mit Bildern oder Symbolen bemalt. Aus den Zelten stieg der Rauch der Kochfeuer, vereinzelt bellten Hunde, und der alte Mann, der gelernt hatte, mit den Geistern zu sprechen, saß vor seinem Tipi und blickte misstrauisch in das Schneegestöber.

Waynoka band ihren Schecken hinter dem Tipi ihrer Familie an, nahm ihre Ledertasche vom Sattel und schlug mit der freien Hand an die Zeltklappe, bevor sie das Tipi betrat. Rechts vom Eingang blieb sie stehen, bis sich ihre Augen an das Halbdunkel gewöhnt hatten. Ametae, ihre Mutter, und Mesoke, ihre Schwester, wärmten die Reste des Kanincheneintopfs vom Vortag auf. Ihr Großvater, ein alter Mann mit zerfurchtem Gesicht, saß auf dem Ehrenplatz gegenüber vom Eingang. Trotz seines Alters ging er noch immer auf die Jagd, auch wenn es ihm schwerfiel, bei diesem Wetter eine Beute zu finden.

»Setz dich zu mir«, sagte er zu Waynoka, »du warst lange weg.«

Sie nickte ihrer Mutter und ihrer Schwester zu, als müsste sie sich dafür entschuldigen, ihnen nicht beim Zubereiten des Essens zu helfen, und setzte sich ihm gegenüber. Wie es die Höflichkeit ihres Volkes gebot, schwieg sie, bis der greise Mann ihr das Wort erteilte. »Der Winter kommt«, sagte er, nachdem er seine langstielige Pfeife gestopft hatte. Es gehörte zur Etikette ihres Volkes, erst über Nebensächlichkeiten zu sprechen, bevor man ein wichtiges Thema anschnitt. »Du warst in dem Wäldchen nördlich des Flusses?«

»Ja, Großvater.« Sie überlegte einen Augenblick, wie sie antworten könnte, dann hielt sie es nicht länger aus. »Ich habe Pferdesoldaten gesehen.«

»Pferdesoldaten? Bei diesem Wetter?«

»Sie haben keine Angst vor der Kälte.«

»Aber auch die Pferdesoldaten bleiben lieber in ihren Häusern, wenn der Frostriese von den Bergen steigt. Wer kämpft schon gern bei diesem Wetter?« Er gestattete sich ein Lächeln. »Wie viele waren es? Was haben sie vor?«

Waynoka antwortete, so gut sie konnte. Man merkte ihrer zittrigen Stimme an, wie sehr sie sich vor den Soldaten fürchtete. »Meinst du, sie suchen nach Dörfern, die sie überfallen können? Sie hatten einen Osage-Scout dabei.«

»Das glaube ich nicht«, sagte ihr Großvater. »Weißt du nicht mehr, was der Ausrufer vor einigen Tagen verkündet hat? Unsere weisen Männer haben mit dem Anführer der *Vehos* in Fort Lyon gesprochen und einen neuen Frieden ausgehandelt. Er hat uns versprochen, die Dörfer der *tsis tsis tas*, die keinen Krieg mehr wollen, zu verschonen, wenn wir unsere Winterlager in die Nähe der Forts verlegen. Das haben wir getan. Fort Lyon liegt keinen Tagesritt von hier entfernt.«

»Und du glaubst, sie halten sich an diesen Frieden?«

»Warum hätten sie sonst ihre Zeichen unter die Abmachung gesetzt? Moxtaveto hat das amerikanische und das weiße Tuch über seinem Tipi hängen. Damit zeigt er den Pferdesoldaten, dass wir friedliche *tsis tsis tas* sind.«

»Ich traue den *Vehos* nicht«, sagte sie.

»Dieser Gouverneur ist ein guter Mann.«

»Aber es gibt noch andere.«

Ihr Großvater zog die Augenbrauen hoch. Bei den *tsis tsis tas* war es nicht üblich, dass eine junge Frau einem älteren und erfahrenen Krieger wie ihm widersprach, schon gar nicht, wenn es um einen möglichen Angriff der Pferdesoldaten ging. Waynokas Mutter, ihre Schwester und zwei jüngere Cousinen, die ebenfalls das Tipi betreten hatten, blickten erstaunt zu ihnen herüber.

Der alte Mann zog an seiner Pfeife und blickte dem Rauch nach, der langsam zur Zeltöffnung emporstieg. Er ahnte wohl, dass es einen triftigen Grund für ihr kühnes Verhalten geben musste, und übte Nachsicht. »Was ist geschehen?«, fragte er neugierig. »Hast du mir noch etwas zu sagen, Waynoka?«

»Ich habe mit meinem Schutzgeist gesprochen.«

»Was zwischen euch gesprochen wird, geht nur dich und ihn etwas an.« Er hatte sich gewundert, als Waynoka wie ein junger Mann in die Felsen gezogen war, dort gebetet und gefastet hatte und einem Schutzgeist begegnet war, wie es sonst nur Kriegern passierte. Und er wunderte sich auch jetzt, als Waynoka ihm trotz aller Bedenken verriet, was der Wolf gesagt hatte.

»Das sind schlechte Nachrichten«, sagte der Großvater.

»Müssen wir vor den Soldaten fliehen? In unserem Dorf leben fast nur Frauen, Kinder und Krieger, die nicht mehr stark genug für den Kampf sind.«

»Ich werde mit Moxtaveto und den Älteren sprechen.«

»Soll ich mitkommen, Großvater?«

Auch das war ein Verstoß gegen die Etikette, die noch mehr Stirnrunzeln und besorgte Blicke bei den Frauen im Tipi auslöste. Der Alte strafte seine Enkelin mit einem kühlen Blick. »Geh zu den Frauen und hilf beim Kochen.«

»Ja, Großvater«, gehorchte sie.

Doch als sie bei ihrer Mutter und den anderen Frauen stand und sich vorwurfsvolle Blicke und Gesten gefallen lassen musste, reagierte sie unwirsch: »Ihr habt die Pferdesoldaten nicht gesehen. Hat man uns nicht erzählt, dass sie gerade einen Krieg gegen ihre weißen Brüder im Osten des Landes führen? Dass sie nicht genug Männer für einen Krieg gegen uns hätten? Dass sie im Winter am liebsten in ihren Forts bleiben und Feuerwasser trinken? Das alles wird sie nicht davon abhalten, gegen uns in den Kampf zu ziehen. Wenn ihr in die Gesichter dieser Soldaten gesehen hättet, wüsstet ihr auch, dass uns ein neuer Krieg droht. Die Reservate sind nur ein Vorwand. Sie wollen uns vernichten! Sie wollen uns aus unseren Jagdgründen vertreiben und sich für alles rächen, was wir ihnen angeblich angetan haben. Habt ihr keine Angst?«

Ihre Mutter blieb gelassen. »Unsere weisen Männer haben mit den Häuptlingen der *Vehos* verhandelt. Wir brauchen keine Angst zu haben.« Sie deutete ein Lächeln an. »Gib mir die Wurzeln, die wir gestern gesammelt haben.«

5

In den folgenden Nächten schlief Waynoka unruhig. Moxtaveto hatte ihrem Großvater versichert, dass sie nichts von den Pferdesoldaten zu befürchten hätten. Das Treffen mit den Häuptlingen der Weißen sei erfolgreich gewesen, es gebe diesmal keinen Grund, an ihren Worten zu zweifeln. Selbst der Soldatenhäuptling mit den Adlern auf den Schultern sei einverstanden gewesen.

Noch am selben Abend war der Ausrufer durch ihr Lager geritten und hatte allen Bewohnern verkündet, dass es keinen anderen Weg für ihr Volk gebe, als ins Reservat zu gehen, auch wenn diese Entscheidung für einige vielleicht schmerzvoll sein würde. »Hört, was Moxtaveto und andere weise Männer euch zu sagen haben! Nur unter dem Schutz der Pferdesoldaten hat unser Volk eine Chance auf eine bessere Zukunft. Es gibt keine Büffel in unseren Jagdgründen mehr. Die blassen Männer, die nach dem gelben Metall suchen, haben sie vertrieben. Wenn es anders wäre, hätten die Hundekrieger einen Boten geschickt. Wir müssen den weißen Häuptlingen vertrauen, wenn wir noch eine Zukunft haben wollen. Denkt an die vielen Frauen und Kinder.«

Waynoka spürte, wie sich die Angst immer stärker in ihrem Körper ausbreitete. Sie traute den *Vehos* nicht, auch dann nicht, wenn sie ihre Zeichen unter einen Vertrag gesetzt hatten. Es wäre nicht der erste Vertrag, den sie brechen würden. Sie fürchtete, dass die Hundekrieger gegen die Siedler in den Krieg ziehen und sich an ihnen rächen würden, falls sie keine Büffel mehr fanden. Sie waren Hundekrieger, die tapfersten Krieger des Stammes, und würden die Weißen niemals mit diesem Frevel davonkommen lassen.

Der Wolf hatte recht. Ihr Volk steuerte auf einen Abgrund zu, und es schien keine Möglichkeit zu geben, dem tödlichen Sturz zu entgehen. Wie sollte sie jemals wieder die Sonne sehen, wenn Maheo ihren Tod schon beschlossen hatte? Warum hatte der Schutzgeist ihr einen Hoffnungsschimmer gezeigt, wenn es längst klar war, dass sie alle dem Untergang geweiht waren? Sollte sie ihren Mut beweisen, indem sie mit einem Todeslied auf den Lippen starb? Oder gab es tatsächlich einen Funken Hoffnung für sie und ihr Volk?

Die Hoffnung starb am nächsten Morgen. Über dem Sand Creek hingen düstere Nebelschwaden, als sie ihr Tipi verließ und ein leichtes Beben unter den Füßen verspürte. Der Gedanke, die Büffel könnten zurückgekommen sein, streifte sie nur für einen Moment und verblasste ganz, als sie zum Flussufer lief und einen grauen Wolf durch das ausgetrocknete Flussbett laufen sah. Die Narbe über seinem linken Auge leuchtete im fahlen Morgenlicht. »Bruder!«, rief sie ihrem Schutzgeist zu. »Wo willst du hin?« Er gab keine Antwort, doch als er beim Klang ihrer Stimme den Kopf drehte, sah sie für die Dauer eines Wimpernschlags die Panik in seinen Augen, bevor er dem Flussbett nach Nordwesten folgte und in den Nebelschwaden untertauchte.

Das Beben unter ihren Füßen wurde stärker. Sie blickte über den Fluss und erstarrte, als sie die schattenhaften Umrisse von vielen Reitern sah und die bedrohlichen Laute vernahm, die sie schon in den Hügeln gehört hatte. Keine Büffel. Soldaten! So viele Pferdesoldaten, dass hundert Hände nicht ausgereicht hätten, um sie zu zählen! Sie hatten ihre Pferde in den Galopp getrieben und kamen rasch näher, Schusswaffen und die langen Messer in den Händen.

Noch während Waynoka in ihrem Schock zu keiner Regung fähig war, zerriss ohrenbetäubender Lärm den morgendlichen Dunst, und hinter ihr schlugen die Kugeln aus zwei großen Feuerrohren, die irgendwo versteckt auf einem Hügelkamm standen, in einem der Tipis ein und brachten Tod und Verderben. Das Angriffssignal, ihr und allen anderen *tsis tsis tas* längst vertraut, tönte über den Fluss und begleitete die Soldaten bei ihrer Attacke.

Erst jetzt löste sie sich aus ihrer Erstarrung. Mit erhobenen Händen und dem Ruf: »*Vehos! Vehos!* Die *Vehos* greifen an!«, lief sie ins Dorf zurück, mitten hinein in das Chaos, das die Soldaten mit ihren Kanonen angerichtet hatten. Mehrere Tipis brannten, verwundete und sterbende *tsis tsis tas* torkelten ins Freie und sanken zu Boden, ein alter Mann, in ein brennendes Büffelfell gehüllt, ging schweigend in die Knie und stimmte sein Totenlied an.

Überall flohen jetzt Frauen und Kinder aus ihren Tipis und versuchten, vor den Soldaten zu fliehen. Nur wenige besaßen selbst Waffen oder hatten in ihrer Panik nicht danach gegriffen. Die wenigen Männer des Dorfes, meist ältere Krieger, die sich kaum noch wehren konnten, schossen auf die Soldaten und wurden meist schon nach dem ersten Schuss von ihnen niedergestreckt. Die Angreifer, ein Teil in den blauen Uniformen der Kavallerie und der Rest in der Zivilkleidung von Freiwilligen, kannten keine Gnade, schossen auf alles, was sich bewegte, verschonten weder Frauen noch Kinder oder Babys.

»Wir sind eure Freunde!«, rief Moxtaveto verzweifelt, bevor mehrere Kugeln die Flaggen über seinem Tipi zerfetzten. Seine restlichen Worte gingen in dem Schlachtenlärm unter, der in der eisigen Luft eines Wintermorgens besonders laut und bedrohlich klang. Dies war kein gewöhnlicher Angriff, dies war ein grausames Gemetzel von blutgierigen Männern, die nur gekommen waren, ihre Mordlust an hilflosen Frauen und Kindern und Alten auszutoben.

Waynoka erreichte das Tipi ihrer Familie und ging entsetzt in die Knie. Ihre Mutter, ihre Schwester und ihre Cousinen lagen reglos in ihrem Blut. Die Soldaten hatten ihre Körper verunstaltet und noch Schlimmeres mit ihnen angestellt. Ihr Großvater lag sterbend vor dem Tipi. Sein Gesicht war blutüberströmt, und er blutete aus mehreren Wunden. Seine Augen waren geweitet.

»Großvater!«, erschrak sie. Sie beugte sich über ihn und erkannte, dass kaum noch Leben in ihm war. Aus seinen Augen war jeglicher Glanz verschwunden, seine Lippen waren blass. »Großvater! Du darfst nicht gehen!«

»Waynoka ... du hattest recht«, flüsterte er.

»Großvater!«

»Geh! Geh, solange du noch kannst!«

Eine Kugel schlug dicht neben ihr in den Boden und wirbelte eiskalte Erde auf. Hinter ihr erklang Hufschlag, und sie sprang zur Seite, schaffte es gerade noch, dem Säbelhieb eines Soldaten auszuweichen. Er fluchte, als sich sein Pferd mit den Hufen im Zelt verfing. Sie nutzte seine Verwirrung, um ihm davonzulaufen, rannte ziellos in das Chaos hinein, den hochspritzenden Schnee, die lodernden Flammen der brennenden Tipis, den Rauch, der vieles verbarg, was niemals hätte geschehen dürfen. Sie floh vor dem siegestrunkenen Lachen der Soldaten, den Schreien der Dorfbewohner und dem hysterischen Weinen vieler Kinder, verlor in den Rauchschwaden die Orientierung und torkelte wie eine Betrunkene zwischen den Tipis umher. Wie durch ein Wunder entging sie den Kugeln und Säbelhieben der Soldaten und folgte einigen Frauen und Kindern, die durch das Flussbett nach Nordwesten flohen.

Das Steilufer und die Sandgruben außerhalb des Dorfes waren die einzige, wenn auch notdürftige Deckung, die sie noch finden konnten. Noch tobten die Soldaten und Freiwilligen im Dorf. Vielleicht schafften es einige Stammesmitglieder, sich vor den Angreifern in Sicherheit zu bringen. Waynoka stolperte mit den anderen ins Flussbett, verlor das Gleichgewicht und stürzte, stemmte sich wieder hoch und rannte weiter, von ihrer Todesangst getrieben.

Selbst einige hundert Schritte vom Dorf entfernt war das Chaos noch so laut, dass sie kaum zu einem klaren Gedanken fähig war. Wie in Trance kletterte sie aus dem Flussbett und rannte zu den Felsen am östlichen Ufer. Zahlreiche Höhlen und Gruben durchzogen das zerklüftete Land und boten eine ideale Deckung, wenn man eine Waffe besaß. Die meisten Frauen hatten ihre Häutemesser im Gürtel stecken, aber nur zwei oder drei besaßen Schusswaffen. Sie sah nur Frauen und Kinder, ein schreiendes Baby und keinen Mann.

Keuchend kletterte Waynoka in die Felsen hinauf. Unter ihren Mokassins bröckelten lose Erde, vereister Schnee und kleine Steine. Einige der Flüchtigen, die noch im Flussbett waren, schrien bereits verzweifelt, die Soldaten hatten sie eingeholt und schossen auf sie. Das hässliche Lachen einiger *Vehos* drang durch den Dunst, einer packte sich ein Mädchen und ritt mit ihr davon.

Waynoka verdoppelte ihre Anstrengungen. Als sie ein ungefähr zehnjähriges Mädchen erschöpft neben einem Felsbrocken knien sah, griff sie ihr unter die Schultern und half ihr, die nächste Steigung zu nehmen. In einer Ausbuchtung der Felsen, die ihnen einigermaßen Schutz bot, verkrochen sie sich.

Das Mädchen war schwer verletzt. Ein Säbelhieb hatte es an der Hüfte getroffen und eine tiefe Wunde gerissen. Es hatte bereits viel Blut verloren und war einer Ohnmacht nahe. Waynoka griff nach ihrem Messer und trennte einen breiten Streifen von ihrem Lederkleid, wickelte ihn so fest um die verletzte Hüfte, dass es die Blutung aufhielt. Das Mädchen stöhnte unterdrückt.

»Wie heißt du?«, fragte Waynoka leise.

»Hiamovi«, antwortete das Mädchen.

»Hiamovi« bedeutete »Wirbelwind« und passte nicht mehr zu dem Mädchen, das erschöpft an der Felswand lehnte. »Deine Eltern?«, fragte Waynoka.

»Sind tot. Alle meine Leute sind tot.«

Und es war noch lange nicht zu Ende. Der Blutdurst der Angreifer war noch nicht gestillt und bedrohte auch sie, denn die Soldaten stiegen immer weiter in die Felsen hinein. Sie fanden ein Versteck nach dem anderen und töteten die wehrlosen Frauen und Kinder mit ihren Schusswaffen und Säbeln. Sie kannten kein Mitleid, waren wie berauscht und schreckten auch nicht davor zurück, die Toten zu skalpieren und zu verstümmeln. Sie hatten sich mit den bösen Geistern verbündet und ließen nicht einmal ein weinendes Baby leben, das ihnen eine verzweifelte Mutter entgegenhielt.

Als zwei Soldaten nur noch wenige Schritte von ihrem Versteck entfernt waren, griff Waynoka nach ihrem Messer und spannte ihre Muskeln an. Wenn sie schon sterben musste, würde sie wenigstens kämpfen. Mit dem Kriegsruf der Hundekrieger würde sie auf die Pferdesoldaten losstürmen.

Von weiter unten rief ein anderer Soldat herauf. Sie kannte nur wenige Wörter der *Veho*-Sprache und konnte nur am Klang ihrer Stimmen erraten, was er meinte. Anscheinend hatten sie ein anderes Opfer gefunden. Waynoka fiel es schwer, sich zu beherrschen und nicht den Gefühlen nachzugeben, die sie selbst in den Tod getrieben hätten.

Die beiden Soldaten, die in ihre Richtung liefen, blieben stehen und drehten sich zu ihren Kameraden um. Auch sie riefen etwas, das spöttisch und herablassend klang, und kletterten lachend zu ihnen zurück.

Sie spähte vorsichtig aus ihrer Deckung und beobachtete, wie sie zwei schreiende Frauen aus einer Sandgrube zerrten und unsanft den Hang hinabstießen. Ein Anblick, der ihr das Herz zu zerreißen drohte. Nur mühsam gelang es ihr, in ihrem Versteck zu bleiben und sich um Hiamovi zu kümmern.

»Sind sie weg?«, fragte das Mädchen ängstlich.

»Sie sind weg. Hab keine Angst!«, antwortete Waynoka.

Sie warteten bis zum frühen Nachmittag, bis sie sich aus ihrem Versteck wagten. Die Soldaten waren verschwunden. Waynoka hatte beobachtet, wie sie mit vier gefesselten Frauen davongeritten waren. Daran, was sie mit ihren Gefangenen vorhatten, wagte sie nicht zu denken. Wollte man sie in Denver City wie seltene Tiere ausstellen? Sie hatte gehört, dass die *Vehos* dort gefangene *tsis tsis tas* in vergitterte Wagen sperrten und sie zusammen mit wilden Berglöwen und Bären zur Schau boten. Einige Frauen hatte man als Sklavinnen an reiche Männer verkauft.

Von dem Felsentisch, der vor ihrem Versteck über den steilen Hang ragte, konnte sie das ganze Dorf überblicken.

Die Schreie der Sterbenden waren längst verstummt und lediglich ein schwarzer Hund irrte orientierungslos durch das Flussbett. Die Ascheflocken, die noch immer in der Luft hingen, vermischten sich mit den Schneeflocken, die auf das Dorf herniederfielen. Der leichte Schneefall hatte es noch nicht geschafft, die Toten zu bedecken. Niemand würde sie auf Holzgerüsten bestatten und auf ihre Reise über die Milchstraße vorbereiten. Sie waren allein, und ihr einziger Trost war, dass sie auf der anderen Seite ihre Verwandten und Freunde wiedertreffen würden.

Waynoka sprach ein Gebet, das sie von ihrem Großvater gelernt hatte, und spürte die eisige Kälte, die von den fernen Bergen herüberwehte. Aus Angst, im Dorf den bösen Geistern zu begegnen, wagte sie sich nicht zurück, doch sie brauchten dringend warme Kleidung und ein paar Vorräte, wenn sie und Hiamovi überleben wollten. Vergeblich suchte sie nach ihrem Schutzgeist.

»Wo bist du?«, rief sie vorwurfsvoll in den eisigen Wind. »Waren das die schlechten Zeiten, die unser Volk erdulden muss? Werden fast alle *tsis tsis tas* sterben, nur damit die *Vehos* ihre klebrigen Netze ausbreiten können?«

Aus dem Schneetreiben kam keine Antwort. Ihr Schutzgeist hatte sich aus dem Staub gemacht, wie ein ängstlicher Kojote hatte er sich davongestohlen und sie im Stich gelassen. Das Mädchen und sie waren am Leben geblieben, aber wie lange noch? Wenn Hiamovi nicht bald Pflege und Ruhe bekam, würde sie sterben, und auch sie war dem sicheren Tode geweiht, wenn der Frostriese es auf sie abgesehen hatte und ihr einen Schneesturm schickte.

»Komm!«, forderte sie das Mädchen auf.

»Ich kann nicht«, flüsterte sie.

»Hier können wir nicht bleiben«, sagte Waynoka. »Und unser Dorf gibt es nicht mehr.« Sie schob vorsichtig einen Arm unter die Schultern des Mädchens und half ihr aus dem Versteck. Hiamovi stöhnte schmerzerfüllt und schloss lange die Augen, sodass Waynoka schon befürchtete, sie hätte das Bewusstsein verloren, aber sie brauchte nur etwas Zeit, um Kraft zu schöpfen. »Du musst jetzt stark sein, Hiamovi! Sieh nicht auf die Toten! Sie fühlen keinen Schmerz mehr und sind auf dem Weg in eine andere und bessere Welt.«

»Meine Mutter … meine Schwestern … alle meine Verwandten …«

»Es geht ihnen gut. Ist dein Vater bei den Hundekriegern?«

»Ja …« Sie stöhnte laut. »Ja … er ist ein tapferer Mann.«

»So wie mein Vater. Und der Krieger, der auf der Flöte für mich spielt.«

Hiamovi war trotz ihrer großen Schmerzen und ihrer Erschöpfung zu einem Lächeln fähig. »Du hast … einen … Verehrer? Einen … Hundekrieger?«

»Einen der tapfersten.«

»Du bist … alt … du hättest längst … längst heiraten sollen.«

Waynoka musste ebenfalls lächeln. Bisher hatte sie noch niemand eine alte Frau genannt, aber das Mädchen hatte recht, die Frauen ihres Volkes heirateten meist schon in ihrem dreizehnten oder vierzehnten Winter.

»Sobald wir uns wiedersehen, werden wir heiraten und in ein gemeinsames Tipi ziehen.«

Sie wusste selbst, wie vermessen dieser Wunsch war, aber sie wollte das Mädchen nicht erschrecken. Wenn man überleben wollte, musste man an eine bessere Zukunft glauben. Selbst wenn sich der Himmel verdunkelt hatte und die *Vehos* ihre klebrigen Netze über das ganze Land spannten, durfte man nicht aufgeben. Noch eine Weisheit, die sie von ihrem Großvater gelernt hatte. Aber stimmte sie noch, wenn ein Schutzgeist ängstlich die Flucht ergriff und Frauen und Kinder im Kugelhagel der Pferdesoldaten gestorben waren?

In dem Schneetreiben war es doppelt schwer, einen festen Halt auf den nassen Felsen zu finden. Einmal rutschte Waynoka aus, und sie wären beinahe gestürzt, konnten sich im letzten Augenblick an einen Felsen klammern.

»Ich … ich kann nicht … mehr«, stammelte Hiamovi.

»Wir haben es gleich geschafft«, erwiderte Waynoka, obwohl sie noch lange nicht weit genug von ihrem Dorf entfernt waren. »Am Flussufer können wir uns ausruhen und Kraft schöpfen, bevor wir uns auf die weiten Ebenen hinauswagen.«

»Mir wird … schwarz … vor … Augen!«

Waynoka fing das Mädchen auf, bevor es das Bewusstsein verlor und trug es zum Fluss hinab. Es war schwerer, als sie gedacht hatte, und sie musste sich anstrengen, sie nicht aus den Armen gleiten zu lassen. In der Nähe des Ufers legte sie es zwischen einige Felsen. »Ich bin gleich zurück«, sagte sie.

Vielleicht war sogar hilfreich, dass Hiamovi die Augen geschlossen hatte und nicht mit ansehen musste, wie sie zu einigen der ermordeten Frauen ging und nach warmer Kleidung und anderen brauchbaren Dingen suchte. Besonders fündig wurde sie nicht. Eine warme, wenn auch blutverkrustete Decke, etwas Pemmikan, festere Mokassins für Hiamovi, einige Lederschnüre.

Nur durch Zufall stieß sie auf etwas, das sich noch als sehr wertvoll erweisen könnte. Als sie zu dem Mädchen zurückkehrte, sah sie einen toten *Veho* im Flussbett liegen. Einen der Angreifer, die keine Uniform getragen hatten. Die Soldaten hatten ihn versehentlich oder mit Absicht liegen gelassen. Er musste im Feuer seiner eigenen Kameraden gefallen sein, ein blasser Mann mit roten Haaren und weit geöffneten Augen. Sie interessierte nur der Revolver, der ihm entfallen sein musste. Sie hatte von ihrem Vater gelernt, wie man damit umgehen musste. In der Trommel steckten zwei Patronen. Sie suchte bei dem Toten nach weiterer Munition, konnte aber nichts finden. Zwei Kugeln, besser als nichts, aber auch viel zu wenig, um am Leben zu bleiben.

Sie kehrte zu Hiamovi zurück und wartete, bis das Mädchen aufgewacht war und sich einigermaßen erholt hatte. »Wir müssen weiter«, drängte sie.

6

Eine dünne Schneeschicht bedeckte die Hügel, die sich bis zu den zerklüfteten Felshängen im Nordwesten erstreckten, als Waynoka und Hiamovi wieder aufbrachen. Stetiger Wind wehte ihnen wirbelnde Flocken ins Gesicht, und die Kälte war kaum zu ertragen, vor allem für Waynoka, die ohne ihr Büffelfell unterwegs war. Die blutige Wolldecke hatte sie dem Mädchen umgehängt, ein dürftiger Schutz gegen die eisige Kälte auf den Ebenen.

Beide standen unter dem Schock der letzten Stunden, hatten die grausamen Geschehnisse am Sand Creek noch lange nicht verarbeitet. Vor ihren Augen liefen die hilflosen Frauen und Kinder noch immer vor den blutgierigen Soldaten davon, und in ihren Ohren klangen ihre verzweifelten Schreie nach. Beim Gedanken an die weit aufgerissenen Augen eines Kindes, das vor ihren Augen gestorben war, verengte sich Waynokas Kehle, und wenn sie an die Frau dachte, die in den Säbelhieb eines Soldaten gelaufen war, wurde ihr übel, und sie musste sich beinahe übergeben. Sie hatte in ihrem Leben schon viel Leid und Schmerz erfahren, aber das unmenschliche Massaker am Sand Creek war noch schlimmer als die Albträume, die sie manchmal heimsuchten.

Vor allem der Tod ihrer eigenen Verwandten hatte sich tief in ihre Seele gebrannt. Ihre Mutter, die blutüberströmt im Zelteingang gelegen und mit leeren Augen in den Pulverrauch gestarrt hatte, ihre Schwester, halbnackt und von den *Vehos* massakriert, ihre jungen Cousinen, beinahe bis zur Unkenntlichkeit von Säbelhieben verletzt. Ihr Großvater, der vor ihren Augen gestorben war. Ein tapferer Krieger, der mit bloßen Händen auf die Angreifer losgegangen sein musste.

Sie hatten sich nach Norden gewandt, weil sie abseits der Trails und Soldatenwege am wenigsten *Vehos* vermuteten, und hofften, dort auf die Hundekrieger zu stoßen. Einige Stunden blieben sie im ausgetrockneten Flussbett des Sand Creek, wo sie sicherer vor den Blicken von Soldaten waren, die sich an die Verfolgung der Flüchtigen gemacht hatten, dann aber kletterten sie über die Uferböschung und begannen den Marsch über die Prärie. Böiger Wind trieb ihnen den kalten Schnee ins Gesicht und zerrte an ihren Kleidern.

Weil der Wind ihnen dort ungehindert ins Gesicht blies und Hiamovis Verletzung sie so stark behinderte, dass sie sich kaum auf den Beinen halten konnte, kamen sie nur langsam voran. Alle paar Schritte sank das Mädchen auf die Knie und stöhnte vor Schmerz. Ihre Hände, noch immer blutig, krallten sich in den Schnee und verkrampften so sehr, dass die Knöchel weiß hervortraten. »Ich … ich kann nicht mehr!«, flüsterte sie, »lass mich ausruhen … nur ein … ein bisschen«, doch Waynoka zog sie jedes Mal vom Boden hoch.

»Maheo hat … mich verlassen!«, klagte Hiamovi.

»Maheo verlässt seine Kinder nicht.«

»Er hat alle sterben lassen … und jetzt … jetzt muss ich gehen!«

»Du wirst nicht sterben«, sagte Waynoka. Sie versuchte so überzeugend wie möglich zu klingen. »Maheo lässt dich nicht im Stich. Er wird die *tsis tsis tas*, die am Fluss gestorben sind, in glückliche Jagdgründe führen und ihnen zeigen, dass er sie nicht vergessen hat. Sie fühlen keinen Schmerz mehr.«

»Das sagst du nur so.«

»Ich glaube fest daran.«

Waynokas aufmunternde Worte weckten neue Kräfte in ihr. Sie schaffte einige Schritte, ohne zu klagen, wurde aber schon nach kurzer Zeit von ihren Gedanken und ihrem Schmerz eingeholt und sank erneut zu Boden. Sie war zu schwer verletzt und zu schwach, um sich auf den Beinen zu halten. Vor Erschöpfung keuchend kniete sie im Schnee, den Blick auf den Boden gerichtet und vor Schmerzen kaum noch imstande, einen klaren Gedanken zu fassen. »Ich … ich kann nicht mehr!«, flüsterte sie. »Es tut … tut … so weh …«

Waynoka beugte sich zu ihr hinab und legte einen Arm um ihre Schultern. Aus dem Körper des Mädchens war jede Kraft gewichen. »Wir haben es nicht mehr weit«, log sie. »Siehst du die Felsen da hinten?« Waynoka konnte sie in dem Schneetreiben selbst kaum ausmachen. »Dort kommt der Wind nicht hin. Da sind wir sicher. Nur noch wenige Schritte, Hiamovi … du schaffst das!«

Hiamovi war selbst zu schwach, um den Kopf zu heben. »Ich … kann … nicht … mehr!«, flüsterte sie kaum verständlich. Ihre Arme gaben nach, und sie fiel mit dem Gesicht in den Schnee, war selbst zu schwach zum Weinen.

»Wir dürfen nicht liegen bleiben!«

»Eine Rast … nur eine kurze Rast!«

»Wenn wir rasten, erfrieren wir. Komm … ich helfe dir! Wir müssen die Felsen erreichen, bevor es dunkel wird. Dort zünden wir ein Feuer an, und du kannst dich ausruhen. Nicht aufgeben!« Sie wollte das Mädchen erneut vom Boden hochziehen, aber Hiamovi hatte das Bewusstsein verloren und hing reglos in ihren Armen, so schwer, dass Waynoka sie kaum halten konnte.

Sie hielt erschöpft inne und blickte in das Schneetreiben. Auch mit ihren Kräften war sie beinahe am Ende. Der Frostriese hatte sich gegen sie gewandt und hüllte sie mit seinem eisigen Atem ein, als wollte er den heimtückischen Angriff der Pferdesoldaten zu Ende führen. Er blies die Kälte unter ihre viel zu leichten Kleider und brannte auf der Haut, lähmte jede ihrer Bewegungen und machte selbst das Atmen zur Qual. Hatten sie schon das Ende ihres Weges erreicht? Würden sie wie die anderen Dorfbewohner ihr Leben im Schnee aushauchen? Würden die Wölfe und Kojoten ihre Überreste finden und sich fauchend darum streiten?

Ihre Augen suchten nach dem Schutzgeist, der sie bisher durch ihr erwachsenes Leben begleitet und ihr stets mit gutem Rat zur Seite gestanden hatte. Er war nirgendwo zu sehen. Waren die *Vehos* so mächtig, dass selbst ein Geistwesen nicht gegen sie ankam? Warum kam er nicht zurück und versuchte, ihr Mut zu machen? Schämte er sich? War er für alle Zeiten aus ihrem Leben geflohen? War sie ganz allein?

Ein frostiger Windstoß riss sie aus ihren trüben Gedanken. Hatte der Wolf sie nicht gedrängt, ihren eigenen Weg zu gehen? Sie blickte auf das bewusstlose Mädchen hinab. Wenn es ihr nicht gelang, Hiamovi zu den Felsen zu schleppen, würden sie beide sterben. »Wir schaffen das«, sagte sie dennoch.

Sie brauchte unendlich lange, um sie unter den Beinen zu fassen und huckepack zu nehmen. Nur weil Hiamovi allmählich wieder zu sich kam und es fertigbrachte, sich an ihr festzuhalten, gelang es ihr, sich weiter durch den Schnee zu kämpfen. Doch mit der Last, die viel schwerer als erwartet war, kam sie nur langsam vorwärts. Fast schien es, als würde sie auf der Stelle treten. Immer öfter mussten sie eine Pause einlegen, um neue Kraft zu schöpfen.

Als sie beide in den Schnee sanken und sich vor Erschöpfung kaum noch aufrichten konnten, befürchtete Waynoka, sie hätten das Ziel ihrer Reise erreicht. Doch Maheo hatte ein Einsehen mit ihnen. Durch den fallenden Schnee waren die Felsen, die ihnen zumindest ein wenig Sicherheit bieten würden, jetzt deutlich zu erkennen. Wie die Schatten mächtiger Riesen ragten sie in den winterlichen Dunst hinein. Sie bewachten eine versteckte Quelle, die bei ihrem Volk seit vielen Wintern bekannt war und einen beliebten Lagerplatz markierte. Mit etwas Glück würden sie dort andere Flüchtige oder sogar Krieger treffen, die von ihrer Büffelsuche zurückkehrten.

Weiter nördlich hoben sich die Umrisse eines Waldes gegen den trüben Himmel ab.

Hiamovi war aus ihrer Bewusstlosigkeit erwacht, aber immer noch benommen und nahe daran, erneut die Augen zu schließen. Zum Sprechen fehlte ihr die Kraft. Doch als Waynoka ihr berichtete, dass es nur noch wenige Schritte bis zu ihrem Lagerplatz waren, verzog sich ihr Gesicht zu einem schwachen Lächeln und in ihrem Blick war neuer Mut zu erkennen. Sie war ein tapferes Mädchen, dachte Waynoka bewundernd. Sie kannte viele Frauen, die bei dieser schweren Verletzung und in diesem Wetter lauter gejammert und vielleicht längst aufgegeben hätten. Maheo hatte sie nicht vergessen.

Wie sie es schafften, die Felsen zu erreichen, wusste Waynoka selbst nicht. Sie stolperten unter die wenigen Bäume bei der Quelle und sanken zu Boden. Zu ihrer Enttäuschung lagerten weder Hundekrieger noch flüchtige Frauen und Kinder dort. Sie waren allein mit dem Frostriesen, der immer noch seinen eisigen Atem über die Ebenen blies und mit einer heftigen Windböe seinen Ärger kundtat, die beiden *tsis tsis tas* nicht aufgehalten zu haben. Erst nach einer Weile beruhigte er sich wieder, und sogar der Flockenwirbel ließ nach.

Hiamovi war schon wieder nahe daran, das Bewusstsein zu verlieren. Waynoka raffte sich auf, hob einige abgebrochene Äste und Zweige auf und legte sie unter eine der Fichten. Dort lag kaum Schnee, aber der Boden war eiskalt, und es bedurfte einiger Anstrengung, ein einigermaßen warmes Lager zu schaffen. Sie bettete das verletzte Mädchen darauf und deckte sie mit der Wolldecke zu. Erst dann machte sie sich daran, im Windschatten der Felsen ein Feuer zu entzünden. Kein einfaches Unterfangen, aber Waynoka hatte oft genug dabei zugesehen und schaffte es schon nach wenigen Minuten, indem sie sich über die Feuerstelle beugte und so lange mit zwei harten Steinen gegeneinanderschlug, bis sich das Reisig, das sie gesammelt hatte, entzündete. Die nachgelegten Äste fingen sofort Feuer und würden einige Zeit brennen.

Sie schaffte es nicht, die Kälte aus ihrem Körper zu vertreiben, spürte aber, wie die Wärme in ihre klammen Hände zurückkehrte und hielt sie dicht über die Flammen. Ohne den eisigen Wind, der sich selbst aus den Baumkronen zurückgezogen hatte, war das frostige Wetter einigermaßen zu ertragen. Sie wartete, bis der Schmerz nachgelassen hatte, riss einen erneuten Streifen von ihrem Kleid, tauchte ihn mit einem Ende in den Schnee abseits der Felsen und hielt ihn so lange in die Nähe des Feuers, bis er warm und geschmeidig war.

Hiamovi war bei Bewusstsein und blickte ihr erwartungsvoll entgegen. Sie stöhnte nur ein wenig, als Waynoka ihre Wunde freilegte und mit dem warmen, an einem Ende noch feuchten Lederstreifen säuberte. Mit einer Nadel aus den Splittern eines Büffelknochens und einer feinen Sehne hätte sie die Haut über dem blutigen Spalt zusammennähen können, aber ihre Ledertasche mit dem Nähzeug, das jede Frau bei sich trug, war in dem Feuer verbrannt, das die Pferdesoldaten in ihrem Dorf gelegt hatten. Sie musste sich damit begnügen, einen neuen, noch festeren Verband anzulegen und darauf zu hoffen, dass sich die Wunde nicht entzündete. Ohne die getrockneten Heilkräuter, die es in der verschneiten Wildnis nicht gab, standen ihre Chancen schlecht.

Sie reichte Hiamovi etwas Pemmikan und achtete darauf, dass sie etwas aß. Ihr Körper war durch die Anstrengungen des langen Marsches geschwächt und brauchte Nahrung. Frisches Wasser schöpfte Waynoka mit ihren Händen aus der Quelle und flößte es ihr vorsichtig ein. Auch sie aß und trank etwas und bedauerte erneut, nicht wenigstens eine Büffelblase mit Wasser mitgenommen zu haben, das sie über dem Feuer erwärmen konnte. In dem Chaos während des Angriffs war sie zu keinem klaren Gedanken fähig gewesen.

»Versuche ein wenig zu schlafen«, sagte sie. »Die Pferdesoldaten werden nicht alle Dörfer der *tsis tsis tas* angegriffen haben. Sie feiern irgendwo ihren Sieg und prahlen damit, Frauen und Kinder getötet zu haben. Sie berauschen sich an ihrem scharfen Wasser. Du wirst sehen, morgen treffen wir auf andere Flüchtige, vielleicht sogar auf Hundekrieger, dann sind wir gerettet. Ruh dich aus und sammle neue Kraft. Ich halte, solange es geht, das Feuer in Gang.«

Hiamovi schlief schon während des Kauens ein. Das Feuer brannte nur wenige Schritte neben ihr und strahlte genug Wärme aus, um sie vor dem Erfrieren zu bewahren. Waynoka brach weitere Äste und Zweige von den Bäumen und legte sie bereit, um nicht ständig aufstehen zu müssen und lehnte sich mit dem Rücken gegen einen der Felsen. Hier war sie von beiden Seiten geschützt. In unregelmäßigen Abständen schob sie Nachschub in die Flammen.

Sie hatte keine Ahnung, was der nächste Tag bringen würde. Ihre Worte, sie würden Flüchtige oder Hundekrieger treffen, waren mehr ein Trost für das Mädchen gewesen. Sie wusste nicht einmal, wie sie die Nacht überstehen sollten. Die Äste und Zweige brannten schnell, und es war schwer, ständig für Nachschub zu sorgen. Auch sie brauchte dringend Schlaf, durfte es sich aber nicht erlauben, länger als wenige Atemzüge die Augen zu schließen, um das Feuer nicht ausgehen zu lassen. Das Risiko, mit dem Feuer versprengte Pferdesoldaten oder andere *Vehos* anzulocken, musste sie eingehen. Für alle Fälle hatte sie die Schusswaffe mit den zwei Kugeln hinter ihrem Gürtel stecken.

Ein leises Geräusch schreckte sie auf. Aber noch bevor sie den Revolver ziehen konnte, löste sich ihr Schutzgeist aus den Schatten, die das flackernde Feuer zwischen die Felsen warf. »Willst du auf mich schießen, Schwester?«

Sie hatte nicht geglaubt, dass der Wolf zurückkehren würde, und blickte ihn verwundert an. »Ich dachte, du würdest dich vor den *Vehos* verstecken.«

»Ich bin ein Geist-Wolf. Mir kann niemand etwas anhaben.«

»Und warum bist du dann davongelaufen?«

»Maheo hatte mir verboten, in den Kampf einzugreifen«, sagte er. »Warum, werde ich nie verstehen. Der Schöpfer aller Dinge geht seltsame Wege. Du weißt, dass ich nicht ständig in deiner Nähe sein und dich vor Gefahren retten kann, auch wenn es schmerzt. Es tut mir leid, Schwester.«

Der Wolf senkte den Kopf und zeigte Bedauern. »Ich habe zu Maheo gebetet, das sinnlose Schlachten zu beenden. Ich habe ihn angefleht, die *Vehos* über den Fluss und in ihre eigenen Jagdgründe zu treiben. Mein Herz war schwer, Schwester.«

»Aber er hat nicht auf dich gehört. Warum lässt er so etwas zu?«

»Maheo bestimmt den Lauf der Welt, und niemand weiß, welche Ziele er verfolgt. Ich weiß nur, dass er sein Volk liebt. Was auch geschieht, er liebt sein Volk, auch wenn wir manchmal nicht verstehen, warum er etwas tut.«

»Es fällt mir schwer, das zu glauben.«

»Hab keine Angst!« Der Wolf kam ein paar Schritte näher und schaute sie versöhnlich an. »Du bist den richtigen Weg gegangen. Noch warten schwere Prüfungen und großes Leid auf dich, aber ich werde dich nicht mehr verlassen und an deiner Seite sein. Ich weiß nicht, ob ich dich vor allen Gefahren bewahren kann, die auf diesem Weg auf dich warten, aber ich weiß, dass du stark genug bist, um die Prüfungen zu meistern. Du hast einen Revolver?«

Sie legte verwundert eine Hand auf die Waffe. »Ja, aber …«

»Du wirst ihn brauchen, Schwester.«

Waynoka wollte etwas erwidern, aber der Wolf war schon weitergegangen und blieb neben der schlafenden Hiamovi stehen. Er legte sich wortlos neben sie und schien sie mit seinem Fell zu wärmen. Ob Hiamovi ihn wohl spüren konnte? Ohne sich nach Waynoka umzudrehen, verschwand er danach in der nächtlichen Dunkelheit zwischen den Fichten.

Sie blickte ihm lange nach. Er war ein seltsamer Wolf, und sie würde niemals aus ihm schlau werden. Für alles hatte er eine Erklärung, selbst für ein Verbrechen wie das Massaker, das sie überlebt hatte, und wenn er nicht weiterwusste, schob er Maheo vor. »Du musst den Schöpfer aller Dinge nicht verstehen«, hatte er ihr schon bei früheren Gelegenheiten gesagt, »du musst ihn vorbehaltlos lieben und ihm vertrauen, denn nur dann bekommt dein Leben einen Sinn. Dies ist eine Zeit des Wandels. Du musst sehr tapfer sein.«

Eine Zeit des Wandels?

Wenn Wandel bedeutete, dass es nicht mehr möglich war, über die weiten Ebenen zu ziehen und den Büffelherden zu folgen, wollte sie damit nichts zu tun haben. Warum sollten sie in Reservaten leben, wenn die Ebenen noch so viel Platz boten, dass man bis zum Horizont blicken konnte, ohne ein menschliches Wesen zu sehen? Warum sollten sie von ihrer Ernte leben, wenn die Weißen genug Fleisch für alle besaßen? Warum sollten Frauen und Kinder sterben, damit die *Vehos* ungehindert zu ihren Goldfeldern kamen?

Sie schob wütend einen Ast ins Feuer, als der Hufschlag von zwei Pferden an ihre Ohren drang. Soldatenpferde, das hörte man am Knarren des schweren Ledersattels und dem Klirren von Metall. Obwohl die Fremden das Feuer gesehen haben mussten, löschte Waynoka es rasch, indem sie Schnee über die Flammen schob. Sie zog ihren Revolver und spähte an den Felsen vorbei.

Zwei Männer in den blauen Uniformen der Pferdesoldaten. Der eine jung und schlank und mit einem Schnurrbart, der andere untersetzt und mit einem Vollbart. Der Vollbart trug drei Winkel an seiner Uniformjacke. Im blassen Mondlicht, das sich durch die Wolken gekämpft hatte, wirkten die beiden wie böse Geister, die Gestalt angenommen und auf die Erde gekommen waren.

Waynoka spannte den Hahn ihres Revolvers mit beiden Daumen.

7

»Auf unseren Erfolg!«, freute sich Ashley. Sie prostete ihrer Freundin mit heißer Schokolade zu, extra Schlagsahne, weil sie etwas zu feiern hatten. Maya hob ebenfalls ihren Pappbecher, Cappuccino mit doppeltem Espresso und dem leckeren Kakaopulver, und erwiderte ihren Toast.

Sie saßen in einem Starbucks an der 16th Street Mall in der Innenstadt und feierten den Verkauf einer wertvollen Türkiskette. Beide hatten dazu beigetragen, dass eine Kunstsammlerin mehrere Tausend Dollar für das teure Stück ausgegeben hatte, und waren von ihrer Chefin mit einem Bonus belohnt worden. Abends wollten sie in einer bekannten Sushibar darauf anstoßen.

»Und das ist nicht der einzige Grund, warum ich heute in Feierlaune bin«, sagte Maya. Ihre Miene verriet Ashley, warum ihre Freundin so fröhlich war.

»Du hast …«

»Ich hab.«

»Mit Fanfaren und Feuerwerk?«

»Das volle Programm.«

Was bedeuten sollte, dass sie und Rudy sich nähergekommen waren. Maya grinste über beide Wangen, wie immer, wenn sie sich einen Mann geangelt hatte, und stieß gleich noch mal mit Ashley an. Sie hatten keine Geheimnisse voreinander, vor allem Maya sprach gern über ihre Eroberungen und wurde öfter sogar überdeutlich. Ashley hatte in dieser Hinsicht weniger zu bieten. Sie war lieber allein als mit einem Mann, der nicht auf Dauer bleiben würde.

»Ich wollte es dir schon den ganzen Tag erzählen«, fuhr Maya fort, »aber die Chefin war fast ständig in der Nähe, und ich wollte nicht, dass sie mithörte. Also, Rudy ist einfach Spitze. Um nicht zu sagen: phänomenal!« Sie trank von ihrem Cappuccino. »Er heißt zwar wie dieses blödsinnige Rentier, macht aber eher auf Frauenversteher und Gentleman. Okay, ich hab's normalerweise eher mit den handfesten Jungs, und ich dachte anfangs, dass auch ein Mechaniker wie Rudy zu dieser Sorte gehört, aber er ist ganz anders. Der raue Bursche, wenn's drauf ankommt, und der butterweiche Kavalier, wenn er dich umgarnt. Du wirst es nicht glauben, er hat mich zu einem Candlelight-Dinner eingeladen, in diesem teuren Steakhaus in den Stockyards, der Hammer!«

»Kerzenlicht im Steakhaus?«

»Da kennt er nichts. Er hatte sogar seine eigene Kerze dabei und fragte den Manager, ob er das Ding auf unseren Tisch stellen und anzünden dürfte. Und das ist noch nicht alles. Vor dem Nachtisch, Vanilleeis mit heißen Beeren, las er mir ein selbst verfasstes Liebesgedicht vor. Okay, ein Hemingway wird er nicht mehr, aber es war einfach wunderschön und so gefühlvoll.«

»Mit anderen Worten: Du bist schwer verliebt.«

»Kann man so sagen.« Sie grinste.

»Aber das war's noch nicht«, lockte Ashley sie.

»Noch lange nicht«, ging Maya auf ihren Lockruf ein, »denn als wir anschließend in seinem Apartment landeten, lag eine rote Rose auf dem Bett.«

»*Wow!* Das ist heftig!«

»Phänomenal!«

»Lass mich raten: Und dann trug er dich auf Händen durch den Raum und küsste dich wie ein Prinz im Märchen, und was dann noch alles passierte ...«

»... geht dich nichts an. Ich hab auch meine Geheimnisse.«

»Dann muss es dich schwer erwischt haben.«

»Zurzeit jedenfalls«, räumte sie grinsend ein. Sie trank wieder von ihrem Cappuccino, genoss jeden einzelnen Schluck. »Wer weiß schon, was morgen oder übermorgen ist. Aber wie sagte schon ein Schlaumeier: ›Genieße den Augenblick, bevor ihn dir jemand wegnimmt!‹ Und das tue ich mit Rudy.«

»Ich freu mich für dich.«

»Und du so?« Wie jedes Mal, wenn sie über Männer sprachen, stellte ihre Freundin dieselbe Frage, auch wenn sie die Antwort längst wusste. »So langsam muss es doch in dir kribbeln ...«

»Mir geht's auch ohne Männer gut.«

»Deine Eltern würden sich freuen, wenn du wieder nach vorn blicken könntest.« Maya war ernst geworden. »Da bin ich ganz sicher. Ich spreche nicht von One-Night-Stands, dafür hattest du ja noch nie was übrig. Aber auf dich stehen doch so viele Männer, ich wette, da ist auch ein möglicher Prince Charming dabei.«

»Ich hab noch keinen getroffen.«

»Weil du dich nicht mehr auf Dates einlässt.«

»Ich hab zurzeit ganz andere Dinge im Kopf. Hab ich dir schon das Foto gezeigt, das ich in einem Buch meiner Mutter gefunden habe? Die Kopie einer alten Aufnahme, wahrscheinlich aus dem 19. Jahrhundert.« Sie zog das Foto aus ihrer Geldbörse und zeigte es ihr. »Eine Indianerin«, sagte Ashley.

»Das sehe ich.« Maya betrachtete das Foto lange, als würde sie nach einem versteckten Hinweis suchen. »Jetzt sag bloß, das ist eine deiner Vorfahren.«

»Könnte sein.« Ashley leckte etwas Sahne von ihren Lippen. »Oder ihr hat das Foto nur gefallen, und sie hat es deshalb als Lesezeichen benutzt.«

Maya blickte auf. »Aber du glaubst, dass du mit der Indianerin auf dem Foto verwandt bist.« Sie reichte ihr das Foto zurück und lächelte plötzlich. »Du willst mir doch nicht sagen, das hätte was mit diesem Schutzgeist zu tun. Dem Wolf, der dir neulich im Traum erschienen ist und mit dir geredet hat.«

»Du glaubst mir noch immer nicht, was?« Ashley verstaute das Foto in ihrer Umhängetasche. »Selbst wenn es nur ein Traum war, benahm sich der Wolf so echt, als würde er direkt neben meinem Bett stehen. Wer weiß, vielleicht gibt es wirklich Geister. So ein sprechender Wolf wäre nicht das einzige Phänomen, das man sich nicht erklären kann. Neulich kam ein Bericht im Fernsehen, da war von einem Mädchen in Savannah die Rede, ein kleines Mädchen in einem weißen Nachthemd, das in mondhellen Nächten am Fenster einer alten Villa erscheint und um Hilfe ruft. Angeblich die Tochter eines Plantagenbesitzers, der sie im Bürgerkrieg in einem Käfig gefangen hielt.«

»Du weißt, dass diese Berichte erstunken und erlogen sind.«

Sie klopfte auf ihre Umhängetasche. »Es kann doch nichts schaden, mal nach dieser Waynoka zu forschen. Ich kann einfach nicht glauben, dass meine Mutter dieses Foto nur kopiert hat, weil sie es schön oder interessant fand. Sie wollte ein Buch über die Lakota schreiben, vielleicht war es dafür. Oder hinter dem Foto steckt ein Geheimnis, das irgendwas mit meinen Vorfahren zu tun hat. Ich muss unbedingt die Wahrheit herausfinden. Hältst du mich jetzt für verrückt?«

Maya feixte. »Tu ich das nicht schon immer?«

Sie warfen ihre leeren Becher in den Müll und wollten gerade gehen, als Ashley stoppte und entgeistert aus dem Fenster schaute. Sie war so starr vor Angst, dass etliche Leute in ihrer Nähe ihre Unterhaltungen unterbrachen und sie neugierig anblickten. Hilfe suchend griff sie nach dem Arm ihrer Freundin.

»Ashley! Was ist passiert?«, erschrak Maya.

»Der Typ aus dem Laden! Vor dem Fenster!«

»Der Stalker?«

»Siehst du ihn nicht?«

Maya kniff die Augen zusammen und blickte genauer hin. »*Oh Shit!* Du hast recht! Das ist der Typ aus dem Laden! Das ist bestimmt kein Zufall!«

»Gibt's hier einen Hinterausgang?«

»Neben den Toiletten, zum Parkplatz raus.«

»Dann nichts wie weg!«

Sie liefen aus dem Lokal und rannten zu ihren Wagen.

»Ich fahre jetzt zur Polizei!«, rief Ashley.

»Und ich fahre dir nach! Ich bin Zeugin!«

Ashley lenkte ihren Chevy vom Parkplatz und fuhr den hartnäckigen Verehrer beinahe über den Haufen. Nur mit einer Vollbremsung verhinderte sie, dass er über ihre Kühlerhaube fiel. In ihrem Innenspiegel tauchten die Scheinwerfer von Mayas Wagen auf. Sie ließ ein Seitenfenster herunter und rief dem Mann zu: »Machen Sie, dass Sie wegkommen, oder es gibt Ärger!«

Den Mann schien nichts aus der Ruhe bringen zu können. Er ging um den Kühler herum und blieb in respektvoller Entfernung stehen. »Tut mir furchtbar leid, wenn ich Sie erschreckt habe. Ich wollte Ihnen doch nur Hallo sagen und Sie zum Essen einladen. Ich mag Sie, Ashley, ich mag Sie sogar sehr.«

»Lassen Sie mich in Ruhe!«, antwortete sie nur.

Ashley schloss das Fenster und fuhr an ihm vorbei, spürte einen kalten Schauder, als ihr Wagen beinahe seinen Körper streifte. Sie würde es noch einmal bei der Polizei versuchen. Die Cops konnten ihn doch wenigstens ermahnen.

Das nächste Polizeirevier, an das sie sich erinnerte, lag wenige Querstraßen entfernt. Sie fuhr zügig, aber nicht zu schnell, und erkannte Mayas Wagen im Rückspiegel, als sie vor einer roten Ampel halten musste. Es war tröstlich, sie in der Nähe zu wissen. Ihre unbeschwerte Art war in einer solchen Situation einiges wert.

Als sie weiterfuhr und erneut in den Rückspiegel blickte, erkannte sie ein zweites Scheinwerferpaar. Sie brauchte gar nicht genauer hinzusehen, um zu wissen, dass es sich um den BMW des Stalkers handelte. Jetzt war sie noch entschlossener, den Mann bei der Polizei zu melden und, wenn es half, auch Strafanzeige zu stellen. Maya zeigte ihr durch mehrfaches Betätigen der Lichthupe, dass sie den Mann ebenfalls bemerkt hatte und auf der Hut war.

Eine Verfolgungsjagd wollte Ashley nicht riskieren. Sie waren nicht im Kino, und die Chance, dass sie erneut einen Unfall bauen und vielleicht wieder ins Koma fallen würde, war zu groß. Allein der Gedanke, sie müsste diese Tortur noch einmal durchleben, hielt sie davon ab. Nicht immer würde sie das Glück haben, einen Unfall lebend zu überstehen.

Es war früher Abend, und das Schild des Polizeireviers leuchtete deutlich sichtbar in der Dunkelheit. Die Straßen in der Innenstadt waren schnee- und eisfrei, nur auf den Gehsteigen lag noch etwas Schnee. Es war kälter geworden, und wenn sie den sternenlosen Himmel betrachtete, würde es bald wieder schneien. Wer in Denver aufgewachsen war, störte sich nicht daran.

Obwohl die Parkplätze vor dem Revier für Streifenwagen reserviert waren, hielt Ashley direkt vor dem Eingang. Maya parkte knapp hinter ihr. Mit Genugtuung beobachtete Ashley, wie ihr Verfolger am Polizeirevier vorbeifuhr, glücklicherweise so langsam, dass Ashley keine Schwierigkeiten hatte, die Nummer seines Wagens zu notieren. Sie stieg aus und sagte: »Der Kerl wird immer dreister.«

Der diensthabende Sergeant, ein übergewichtiger Mann, der seine besten Zeiten sicher schon hinter sich hatte, saß an seinem Pult und starrte gelangweilt auf seinen Computer. Als sie das Revier betraten, blickte er auf, und seine Miene entspannte sich zu einem Lächeln. »Was kann ich für Sie tun, meine Damen?«, fragte er.

Ashley antwortete: »Ein Stalker ist hinter mir her, Officer. Ich hatte neulich schon mit zwei Ihrer Detectives das Vergnügen, aber da wurde wohl noch davon ausgegangen, es handele sich nur um einen Spinner, der schnell wieder verschwinden würde.« Sie berichtete vom Besuch der beiden Detectives im Krankenhaus und wurde von dem Sergeant schon nach wenigen Worten unterbrochen.

Er zeigte mit dem Finger auf sie. »Ah, Sie sind Miss Morrison! Die Dame im Koma.«

»Woher wissen Sie das?«

»Die beiden Detectives, die bei Ihnen waren, gehören zu unserem Revier. Crane und Perry. Ich glaube, Detective Perry ist noch an ihrem Platz. Aber die wird Ihnen nichts anderes als beim letzten Mal sagen können. Sie hat Ihnen sicher empfohlen …« Er erkannte, wie geladen Ashley war, und griff nach dem Telefonhörer. »Okay, ich frage sie, ob sie Zeit hat. Augenblick …«

Detective Perry, die kühle Blonde, die Ashley im Krankenhaus verhört hatte, ließ sich breitschlagen und empfing sie beide in ihrer Ecke des Büros. Außer ihr waren noch andere Detectives im Dienst, scherten sich aber nicht um sie.

»Ich habe leider nichts Neues für Sie«, begann Perry. »Wenn es so wäre, hätte ich Sie angerufen.«

Ashley stellte ihre Freundin vor und reichte Perry den Zettel mit der Autonummer. »Der Stalker ist immer noch hinter mir her. Er fährt einen dunklen BMW. Maya kann bezeugen, dass er mich belästigt und verfolgt hat. Ein Glück, dass sie bei mir war. Sie werden den Mann doch hoffentlich ausfindig machen?«

»Wir können ihn überprüfen, Miss Morrison.« Mit Emotionen hatte Perry wenig im Sinn, wie im Krankenhaus verzog sie keine Miene. Keine Entschuldigung, kein Wort des Bedauerns. »Aber versprechen Sie sich nicht zu viel. Solange er sich nicht strafbar macht, können wir leider nichts machen.«

»Was muss er denn noch tun? Mich umbringen?«

»Er ist wahrscheinlich nur ein aufdringlicher Spinner«, erwiderte sie, »von denen gibt es Hunderte. Wenn wir gegen jeden ermitteln würden, bräuchten wir wesentlich mehr Beamte, und die genehmigt uns die Stadt nicht. So ist es nun mal.«

Der Zynismus, der aus ihren Worten sprach, machte Ashley wütend, und auch Maya beherrschte sich nur mühsam, aber sie hielten sich beide zurück.

»Mehr kann ich Ihnen leider nicht sagen.«

Ashley schnappte sich eine der Visitenkarten, die Perry auf dem Schreibtisch stehen hatte, und verabschiedete sich. Zusammen mit Maya verließ sie das Revier. »Passen Sie gut auf sich auf!«, rief ihnen der Sergeant nach.

»Im Fernsehen sind die Detectives freundlicher«, sagte Maya, als sie draußen waren. Sie blieb vor ihrem Wagen stehen. »Was ist mit unserem Sushi? Noch Lust?« Sie überlegte kurz. »Wie wär's, wenn du heute Nacht bei mir schläfst? Wir könnten eine Flasche Prosecco aufmachen und uns eine alte Liebesschnulze auf TCM reinziehen.«

»Klingt verlockend, aber ich glaube, ich bleibe heute lieber allein.«

»Ruf aber an, wenn was ist, okay?«

Ashley versprach es und stieg in ihren Wagen. Weder unterwegs noch vor dem Haus, in dem sie wohnte, sah sie den BMW des Stalkers. Ihre Angst, er könnte vor ihrer Wohnungstür warten, erwies sich als unbegründet.

In ihren eigenen vier Wänden fühlte sie sich sicherer. Statt Sushi gab es ein Sandwich, statt grünem Tee schlichten Schwarztee und als kleinen Trost einen der Mini-Schokoriegel, die sie vor sich selbst im Küchenschrank versteckt hatte. Vor dem Fernseher ließ sie den Tag mit einer albernen Comedyserie ausklingen. Sie bekam nur wenige Gags mit, war mit ihren Gedanken schon wieder bei Waynoka, der geheimnisvollen Indianerin auf dem Foto, als der Geisterwolf aus ihrem Koma in ihrem Wohnzimmer auftauchte. Sie war so verwirrt, dass sie sekundenlang zu keiner Reaktion fähig war. War sie bereits eingeschlafen und erlebte einen seltsamen Traum? Bildete sie sich den Wolf nur ein? Spielten ihr die verwirrenden Gedanken einen Streich? Sie blickte genauer hin, doch er blieb neben dem Fernseher stehen, und seine Stimme war deutlich zu hören. »Hallo, Schwester! Du denkst über die Indianerin auf dem Foto nach?«

Es fiel ihr schwer, sich an seine Gegenwart zu gewöhnen, und sie kam sich seltsam vor, als sie endlich den Mut fand, ihm zu antworten. »Wer sagt mir, dass sie die Vorfahrin ist, von der du gesprochen hast? Die Frau, die mir neuen Mut geben soll? Wer weiß, vielleicht ist sie nur irgendeine Indianerin, und ich jage einem Phantom hinterher. Sollte ich die ganze Sache nicht abblasen und zusehen, dass ich mit dem Alltag zurechtkomme? Was kann mir eine Frau aus der Vergangenheit schon sagen?«

»Mehr, als du denkst«, antwortete der Wolf, der sich als ihr Schutzgeist ausgegeben hatte. Er blickte sie mahnend an. »Die Menschen sollten öfter in die Vergangenheit blicken, dann würde es auf der Erde sehr viel friedlicher zugehen.«

»Dann bin ich auf dem richtigen Weg?«

»Das musst du selbst herausfinden.« Die Narbe über dem linken Auge des Wolfes leuchtete im flackernden Licht des Fernsehers. »Folge dem Weg, von dem du überzeugt bist, und du wirst nicht enttäuscht sein! Auch wenn er dich in Gegenden und zu Menschen führt, die viel Leid erfahren haben.«

»Was werde ich herausfinden? Habe ich nicht genug gelitten?«

»Nur wer die Herausforderungen des Lebens annimmt, findet die grünen Wiesen jenseits der weiten Ebenen. Geh den Weg, der vor dir liegt, und folge den Spuren in die Vergangenheit, denn dort warten das Glück und die Erfüllung, die du hier vergeblich suchst. Hab keine Angst, Ashley. Ich bin bei dir.«

»Immer und überall?«

»Für deine Taten bist du selbst verantwortlich.«

»Und was ist mit dem Stalker?«

»Ich verstehe deine Sorge, aber über den würde eine Kriegerfrau nur lachen. Männer wie er finden ihre gerechte Strafe, wenn nicht hier, dann jenseits der Milchstraße.« Der Wolf bewegte sich zur Tür, blickte sich aber noch einmal um. »Hab keine Angst!«

8

Ashley hörte auf den Wolf. Nur wenige Tage, nachdem sie ihm erneut in ihren Träumen begegnet war, verabredete sie sich mit Mary Eagle Feather im Native American Studies Center und fuhr nach Boulder. Die ehemalige Sekretärin ihrer Mutter lud sie auf eine heiße Schokolade in ihr Büro ein und sagte: »Vielen Dank für die Bücher, die Sie uns überlassen haben. Ich habe sie unserer Bibliothek gegeben.«

Ashley kramte das Foto von Waynoka aus ihrer Umhängetasche und zeigte es ihr. »Dieses Foto habe ich in einem der Bücher gefunden. Ich will mehr über meine indianischen Vorfahren erfahren, und es könnte sein, dass sie meine Ururgroßmutter oder so was Ähnliches ist. Vielleicht habe ich aber auch unrecht, und das Bild gehörte zu ihren Recherchen für ihr geplantes Buch über Lakota-Frauen. Ist das eine Lakota? Ich studiere Geschichte, wie Sie wissen, aber von Indianern verstehe ich leider zu wenig. Haben Sie eine Ahnung?«

»Weil ich eine Cheyenne bin?« Mary besaß den feinen Humor ihres Volkes und lächelte hintergründig. Sie betrachtete das Foto eingehend. »Waynoka«, las sie, »das ist ein Cheyenne-Name.« Sie hielt sich die Kopie dicht vor die Augen, nahm eine Lupe aus ihrer Schublade und prüfte die Details. »Das ist keine Lakota, das ist eine Cheyenne-Frau. Obwohl Lakota- und Cheyenne-Frauen nur schwer voneinander zu unterscheiden sind, besonders auf einem undeutlichen Foto wie diesem. Wir sehen besser aus ...« – wieder dieses Lächeln – »... aber die Kleidung ist ähnlich.« Sie reichte ihr die Lupe. »Sehen Sie sich die Mokassins an ... Sehen Sie das Zickzackmuster auf den Oberseiten?«

»Schwer zu erkennen, aber ja ... Das sind Perlen, nicht wahr?«

»Stachelschweinborsten«, verbesserte Mary, »obwohl es damals schon Glasperlen gab. In Fort Bent gab es sie in allen Farben. Die Zickzackmuster sind typisch Cheyenne, zumindest im 19. Jahrhundert.« Sie blickte eine Weile auf das Foto. »Irgendwo hab ich das Bild schon mal gesehen. Nicht bei Ihrer Mutter. In einem Buch oder im Internet. Aber wenn ich mich recht erinnere, war diese Indianerin darauf nicht allein. Da waren noch vier andere Frauen.«

»Im Internet steht nichts über eine Waynoka.«

Mary hatte das Jagdfieber gepackt. »Vielleicht in unserem Archiv.« Sie rief die entsprechende Website auf, gab ihr Kennwort ein und erhielt ebenfalls kein Ergebnis. »Mag sein, dass mir das Foto bei einem unserer Stammestreffen unterkam. Da tauchen manchmal Fotos und auch Gegenstände auf, von denen die Öffentlichkeit nichts weiß. Allerdings ...« Sie sah sich das Foto noch einmal an. »Sie sieht eher wie eine Northern Cheyenne aus. Ich kann nicht erklären, wieso ich das glaube, vielleicht liegt es an ihrem Schmuck.«

»Die Northern Cheyenne? Der Stamm ist geteilt, nicht wahr?«

Mary nickte. »Aber wir sind uns nicht feindlich gesonnen. Meine Leute, die Southern Cheyenne, leben in Oklahoma. Sie verstanden sich mit den Weißen, bis die Siedler in ihren Planwagen kamen. Die Northern Cheyenne haben ihr Reservat im östlichen Montana. Sie sollten nach Lame Deer fahren, so heißt ihre Hauptstadt, ein ziemlich verschlafenes Nest, und sich dort umhören, wenn Sie es ernst meinen. Wenn Sie etwas über Waynoka herausbekommen wollen, dann dort. Das heißt …« Ihr stach die Jahreszahl ins Auge. »1864 ist ein bedeutsames Datum in unserer Geschichte. Am 29. November 1864 überfielen Colonel Chivington und über sechshundert Soldaten und Freiwillige ein Dorf der Cheyenne und töteten weit über hundert Indianer, vor allem Frauen und Kinder. Das grausamste Massaker der Indianerkriege.«

»Vom Sand-Creek-Massaker habe ich natürlich gehört«, erwiderte Ashley. »Meine Eltern sprachen oft darüber und wollten das Schlachtfeld und die Gedenkstätte im nächsten Sommer besuchen. Leider kam es nicht mehr dazu.«

Mary reichte ihr das Foto zurück. »Dann würde ich an Ihrer Stelle zuerst dorthin fahren. Ist ja nicht weit von hier. Fragen Sie nach Ranger Webb, der ist auf Sand Creek spezialisiert und hat sogar ein Buch über das Massaker geschrieben. Wenn Waynoka am Sand Creek war, dann weiß er es bestimmt.«

»Wir könnten ihn anrufen.«

»Das reicht nicht.« Mary lehnte sich zurück. »Wenn Sie mehr über das Massaker und die Indianerkriege wissen wollen, müssen Sie sowieso irgendwann hin.« Sie dachte eine Weile nach. »Wenn Sie wollen, begleite ich Sie.«

Ashleys Gesicht hellte sich auf. »Das würden Sie tun?«

»Ich kenne Ranger Webb seit Jahren und würde ihn gern mal wieder treffen. Er weiß eine Menge. Außerdem arbeitet eine meiner Cousinen dort.«

Ashley war einverstanden und wartete geduldig, bis Mary den Ranger angerufen, ihm ihre Absicht erklärt und einen Termin ausgemacht hatte. »Morgen früh um sieben Uhr? Ich hol Sie am besten ab.« Sie nannte ein bekanntes Lokal an der Interstate. »Wir könnten dort frühstücken und dann weiterfahren.«

Die Cheyenne hatten schon in den alten Zeiten sehr viel Wert auf die Etikette gelegt, und Mary Eagle Feather tat es immer noch, doch am nächsten Morgen beim Frühstück gingen sie zur vertrauten Anrede über und stießen mit Kaffee und heißer Schokolade an. Ashley lud die Indianerin zu einem reichhaltigen Frühstück ein, auch weil Sand Creek in einer verlassenen Gegend lag und es dort kaum etwas zu essen gab, schlug aber vor, Marys Wagen zu nehmen, da ihr eigener hinten und vorne klapperte und nicht mehr lange durchhalten würde. Dafür hatte Rudy nur ein paar Hundert Dollar verlangt.

Maya wusste Bescheid. »Eine verrückte Idee, nach einer Indianerin aus dem vorletzten Jahrhundert zu suchen, mit der du verwandt sein könntest, aber wer weiß ... vielleicht wartet dort ein liebeshungriger Ranger auf dich.«

»Immer nur das eine im Kopf.«

»Die Liebe … darum geht's doch im Leben.«

»Und um Macht und Geld.«

»Nicht bei mir.«

Auf dem Weg nach Süden kamen Mary und Ashley gut voran. Das Wetter war einigermaßen klar, stellenweise schien sogar die Sonne, und die Interstate war geräumt. Nur auf den Böschungen und dem Grünstreifen lag noch Schnee. Was in Colorado wenig bedeutete, dort wechselte das Wetter oft von einer Minute auf die andere, und wer bei blauem Himmel und erträglichen Temperaturen losgefahren war, fand sich plötzlich in einem Blizzard wieder.

Auch deshalb, und weil einige ihrer Verwandten auf schwer zugänglichen Ranches und Farmen lebten, fuhr Mary einen Geländewagen. Anscheinend mochte sie Ranger Webb. Sie war sorgfältiger geschminkt als sonst und hatte einen wertvollen Kamm über ihren Zöpfen stecken. Ansonsten trug sie Jeans, Anorak und Stiefel wie Ashley. Aus dem Radio tönte leise Top-40-Musik.

Die Sand Creek National Historic Site lag östlich von Eads, einem winzigen Kaff in Colorado und ein paar Meilen nördlich vom Highway 96. Selbst während des Sommers verirrten sich nur wenige Urlauber in diese Gegend, und im Winter tauchten nur Indianer oder Besucher dort auf, die eine persönliche Beziehung zu Sand Creek oder sich eingehend damit beschäftigt hatten. Ausgenommen am Jahrestag des Massakers, dem 29. November, wenn zahlreiche Cheyenne erschienen und den dort Gefallenen ihre Ehre erwiesen.

Ranger Webb wartete im Besucherzentrum, einem schlichten Holzhaus, in dem ein kleines Museum und ein Shop untergebracht waren. Er war ein Mann in den Dreißigern in der Uniform des National Park Service, etwas untersetzt und übergewichtig, aber sehr beweglich und mit fröhlichen Augen. Er trug seine Haare stoppelkurz und hatte ebenfalls Indianerblut in den Adern. »Mary!«, begrüßte er sie fröhlich. »Lange nicht mehr gesehen.«

»Ein Jahr, mindestens. Das ist Ashley Morrison, die Tochter meiner ehemaligen Chefin. Du weißt, dass meine Chefin und ihr Mann bei einem Unfall ums Leben kamen. Ein großer Verlust für Ashley ... und unsere Universität.«

»Mein Beileid«, sagte Webb, »Ihre Eltern waren großartig. Die Abhandlung Ihrer Mutter über die Schlacht am Little Bighorn hat mir bei meinen Studien sehr geholfen.« Er griff nach seinem Anorak. »Ich gebe Ihnen am besten mal erst die Tour ... solange das Wetter noch einigermaßen durchhält.«

»Das wäre sehr nett«, sagte Ashley.

»Ich weiß nicht, wie viel Sie über Sand Creek wissen ...«

»Ich studiere Geschichte, hab aber noch Lücken.«

Sie nickte kurz. »Das Massaker am Sand Creek gehört zu den grausamsten Massakern der Indianerkriege, und ich sage bewusst ›Massaker‹ – weil es eher ein sinnloses Abschlachten von Frauen und Kindern als ein Kampf war. Moxtaveto, oder Black Kettle, wie er von den Amerikanern genannt wurde, der Häuptling des Dorfes, hatte bereits eingewilligt, seine Leute ins Reservat zu führen. Im Gegenzug hatte er von Major Edward Wynkoop, dem Kommandanten von Fort Lyon, die Zusage erhalten, ihre Tipis in der Nähe des Forts zu errichten. Doch der Gouverneur des Territoriums entschied anders und wollte die Cheyenne mit einem Rachefeldzug für einen Überfall auf weiße Siedler bestrafen. Black Kettle und seine Leute hatten gar nichts damit zu tun. Colonel John M. Chivington, im zivilen Leben ein Prediger, überfiel das Dorf mit seiner Einheit und für hundert Tage verpflichteten Freiwilligen, und das, obwohl Black Kettle, wie vereinbart, ein amerikanisches Sternenbanner und eine weiße Flagge gehisst hatte. Die Soldaten und besonders die Freiwilligen gingen mit unvorstellbarer Grausamkeit gegen die Indianer vor. 133 Indianer starben am Sand Creek, darunter 98 Frauen und Kinder. Obwohl die Wahrheit über das blutige Massaker schon bald ans Licht kam, entging Chivington seiner gerechten Bestrafung. Er verließ die Armee rechtzeitig und starb 1894 nach einer schweren Krankheit.«

Sie blieben neben einem Baum stehen, an den trauernde Cheyenne bunte Bänder gebunden hatten, und blickten über das Schlachtfeld hinweg. In sanften Hügeln, von jungfräulichem Schnee bedeckt, zog sich das Land am Ufer des Flusses entlang nach Norden. So musste es auch an jenem Tag im November ausgesehen haben. Ein heiliger Ort, an dem man die Gegenwart der Geister spürte, die Seelen der Frauen und Kinder, die im Kugelhagel und unter den Säbelhieben der Soldaten gefallen waren.

Selbst im Flüstern des Windes waren ihre Namen zu hören, vernahm man ihr verzweifeltes Klagen.

Ashley spürte, wie ihr ein kalter Schauer über den Rücken lief. Die Erinnerung an das furchtbare Massaker würde an diesem Ort niemals verblassen, auch ohne das Besucherzentrum und den Gedenkstein wirkte er so entrückt wie das Innere einer Kathedrale auf sie. Eine heilige Stätte, für die Cheyenne und andere Indianer ein Wallfahrtsort, wie die vielen bunten Bänder bewiesen. Mit ihrem Schweigen ehrten auch Ashley, Mary und Webb die Toten, und als Ranger Webb weitersprach, senkte er unwillkürlich seine Stimme.

Er deutete zum Fluss hinüber. »Dort ungefähr haben die Soldaten den Fluss überquert. Der hat seinen Lauf inzwischen geändert, und auch die vielen Bäume gab es damals noch nicht. Und nur ein paar Schritte vom Ufer entfernt starb White Antelope mit den Worten: ›Nur die Berge und die Erde leben ewig‹. Viele Frauen und Kinder flohen nach Norden, durch den trockenen Fluss und am Ufer entlang. Wer es bis zum Steilufer dort hinten schaffte, wurde von den nachrückenden Soldaten und Freiwilligen getötet.« Er seufzte leise. »Fast jedes Mal, wenn ich hier draußen bin, kommen mir die Tränen.«

Auch Ashley hatte Tränen in den Augen, als sie ins Besucherzentrum zurückkehrten und sich an den kleinen Tisch neben dem Fenster setzten. Inzwischen war auch Marys Cousine eingetroffen, und die beiden begrüßten einander herzlich. Die Cousine hatte bereits frischen Kaffee für alle aufgesetzt.

Ashley schilderte ihr Anliegen und zeigte dem Ranger das Foto von Waynoka. Der betrachtete es lange und nahm wie Mary ebenfalls eine Lupe zu Hilfe. »Northern Cheyenne, denke ich«, sagte er zu Mary. »Was meinst du?«

»Northern Cheyenne«, bestätigte Mary, »die Mokassins.«

»Das Zickzackmuster. Sehr traditionell.«

»Mir kommt es so vor, als hätte ich das Foto schon mal irgendwo gesehen«, sagte Mary, »aber von einer Waynoka hab ich noch nie was gehört.«

»1864, das wurde im Jahr des Massakers aufgenommen.«

»Eine Überlebende?«

»Überlebende?« Dem Ranger schien ein Licht aufzugehen. »Jetzt fällt es mir ein … Das Foto musst du hier gesehen haben. Ich hab eine ganze Schublade mit Fotos und Zeichnungen, die ich von Cheyenne bekommen habe.«

»Hier im Besucherzentrum?«, fragte Ashley.

Webb ging hinter den Tresen und kehrte mit einer Schublade voller Fotos, Zeichnungen und Dokumenten zurück. »Die meisten Sachen haben nur emotionalen Wert. Briefe von Urenkeln der Opfer, Zeichnungen und Gedichte von Schulkindern, private Aufnahmen aus der Zeit, als es hier noch keine Historic Site gab.«

»Und Fotos?«

Webb kramte angestrengt und fand etliche Abzüge, vor allem laienhafte Aufnahmen aus den letzten fünfzig

Jahren, aber auch einen braunen Umschlag mit einigen historischen Aufnahmen. Fort Lyon von einem Hügel aus gesehen, einige Offiziere in ihren Paradeuniformen, zwei Offiziersgattinnen mit ihren Sonnenschirmen, einige Porträts von indianischen Häuptlingen.

»Hier«, sagte Webb endlich. Zu Ashleys und Marys Überraschung zeigte er ihnen eine Aufnahme von fünf Indianerfrauen, offensichtlich Gefangene, die man nach ihrer Festnahme fotografiert hatte. »Die Frau ganz links ... Entweder Ihre Mutter oder wer auch immer hat einen Ausschnitt mit Waynoka gemacht und entsprechend vergrößert. Deshalb ist euer Foto so unscharf.«

»Da steht aber nichts von Waynoka«, wunderte sich Ashley.

Webb wusste auch nicht mehr. »Das muss Ihre Mutter dazugeschrieben haben. Sie hat wohl herausgefunden, dass es sich um eine gewisse Waynoka handelt. Keine Ahnung, woher sie den Namen hat. Im Zusammenhang mit Sand Creek habe ich ihn noch nie gehört.« Er sah sich das Bild genauer an. »Das sind alles Cheyenne, und eine der anderen vier Frauen kenne ich sogar. Das ist ...« Er musste überlegen. »Elena ... die erkenne ich an ihrer großen Nase. Ich hab sie schon auf zwei anderen Fotos gesehen. Angeblich lief sie den Soldaten damals davon und tat sich mit Little Wolf zusammen, dem bekannten Häuptling, der aus dem Reservat in Oklahoma in seine Heimat nach Norden floh. Aber da ist viel Hörensagen dabei. Was aus den anderen Frauen wurde, weiß ich nicht.« Er betrachtete den braunen Umschlag, er trug keinen Absender. »Wenn ich mich recht erinnere, kam der aus Lame Deer. Ich hab damals den Stammesrat angerufen, aber der wusste nichts von den Fotos.«

»Ein Spender, der nicht genannt werden wollte?«

»Das haben wir häufiger«, erklärte der Ranger. »Die meisten Indianer, die uns was fürs Museum geben, wollen nicht genannt werden. Vielleicht, weil einige Leute im Reservat was dagegen haben, dass sie wertvollen Besitz hergeben, ohne was dafür zu verlangen. Den anderen Fall gibt es natürlich auch. Indianer, die mit irgendwelchen, meist wertlosen Sachen Geld verdienen wollen. Jede dritte Pfeilspitze, die sie irgendwo ausgraben, stammt angeblich vom Sand Creek, aber unsere Archäologen sind erfahrene Leute, die lassen sich nicht so leicht übers Ohr hauen. Aber die Fotos sind echt. Ich hätte sie längst der Uni geben sollen.« Er blickte Mary an. »Ich spreche mal mit dem NPS.«

»Könnten Sie mir eine Kopie von dem Foto machen?«, fragte Ashley.

»Kein Problem. Geben Sie mir Ihre Mobilnummer, dann schicke ich es Ihnen aufs Handy. Sagen Sie mir Bescheid, was Sie herausfinden. Außer Ihnen muss es doch sicher noch andere Nachfahren dieser Waynoka geben.«

»Wenn sie tatsächlich meine Ururgroßmutter war.«

»Wenn sie zu den Frauen gehörte, die den Soldaten am Sand Creek entkamen, und davon gehe ich aus, muss sie gleich nach den ersten Schüssen geflohen sein, sonst hätte sie es nicht geschafft. Die Soldaten haben selbst auf Frauen und Kinder geschossen, die sich ergeben wollten, auch ein ungefähr sechsjähriges Mädchen, das ihnen mit einer weißen Fahne entgegenkam.«

»Warum nur? Warum das alles?«, fragte Ashley.

»Die Weißen wollten ein Exempel statuieren. Die Eisenbahn hoffte auf billiges Land zu beiden Seiten der Schienen, das sie nach dem Sieg gegen die Indianer teuer verkaufen konnten. Der Gouverneur des Territoriums wollte auf Colorado aufmerksam machen und einen neu zu gründenden Bundesstaat regieren. Es ging um Macht und Geld und natürlich auch um Gold, das in den Bergen gefunden worden war. Die ›Wilden‹ …« Er deutete die Anführungszeichen mit den Fingern an. »Die ›Wilden‹ waren im Weg. Dazu kam diese unsagbare Arroganz der Siedler, die glaubten, die Moral gepachtet zu haben und das Land im Namen Gottes erobern zu müssen. Chivington war der ideale Mann für ihre schmutzigen Pläne. Wissen Sie, was er vor dem Angriff gesagt haben soll? ›Ich sehne mich danach, im Blut der Indianer zu waten.‹«

»Und man hat ihn niemals dafür belangt?«

Webb schüttelte den Kopf. »Im Gegenteil. Captain Silas Soule, der sich als Einziger mit seinen Leuten geweigert hatte, Frauen und Kinder zu töten, wurde später erschossen, wahrscheinlich von einem Vertrauten Chivingtons.«

Auf der Rückfahrt schwiegen Ashley und Mary die meiste Zeit. Zu bedrückend waren der Besuch am Sand Creek und die Worte des Rangers gewesen. Ashley wusste einiges über die Grausamkeiten der Indianerkriege, aber das Ausmaß der Taten, die am Sand Creek begangen worden waren, erinnerten sie an die schlimmsten Schilderungen aus den beiden Weltkriegen und dem Krieg in Vietnam. »Danke, dass du mitgekommen bist, Mary«, sagte sie.

In Denver beschloss Ashley, schon an einem der nächsten Morgen nach Norden aufzubrechen. Sie bat ihre Chefin um Urlaub und umarmte ihre Freundin Maya, der sie alles erzählt hatte. »Ich muss es tun, Maya. Ich muss.«

9

Noch bevor Ashley die Interstate erreichte, hatte sie das Gefühl, verfolgt zu werden. Sie blickte in den Rückspiegel, konnte den dunklen BMW des Stalkers aber nicht entdecken. Wahrscheinlich nur Einbildung, beruhigte sie sich, kein Wunder nach der Aufregung der letzten Tage. Ihr hartnäckiger Verehrer hatte inzwischen sicher aufgegeben und sich ein neues Opfer gesucht.

Sie hatte ihren Koffer für wenige Tage gepackt. Länger als eine Woche durfte sie nicht von zu Hause wegbleiben, wenn sie ihren Abschluss an der Uni schaffen wollte. Noch vor Weihnachten standen wichtige Arbeiten an. Sie hatte nur Maya verraten, dass sie dem Rat eines geheimnisvollen Wolfes folgte, und nicht mal Mary Eagle Feather von ihrem Schutzgeist erzählt. Obwohl die ehemalige Sekretärin ihrer Mutter wohl am ehesten Verständnis dafür gehabt hätte. Für traditionsbewusste Cheyenne wie sie spielten religiöse Zeremonien wie der Sonnentanz und Schutzgeister immer noch eine Rolle.

Selbst wenn sich ihr Schutzgeist als fantasievolles Traumgebilde geoutet hätte, wäre sie gefahren. Tief in ihrem Inneren verspürte sie das Gefühl, den Tod ihrer Eltern erst mit dem Wissen über ihre Vorfahren überwinden zu können, von Waynoka, wenn sie mit ihr verwandt war, lernen und ein neues Leben beginnen zu können.

Nicht mehr von Problemen belastet zu werden und auf eine vielversprechende Zukunft hoffen zu können. Wirkungsvoller als bei Selbsthilfegruppen wie »Grieving Together« und Psychiatern und mit dem Nebeneffekt, mehr über die junge Geschichte der Cheyenne zu erfahren.

Sie hatte beide Fotos auf ihrem Smartphone gespeichert, die Aufnahme mit allen Frauen und den Ausschnitt mit Waynoka, um sie jederzeit griffbereit zu haben und verschicken zu können. Noch am Abend ihrer Rückkehr vom Sand Creek hatte sie das Internet nach Elena abgesucht, aber keine Cheyenne-Indianerin dieses Namens gefunden. Die Internetseiten der Cheyenne kannte sie bereits auswendig. Das Foto mit den fünf Frauen hatte sie trotz angestrengter Suche nicht gefunden, nicht mal in der Library of Congress in Washington, D.C., die eines der größten Archive mit historischen Fotos besaß.

Auf der Interstate kam sie gut voran. Die Schnellstraße war geräumt, und der Verkehr hielt sich in Grenzen. Über dem Land wölbte sich ein verhangener Himmel, über den Bergen im Westen sogar mit dunklen Wolken, die weitere Schneefälle ankündigten. Der Wind wirbelte zu beiden Seiten der Interstate den Schnee auf und zwang sie, den Scheibenwischer eingeschaltet zu lassen. Die Heizung lief auf Hochtouren und vertrieb die Kälte aus dem Wagen.

Ihr Stalker ließ sich nicht blicken. Eine Frau, die er kaum kannte, quer durch den Staat zu verfolgen, wäre auch ziemlich hirnrissig gewesen. Aber es geschahen seltsame Dinge auf der Welt, sagte sie sich, und eine allein reisende Frau konnte ohnehin nicht vorsichtig genug sein. Sie fuhr an Cheyenne vorbei, der Hauptstadt von Wyoming, in der ihre Großeltern gewohnt hatten. Nach ungefähr zwei Stunden erreichte sie Wheatland, ein unscheinbares Nest an der Interstate, und verspürte bereits solchen Hunger, dass sie die Schnellstraße verließ und ein Family Diner ansteuerte. Ein leckeres Roastbeef-Sandwich, das sie zu Hause nie hinbekam, würde ihr neue Kraft geben.

Sie setzte sich an einen der beiden freien Tische, bestellte das Sandwich und eine Diet Coke. Während sie auf ihr Essen wartete, wurde sie auf einen Soldaten aufmerksam, ungefähr in ihrem Alter und in der Uniform der U.S. Army, der ebenfalls allein war und einen Becher mit Kaffee vor sich stehen hatte. Sie hatte eine natürliche Abneigung gegen alles Militärische, erst recht nach ihrem Besuch am Sand Creek, musste aber zugeben, dass er auch ohne Uniform etwas hergemacht hätte und eigentlich genau der Typ war, auf den sie zu College-Zeiten geflogen war. Bis auf seine Haare natürlich, die waren viel zu kurz. Er machte einen traurigen Eindruck und wirkte sehr müde.

»Kummer?«, rutschte es ihr heraus.

Er blickte erstaunt auf, bemerkte sie anscheinend erst jetzt. »Alles gut, Miss. Der Kaffee ist besser als bei der Army, aber das will nichts heißen.«

»Ich bin keine Miss. Ashley.«

»Cooler Name.« Er lächelte. »Julian.«

»Mein Vater war ein großer Ashley-Judd-Fan«, erklärte Ashley. »Er hat sie mal auf einer Spendengala getroffen und sich danach fast jeden Film mit ihr angesehen. Die hübscheste Frau der Welt, sagte er, nach meiner Mutter natürlich.«

»Und nach dir«, rutschte es ihm heraus.

Ashley war Komplimente gewöhnt und reagierte normalerweise mit einem routinierten Lächeln oder »Danke« darauf, aber aus dem Mund dieses Soldaten klang es so aufrichtig, dass sie sich ehrlich freute.

Eigentlich hatte sie den jungen Mann gar nicht ansprechen wollen. Sie ergriff nie die Initiative, auch nicht, wenn ihr ein Mann gefiel, und bei einem Soldaten schon gar nicht. Sie respektierte die Bereitschaft von Soldaten, ihr Land zu verteidigen, hatte aber nie verstanden, wie man das Töten zu seinem Beruf machen konnte. Die meisten Kriege wurden aus wirtschaftlichen Motiven geführt, hatte sie erkannt, zu Zeiten der Indianerkriege und auch in diesem Jahrhundert, und für mehr Geld oder Öl riskierte man nicht sein Leben.

Selbst an der Uni war sie mit dieser Meinung schon öfter angeeckt. Colorado war konservativ, das ging auch auf die Rancher und Siedler im 19. Jahrhundert zurück, und man wollte Amerika als mächtige Supermacht sehen, die alle anderen Nationen kontrollierte. Sie war dafür, auch andere Meinungen gelten zu lassen, und war auch deshalb so schockiert über das, was vor mehr als hundertfünfzig Jahren am Sand Creek passiert war. Immerhin lernte man auch an der Uni, dass die Eisenbahn eine wichtige Rolle bei der Eroberung des Westens gespielt hatte. Und die Goldfunde in den Rocky Mountains.

»Geschäftlich unterwegs?«, fragte Julian.

»Auf Ahnensuche«, verriet sie mehr, als sie eigentlich sagen wollte. »Ich stamme teilweise von Cheyenne-Indianern ab und will ein bisschen mehr über meine historischen Urahnen herausfinden. Bei den Cheyenne in Montana.«

»Lame Deer … kenn ich.«

»Du warst schon mal im Reservat?«

»Schon ein paarmal. Bei den Cheyenne und den Crow. In Hardin findet jeden Sommer ein Reenactment der Schlacht am Little Bighorn statt. Die berühmte Schlacht, in der General Custer und seine gesamte Einheit von den Sioux und Cheyenne geschlagen wurden. Sie spielen die Schlacht für Touristen nach, und ich durfte als Soldat bei der Kavallerie mitreiten. Hab ich aber nur einmal gemacht, die Sache war mir zu makaber. Die Indianerkriege waren nicht so abenteuerlich wie in den Westernfilmen, das war richtiger Krieg mit vielen Toten. Seltsam, dass so was als Touristenspektakel durchgeht. Sie tarnen es natürlich als aufklärendes Lehrstück und laden sogar Schulen ein.«

»Die sollten sich lieber die Schlachtfelder am Litttle Bighorn und am Sand Creek ansehen, das bringt mehr.« Sie dachte an die seltsame Stimmung am Sand Creek, die Traurigkeit, die immer noch über den einsamen Hügeln lag. »Wieso bist du Soldat geworden, wenn du nichts für den Krieg übrig hast?«

»Ist eine lange Geschichte. Und du? Was machst du so?«

»Ich studiere Geschichte und bediene in einem Indianerladen.«

»Geschichte … Ich will auch aufs College, wenn ich aus der Armee raus bin. Irgendwas mit Buchhaltung und Finanzen. Ich kenn mich mit Zahlen aus.« Er grinste. »Außer bei meinem Lohn. Zum Sparen hat es nie gereicht.«

Ihr Roastbeef-Sandwich kam, und sie aß eine Weile stumm, ertappte sich aber mehrere Male dabei, wie sie verstohlen zu Julian hinüberblickte und ihn neugierig musterte. Sie wurde nicht schlau aus ihm. Ein Soldat, wie aus dem Ei gepellt, in straff sitzender Uniform und mit kurzen Stoppelhaaren und energischem Kinn, der den Krieg nicht mochte und sich sogar aus einem Touristenspektakel zurückzog, weil er nicht damit klarkam, dass man das Töten von Indianern und Soldaten verherrlichte. Ein junger Mann, der äußerlich dem Ideal eines Elitesoldaten entsprach, aber anders redete und wie ein friedliebender Liberaler rüberkam, wenn man in seine dunklen Augen blickte.

Ein junger Mann, dem sie zwar mit dem üblichen *»Thank you for your Service«* für seinen Einsatz gedankt hätte, wenn er den Trading Post betreten hätte, ihm aber eher aus dem Weg gegangen wäre, weil sie strammen und überzeugten Berufssoldaten immer kritisch gegenübergestanden hatte.

Überhaupt nicht ihr Fall, und doch fühlte sie sich zu ihm hingezogen. Weil er mit seinen wenigen Worten und Gesten angedeutet hatte, dass er ganz anders war und etwas ausstrahlte, das sie auf angenehme Weise berührte.

»Hast du gerade Urlaub?«, fragte sie.

»Kann man so sagen.«

»Bist du zu deiner Frau unterwegs? Deiner Freundin?«

»Du bist ganz schön neugierig.«

Sie errötete.

»Ich bin nicht verheiratet und eine Freundin hab ich auch nicht«, sagte er. »Ich war die letzten acht Monate in Afghanistan, das macht keine Frau mit.«

»Afghanistan? *Wow* … das war bestimmt nicht einfach.«

»Nein.« Nur dieses eine Wort.

Sie wusste nicht, was sie sonst noch sagen sollte, und auch er hüllte sich in Schweigen. Irgendetwas bedrückte ihn anscheinend. Seine Augen waren feucht geworden und glänzten im Licht der Lampen. Ein Gefühl sagte ihr, dass jeder Versuch, ihn zu trösten oder aufzumuntern, falsch gewesen wäre.

Sie griff nach der Rechnung neben ihrem leeren Teller. »War nett, dich kennenzulernen, Julian. Komm gut nach Hause und pass gut auf dich auf!«

»Bis irgendwann mal, Ashley.« Kein Versuch, sie zurückzuhalten oder sich mit ihr zu verabreden, er fragte nicht mal nach ihrer Handynummer. »Viel Glück bei der Ahnensuche!« Er blickte sie nur kurz an, beinahe schüchtern, als hätte er Angst, seine Tränen zu zeigen. »Ich muss auch bald weiter.«

Aber er blieb sitzen und ließ sie allein zur Kasse gehen. Sie zahlte und hatte gerade das Lokal verlassen, als sie den Stalker, dessen Namen sie noch immer nicht kannte, neben seinem BMW stehen sah. Er lächelte erwartungsvoll und schien nur darauf zu warten, sie wieder in die Arme schließen zu können.

»Ashley!«, rief er. »Endlich sehe ich dich wieder!«

Sie glaubte ihren Augen nicht zu trauen. Der Mistkerl war ihr tatsächlich nachgefahren, hatte sich so geschickt verhalten, dass er nicht in ihrem Rückspiegel aufgetaucht war. Wie krank musste man sein, um einer beinahe Fremden, mit der man keine zwei Worte gewechselt hatte, quer durch den Staat nachzufahren?

Sie spürte Wut in sich aufsteigen. Das war der verdammte Kerl, der sie beinahe in den Tod getrieben hatte. Um ihm zu entkommen, war sie in die anderen Wagen hineingefahren und in der Notaufnahme des Rose Medical Centers gelandet. Seinetwegen hatte man sie ins künstliche Koma versetzt.

»Was fällt Ihnen ein?«, brauste sie auf. »Was wollen Sie von mir?«

»Ashley! Du weißt doch, was ich von dir will! Ich verehre dich, oder wäre ich sonst so weit gefahren? Komm zu mir! Lass uns irgendwo was essen gehen und ein bisschen Spaß haben! Wir haben uns sicher viel zu erzählen.«

»Wir haben uns gar nichts zu erzählen! Und jetzt verschwinden Sie!«

Ashley suchte vergeblich nach jemand, der ihr helfen konnte, und beeilte sich, zu ihrem Wagen zu kommen, doch als sie an ihm vorbeiging, ergriff er sie am Arm und zog sie gewaltsam zu sich heran. Sie versuchte sich loszureißen und kam dabei ins Straucheln, schrie vor Schreck und Schmerz, als er sie noch fester packte und wie vor ihrem Unfall zu seinem Wagen ziehen wollte. »Lassen Sie mich los! Wenn Sie nicht sofort aufhören ...«

»Was dann?«, fragte er höhnisch.

Dann war Julian da. Wie aus dem Nichts tauchte er neben ihnen auf und fuhr den Stalker an: »Lassen Sie die Lady los! Sie sollen sie loslassen, hab ich gesagt! Wird's bald?« Es klang wie ein Befehl auf dem Kasernenhof.

Noch fühlte sich der Stalker überlegen. »Ich denke nicht daran. Was geht Sie das überhaupt an? Ashley ist meine Freundin, und Sie haben kein Recht, mir irgendwas zu befehlen! Gehen Sie zurück zu Ihren Kameraden und ...«

Weiter ließ ihn Julian nicht kommen. Er schlug dem Stalker so fest auf den Unterarm, dass er Ashley loslassen musste, und zog sie von ihm weg. Als der Stalker zu einem Schlag ausholte, verpasste Julian ihm einen Fausthieb, der ihn aus dem Gleichgewicht brachte und an seinem BMW zu Boden rutschen ließ. »Und jetzt fahren Sie nach Hause, bevor ich mich endgültig vergesse!«

Der Stalker stemmte sich vom Boden hoch und rieb sein lädiertes Kinn. »Das werden Sie bereuen, Soldat! Die Uniform gibt Ihnen nicht das Recht, mich tätlich anzugreifen. Ich werde Sie wegen Körperverletzung anzeigen!«

»Meinetwegen.«

Inzwischen hatten sich mehrere Schaulustige eingefunden und irgendjemand hatte anscheinend die Polizei gerufen, denn noch bevor sie sich bei ihrem Retter bedanken konnte, bremste ein Wagen der Highway Patrol neben ihnen, und ein Polizist stieg aus. Er betrachtete den Stalker, ließ seinen Blick über Ashley und Julian schweifen und erriet sicher sofort, was vorgefallen war. Dennoch fragte er: »Was war hier los?« Er blickte Julian an. »Soldat?«

»Der Mann hat die Lady hier belästigt. Er wurde handgreiflich, das können einige der Leute hier sicher bezeugen.« Von den Schaulustigen kam Zustimmung, und Ashley sagte: »Er wollte mich in seinen Wagen zerren, Officer! Er belästigt mich schon seit Tagen, in Denver hab ich seinetwegen einen Unfall gebaut, und kaum war ich aus dem Krankenhaus, lauerte er mir vor meiner Wohnung auf. Und jetzt ist er mir quer durch Colorado und Wyoming nachgefahren. Er ist ein gefährlicher Stalker, Officer! Das hab ich schon der Polizei in Denver gesagt, aber die konnten mir nicht helfen.«

»Das ist nicht wahr«, wehrte sich der Stalker. »Ich wollte doch nur …«

»Hände auf den Rücken!«

»Aber …«

»Hände auf den Rücken!« Der Polizist verstand keinen Spaß.

Widerwillig gehorchte ihm der Stalker. Der Officer nahm seine Handschellen vom Gürtel. »Robert Haley, ich verhafte Sie hiermit wegen des Verdachts auf mehrfache Körperverletzung und Vergewaltigung. Sie haben das Recht zu schweigen. Alles was Sie sagen, kann und wird vor Gericht gegen Sie verwendet werden.« Er leierte die Belehrung herunter und legte ihm die Handschellen an.

Ashley wurde blass. »Körperverletzung? Vergewaltigung?«

»Robert Haley stand auf unserer Fahndungsliste, Miss. Und wir wissen von der Polizei in Denver auch von Ihrem Unfall und den Belästigungen. Die Detectives des DPD haben Haley identifiziert, nachdem Sie ihnen die Autonummer gaben, und fanden heraus, dass mehrere Straftaten auf sein Konto gingen. Sie hatten Glück im Unglück, Miss.« Er blickte Julian an. »Danke für Ihr Eingreifen. Auf unsere Armee ist eben Verlass.«

Ashley starrte dem Polizisten und seinem Gefangenen nach, bis der Streifenwagen auf die Interstate gebogen war, und legte eine Hand auf Julians Oberarm. »Vielen Dank.«

»Widerlicher Kerl!«

»Wenn du nicht gewesen wärst ...«

»Ich kann Typen wie ihn nicht ausstehen.«

»Und mir fällt ein Stein vom Herzen.«

Julian rieb sich die Hand, mit der er zugeschlagen hatte. Die Wut war aus seinem Blick verschwunden und der Traurigkeit gewichen, die er schon anfangs gezeigt hatte. Irgendetwas bedrückte ihn. »Dann will ich mal wieder.«

»Du fährst auch nach Norden?«

»Ich bin per Anhalter unterwegs.«

»Das trifft sich gut«, freute sie sich, »zufällig habe ich noch einen Platz in meiner Prachtkarosse frei. Es könnte etwas eng für dich werden in meinem Chevy, aber die Heizung funktioniert, und wenn du nach Norden willst …«

»Billings, Montana. Zu meinen Eltern.«

»Worauf warten wir dann noch?«

»Cool«, antwortete er, »aber deswegen hab ich mich nicht mit dem Kerl geprügelt. Wenn du nichts gesagt hättest, wäre ich nicht mal auf die Idee gekommen, dich zu fragen. Mich nehmen meistens nur ältere Veteranen mit.«

»Steig schon ein.«

Er lief zum Lokal. »Ich hole nur eben meine Tasche.«

10

Waynoka blickte den Soldaten angsterfüllt entgegen. Sie hatten ihre Karabiner schussbereit über den Sätteln liegen, brauchten nur die Arme hochzureißen und abzudrücken, falls sie sich zeigte. Der Vollbart schwankte im Sattel, als hätte er zu viel von dem scharfen Wasser getrunken, und schien keine Angst zu haben. Der Junge folgte ihm nur widerwillig, wäre wohl am liebsten umgekehrt. Anscheinend Feiglinge, die ihrem Anführer davongelaufen waren.

Waynoka wusste, dass die *Vehos* ein bestimmtes Wort für solche Männer hatten, konnte sich aber nicht daran erinnern. Bei ihrem Volk zogen nur Männer in den Krieg, die begierig darauf waren, gegen ihre Feinde zu kämpfen. Niemand konnte einen Krieger zwingen, an einem Kriegszug teilzunehmen. Es gab Männer, die lieber im Dorf blieben, ihre Tipis bemalten oder die Arbeit einer Frau verrichteten, und es gab Frauen, die in den Krieg zogen.

»Ich sehe kein Feuer«, sagte der Junge, »du hast dich bestimmt geirrt.«

Der Vollbart lachte dröhnend. »So besoffen bin ich nun auch wieder nicht, dass ich mir ein Feuer einbilde.« Er war tatsächlich betrunken. »Ich wette, da haben sich einige von den Weibern verkrochen, die uns am Sand

Creek entwischt sind. Wir schnappen uns die verdammten Squaws und machen uns ein paar schöne Stunden, bevor wir weiter nach Norden ziehen, was meinst du?«

»Und wenn es keine Squaws sind?«

»Da sind Weiber, verlass dich drauf. Weiße hätten sich längst gemeldet, und wenn es Krieger wären, lägen wir schon tot im Schnee.«

Doch je näher sie den Felsen kamen, desto größer schien die Angst des Jungen zu werden. »Und wenn's eine Falle ist?«

»Da sind Weiber, verlass dich drauf. Sie hatten ein großes Feuer brennen, so was würden Krieger nie anzünden, und als sie uns kommen sahen, haben sie es schnell gelöscht. Die hocken wie verängstigte Karnikel in ihrem Versteck und hoffen, dass wir weiterziehen. Aber den Gefallen tun wir ihnen nicht.« In seinen Augen spiegelten sich Vorfreude und Gier. »Nur keine Bange, wenn wir mit ihnen fertig sind, knallen wir sie ab und reiten weiter.«

Waynoka verstand kein Wort von dem, was die Soldaten sagten. Aber sie erkannte an ihren Gesten und der Art, wie sie miteinander sprachen, was in ihren Köpfen vorging. Zwei Pferdesoldaten der üblen Sorte. Bei ihrem Volk wären solche Männer geächtet oder aus dem Stamm verstoßen worden. Die *tsis tsis tas* verachteten Feiglinge.

Als Waynoka klar wurde, dass nichts die Soldaten davor zurückhalten konnte, in ihr Versteck zu kommen und ihnen Gewalt anzutun, zögerte sie nicht länger. In ihrer Waffe steckten zwei Patronen, für jeden der Männer nur eine. Sie durfte kein Risiko eingehen. Sie war kein

Krieger, dessen Ehre verlangt hätte, sich den Feinden zu zeigen und ihnen offen gegenüberzutreten, sie vielleicht sogar zu berühren, bevor er versuchte, sie zu töten. Sie war eine Frau, die nur ein paarmal in ihrem Leben eine Schusswaffe abgefeuert hatte.

Sie richtete die Waffe auf den Mann mit Vollbart und drückte ab. Die Kugel löste sich mit so einem lauten Knall, dass ihr die Ohren dröhnten. Der Rückstoß der Waffe stieß sie zwei Schritte nach hinten. Durch den Pulverrauch beobachtete sie, wie sich der ältere *Veho* stöhnend an die rechte Schulter griff, laut aufschrie, als er sein Gewehr heben und zurückschießen wollte und stattdessen sein Pferd herumriss und im vollen Galopp aus der Gefahrenzone ritt.

»Verdammt! Nichts wie weg hier!«, rief er in seiner Todesangst.

Die Soldaten verschwanden in die Nacht, drehten sich nicht einmal um und legten es nur darauf an, hinter die fernen Hügel zu kommen. Sie waren Feiglinge, wie Waynoka vermutet hatte, und wären auch vor Kindern geflohen. Sie waren nicht mal würdig, Soldaten oder Krieger genannt zu werden.

Waynoka wartete, bis sie sicher sein konnte, dass die *Vehos* nicht zurückkommen würden. Sie schob den Revolver hinter ihren Gürtel und ging zu Hiamovi, die aus ihrer Bewusstlosigkeit erwacht war und sie ängstlich ansah. »Hab keine Angst«, sagte Waynoka, »wir sind in Sicherheit. Ich habe nur einen Kojoten vertrieben. Versuche zu schlafen, dann geht es dir bald besser!«

»Das … das Feuer«, stammelte das Mädchen.

»Brennt gleich wieder«, versprach Waynoka.

Sie brauchte einige Zeit, um ein neues Feuer zu entzünden und mit einigermaßen trockenen Ästen und Zweigen zu füttern. Die Wärme half Hiamovi, ihren Schmerz zu ertragen und einzuschlafen. Waynoka war viel zu nervös, um die Augen zu schließen. Sie blieb gegen den Felsen gelehnt sitzen, den Revolver mit der letzten Patrone auf dem Schoß, und blickte in die Nacht hinaus. Über ihr verzogen sich langsam die Wolken, und der Mond und die Sterne leuchteten am Himmel. Ein Zeichen von Maheo, dass nach den furchtbaren Ereignissen des vergangenen Tages wieder bessere Zeiten kommen würden?

Irgendwann musste sie doch eingeschlafen sein, denn als sie erneut zum Himmel blickte, war der Mond gewandert und ihr Feuer beinahe heruntergebrannt. Sie fütterte es mit weiteren Ästen und Zweigen, die zu lange im Schnee gelegen hatten und nur schwer Feuer fingen. Seit kaum noch Wolken am Himmel hingen, war es noch kälter geworden, und sie zitterte selbst in der Nähe der Flammen. Warum hatte der Frostriese kein Einsehen mit ihnen?

Hiamovi regte sich stöhnend im Schlaf. Sie suchte mit den Augen nach Waynoka, rief leise um Hilfe und streckte eine Hand nach ihr aus. Ihre Worte waren kaum zu verstehen. Waynoka lief zu ihr und beugte sich über sie. Mit dem Ärmel ihres Kleides tupfte sie den Schweiß von der Stirn des Mädchens.

»Es tut weh ... es tut so weh!«, klagte Hiamovi.

Waynoka legte die Wunde frei und sah, dass sie sich entzündet hatte. Wenn sie nicht bald Hilfe bekam, würde sie sterben. Sie brauchte Heilkräuter, Salben und Tees, wie sie eine heilige Frau ihres Volkes in ihrem Tipi bewahrt hatte. Auch sie war am Sand Creek gestorben und die Medizin im Feuer vernichtet worden. Waynoka hatte gesehen, wie ihr Tipi in Flammen aufgegangen war.

»Ist es ... ist es schlimm?«

»Wir brechen am besten sofort auf. Umso schneller wir auf andere Frauen oder die Hundekrieger stoßen, desto besser. Wenn wir ein Pferd und Werkzeuge hätten, würde ich eine Schleppbahre für dich bauen.« Sie säuberte die Wunde erneut und band den Lederstreifen wieder um ihr verletztes Bein. »Aber wir schaffen es auch ohne. Ich nehme dich wieder auf den Rücken.«

»Ich bin ... so schwach, Waynoka.«

»Wir brauchen bestimmt nicht lange. Die anderen Frauen und Kinder, die den Soldaten entkommen sind, können nicht weit sein. Eigentlich hätten wir sie schon längst treffen müssen.« Waynoka verriet ihr nicht, dass sie gar nicht wusste, ob sich andere Frauen und Kinder in Sicherheit gebracht hatten. Vielleicht hatten die Soldaten die anderen eingeholt und unterwegs umgebracht.

Sie half dem Mädchen vorsichtig vom Boden hoch. Sie hatte keine Ahnung, ob ihre junge Freundin wusste, wie schlecht es um sie stand, hatte aber auch nicht vor, es ihr zu sagen. Nur wenn Hiamovi noch an ihre Zukunft glaubte, konnte sie es schaffen. Und für sie galt das

Gleiche. Auch wenn sie unverletzt und einigermaßen bei Kräften war, war ihre Chance, in der winterlichen Kälte zu überleben, nur sehr gering. Auf den weiten Ebenen zeigte sich der Frostriese meist von seiner unnachgiebigen Seite. Bruder Wind war bei ihm und schien Gefallen daran zu finden, die Eiseskälte zu verbreiten.

Wieder brauchte Waynoka unendlich lange, um Hiamovi auf den Rücken zu nehmen. Sie schien während der letzten Stunden noch schwerer geworden zu sein. Leicht schwankend unter ihrer Last lief Waynoka in das Wäldchen hinein. Sie blieb in der Nähe des Waldrands, um genügend Licht zu haben, und musste noch öfter als am Vortag eine Pause einlegen. Die Haut des Mädchens war heiß und ihr Atem ging leicht rasselnd. Sie seufzte bei jedem Schritt, fing zu weinen an und flüsterte heiser: »Ich … kann … nicht mehr!«

Waynoka setzte sie ab und lehnte sie gegen einen Baum. Sie spürte, dass sie auf diese Weise nicht weit kommen würden. Sie zermarterte ihr Hirn nach einer anderen Möglichkeit, aber ihr fiel nichts ein. Sie musste versuchen, so weit wie möglich mit Hiamovi zu kommen, und darauf hoffen, auf Hilfe zu stoßen. Wenn sie ehrlich war, eine eher vage Möglichkeit. Wenn die bösen Geister triumphierten, waren die Hundekrieger weiter im Norden oder von den Soldaten besiegt worden und keine Frauen und Kinder mehr am Leben.

Sie blickte zwischen den Bäumen hindurch auf die verschneiten Hügel. Am fernen Horizont stieg die aufgehende Sonne empor, und ein rosiger Schimmer wanderte über das Land. Der Schnee wechselte ständig die Rottöne, begann mit einem zarten Rosa und wurde dann immer heller, bis die Sonne weiß am Himmel brannte und den Frostriesen zumindest für einige Stunden zähmen würde. Ihre Strahlen wanderten bis tief in den Wald hinein.

Aus der Sonne schien der Wolf zu kommen. Wesentlich entschlossener als bei seinen letzten Besuchen kam er von einem der Hügel, die Schnauze im Wind und die Ohren aufgestellt, eine Geste, die höchste Wachsamkeit verriet. Seine Bewegungen waren elegant, beinahe fließend, seine Augen hatten sie längst entdeckt und leuchteten. Sein Fell glänzte in der aufgehenden Sonne.

Hiamovi hatte die Augen geschlossen und schlief beinahe im Stehen. Sie konnte den Wolf nicht sehen. Auch mit geöffneten Augen hätte sie nicht bemerkt, wie er am Waldrand stehen blieb. »Ich habe gesehen, wie du auf den feigen *Veho* geschossen hast«, sagte er, »du bist sehr tapfer.«

»Ich musste auf ihn schießen«, erwiderte sie.

»Eine Prüfung«, erklärte ihr Schutzgeist. »Maheo wollte wissen, ob du mutig wie ein Krieger bist. Nur so wirst du die schweren Aufgaben meistern, die dir das Leben stellt.« Sein Blick wanderte zu dem Mädchen. »Auch deine junge Freundin ist stark. Aber ich kenne sie nicht und weiß nicht, was mit ihr geschieht. Ich sehe keinen heiligen Mann, der für sie beten und singen kann.«

»Hilf mir, Bruder! Hilf mir und dem Mädchen!«

Die Augen des Wolfs zeigten kein Mitleid. Er äußerte selten Gefühle, lachte und grinste selten und wenn, auch nur schwach, er kannte keine Tränen und nahm alles, was er von Maheo und den Geistern erfuhr, widerspruchslos hin. Nur selten ließ er sich zu einem Scherz hinreißen, aber auch nur in guten Zeiten, und die lagen längst hinter ihnen.

»Ich kann dir nur den Weg zeigen«, erwiderte der Wolf.

Ohne ein weiteres Wort drehte er sich um und lief den nächsten Hügel hinauf und in die Sonne hinein. Auf dem Hügelkamm blieb er stehen und drehte sich so lange um, bis er sicher sein konnte, dass Waynoka ihn sah. Dann entschwand er ihren Blicken und schien in der Glut der Sonne zu versinken.

»Wie weit muss ich gehen?«, rief sie ihm nach. »Sag mir, wie weit ich noch gehen muss! Werden wir in der Sonne die Frauen und Kinder treffen? Werden wir die Hundekrieger einholen? Werde ich Hiamovi retten können?«

Aber der Wolf war längst verschwunden und antwortete nicht mehr.

»Mit wem sprichst du?«, fragte Hiamovi nervös.

»Mit keinem. Steig auf meinen Rücken!«

Am Waldrand entlang folgten sie ihrem Schutzgeist nach Nordosten. Um auf den fernen Hügelkamm zu kommen, mussten sie durch den tiefen Schnee in einer Senke und gingen mehrmals in die Knie, doch der Wolf hatte Waynoka neuen Mut eingeflößt und ihr zumindest die Richtung angezeigt, in die sie gehen musste. Das war schon viel auf diesen weiten endlosen Ebenen.

Auf dem Hügelkamm blieben sie stehen. Hiamovi hatte in der ungewohnten Sonne etwas Kraft gewonnen und erfreute sich an ihrer Strahlkraft. Sie half Maheo und den Geistern in den vier Richtungen, die Natur zu erneuern und den Kreislauf des Lebens zu erhalten. Auch deshalb feierten die Krieger ihres Volkes in jedem Sommer das Erwachen der Natur mit dem Sonnentanz.

Waynoka beschattete ihre Augen mit einer Handfläche und blickte in das vor ihr liegende Tal hinab. Was sie dort sah, ließ sie erschaudern. Ein Haus der *Vehos*, aus Erdquadern erbaut, mit einer vorgelagerten Veranda, gegenüber ein Pferch mit Schweinen, ein Schuppen, ein Windrad und ein Brunnen. Aus dem Schornstein des Hauses drang Rauch. »*Vehos!*«, stieß sie hervor.

»Du willst dich … dich den *Vehos* ergeben?«, fragte Hiamovi entsetzt.

»Ich gehe den Weg, der mir vorgezeichnet ist.«

»Zu … zu den *Vehos*?«

Waynoka wusste selbst nicht, warum ihr Schutzgeist sie auf diesen Hügelkamm geschickt hatte. Warum sollten ihnen ausgerechnet *Vehos* helfen? Weiße Siedler, die sich in ihren Jagdgründen angesiedelt hatten?

»Sie werden uns helfen.«

»Die *Vehos*? Ausgerechnet die … *Vehos*?«

»Vertrau mir!«

Hiamovi stieg wieder auf ihren Rücken und klammerte sich an ihrem Hals fest. Ihre Hoffnung auf schnelle Rettung hatte einen Dämpfer erhalten. Warum sollten ihnen ausgerechnet ihre Todfeinde helfen? Die Menschen des Volkes, die am Sand Creek ein Blutbad unter ihren Leuten angerichtet und das Tor zum Reich der bösen Geister aufgestoßen hatten. Würden die Leute in dem Haus das vollenden, was sie am Sand Creek nicht geschafft hatten?

Waynoka plagten ähnliche Gedanken, aber sie ließ sich nicht aufhalten. Ihr Schutzgeist konnte sich nicht irren. Er lebte in der Geisterwelt und wusste um die Geheimnisse, die ihr Leben umgaben. Auch wenn ihm nicht gestattet war, jeden ihrer Schritte zu überwachen, durfte er ihr zu besonderen Gelegenheiten einen Hinweis geben, der ihr weiterhelfen würde. Hatte sie ihn mit ihrer Tapferkeit beeindruckt? Hatte ihm gefallen, wie sie sich um das Mädchen kümmerte? Sie hatte nicht den geringsten Anlass, dem Wolf zu misstrauen.

»Dort unten wohnen keine gewöhnlichen *Vehos*«, war sie sicher.

Sie liefen weiter, mussten wieder durch tiefen Schnee und waren beinahe am Ende ihrer Kräfte, als sie sich dem Haus näherten. Mehr eine armselige Hütte, nicht so einladend wie die Tipis ihres Volkes, außer dass es ein Fenster aus Tierhaut gab, durch das man bei sonnigem Wetter blicken konnte. Aber wer wollte das schon, wenn man die meiste Zeit ohnehin im Freien lebte?

Ein Hund kam ihnen bellend entgegen und lief aufgebracht neben ihnen her, bis sie den Brunnen erreicht hatten. Er sprang fauchend an ihnen hoch, dann verlor er die Lust und verzog sich missgelaunt zum Schuppen. Waynoka nahm ihn kaum wahr. Sie war viel zu erschöpft, um ihn zu beachten, ließ Hiamovi von ihrem Rücken rutschen und sank selbst zu Boden. Sie war so müde und entkräftet, dass es ihr beinahe egal war, was mit ihnen geschah.

Sie hob den Kopf und sah, wie eine weiße Frau aus dem Haus trat. Sie trug ein langes blaues Kleid mit einer weißen Schürze, hatte ihre Haare zu einem Knoten gebunden und hielt eine doppelläufige Schrotflinte in beiden Händen.

Waynoka stöhnte leise. Was hast du getan, Wolf?

Die Frau kam langsam näher, die Schrotflinte auf sie und das Mädchen gerichtet. Der Wind ließ ihre Schürze flattern und zerrte an ihren Haaren. Sie blickte sich aufmerksam um, hatte wohl Angst, dass Krieger in der Nähe waren. »Indianer?«, wunderte sie sich. »Was wollt ihr? Was wollt ihr von mir?«

Waynoka verstand nicht, was sie sagte, aber es klang nicht so unfreundlich, wie sie befürchtet hatte. Und die Frau hatte ihre Flinte nicht entsichert.

»Warum kommt ihr ausgerechnet zu mir?«

Waynoka schob die Wolldecke vom Bein des Mädchens und deutete auf die Wunde. Sie brauchte nichts zu sagen. Die weiße Frau erkannte auch so, was mit Hiamovi passiert war. Der Verband hatte sich gelöst, und die blutige Wunde glänzte in der Sonne. Eine Wunde, die ihr das Leben kosten konnte.

Die weiße Frau erschrak. »Das sieht nach einer Messerwunde oder einem Schwerthieb aus. Wir müssen die Wunde dringend verarzten. Kommen Sie! Helfen Sie mir, das Mädchen ins Haus zu tragen! Wir müssen uns beeilen!«

Wieder verstand Waynoka kein Wort. Erst als die Frau sie aufforderte, ihr zu helfen, und selbst Hand anlegte, kapierte sie. Ihr Schutzgeist hatte ihr den richtigen Weg gewiesen. Die weiße Frau wollte ihr helfen.

11

Sie legten Hiamovi auf das Bett im Schlafzimmer. Das Mädchen war benommen und stöhnte vor Schmerzen, als die weiße Frau behutsam ihr Lederkleid nach oben schob. Beim Anblick der entzündeten Wunde verdunkelte sich ihr Blick. Im Licht der Petroleumlampe, die auf einer Kommode brannte, sah die verfärbte Haut noch hässlicher aus. »Da kann man nicht mehr viel machen«, wollte sie schon resignieren, dann öffnete das Mädchen die Augen und brachte sie dazu, nach nebenan in die Küche zu gehen.

Waynoka verstand kein Wort und blieb verwirrt stehen, während die weiße Frau eine Dose mit Wundsalbe und frisches Verbandszeug brachte und wenige Minuten später noch einmal mit einer Schüssel heißem Wasser und einem sauberen Lappen aus der Küche zurückkehrte. »Das sieht gar nicht gut aus«, sagte sie, als würde sie jetzt erst sehen, wie schlecht es dem Mädchen ging. »Eigentlich bräuchte sie einen Arzt, aber der nächste wohnt eine Tagesreise entfernt.«

Die Worte sagten Waynoka nichts, klangen aber freundlich und beim letzten Satz so bedauernd, als würde sie Mitleid mit dem Mädchen haben. Verwirrt sah Waynoka dabei zu, wie sie die Wunde mit dem heißen Wasser säuberte, vorsichtig die Salbe auf die Wundränder schmierte und den frischen Verband um den Oberschenkel des Mädchens wickelte. Aus einer Schublade der Kommode nahm sie ein braunes Fläschchen und flößte ihr etwas von der Flüssigkeit in den halb geöffneten Mund. Hiamovi wehrte sich vergebens.

Als sie sich verschluckte und heftig zu husten begann, glaubte Waynoka schon an einen Hinterhalt und wollte der Frau das Fläschchen aus der Hand schlagen, aber die reagierte schnell und zog es rechtzeitig zurück. »Hab keine Angst«, sagte sie, »das ist Laudanum, davon gehen die Schmerzen zurück.«

Ihr sanfter Tonfall beruhigte Waynoka. Die Frau meinte es tatsächlich gut mit dem Mädchen und rettete ihr vielleicht sogar das Leben. Waynoka beobachtete verstört, wie sie das Fläschchen und den Löffel in der Schublade verstaute, ihrer Patientin mit einem Zipfel ihrer Schürze den Schweiß von der Stirn tupfte und sagte: »Mehr können wir im Augenblick leider nicht tun.«

»Ha-ho«, sagte Waynoka in ihrer Sprache. »Danke.«

Während die weiße Frau in die Küche ging, spürte Waynoka ihre eigene Erschöpfung. Sie setzte sich auf das Bett, das bequemer als ein Nachtlager in einem Tipi aussah und auch breiter war, kämpfte vergeblich gegen ihre Müdigkeit an und sank neben Hiamovi ins weiche Kissen. Sie war bereits eingeschlafen, als die Frau zurückkam, sie schlafen sah und leise die Tür schloss.

Im Traum hoffte sie, ihrem Schutzgeist zu begegnen und ihm einige Fragen stellen zu können. Was die weiße Frau dazu bewegte, einer *tsis tsis tas* zu helfen, einer

Feindin, die sie normalerweise als »Wilde« oder »Ungeziefer« beschimpft und davongejagt hätte. Wo ihr Mann war, oder ob sie allein in der seltsamen Behausung lebte? Aber der Wolf ließ sich nur aus der Ferne blicken, lief über einen Hügelkamm am Horizont und beantwortete das Heulen eines anderen Wolfes, der sich irgendwo in den Bergen versteckt hielt.

Als sie erwachte, fiel kein Licht mehr durch die Tierhaut, aber die Lampe auf der Kommode brannte schwach und warf lange Schatten. Sie brauchte einige Zeit, um sich daran zu erinnern, wo sie war. Ein rascher Blick auf Hiamovi verriet ihr, dass sich ihr Zustand gebessert hatte, wenn sie auch noch lange nicht über den Berg war. War die Medizin der Frau ein Wundermittel?

Sie legte eine Hand auf die Stirn des Mädchens und atmete auf, als sie nicht mehr so viel Hitze spürte. Erleichtert stand sie auf und ging nach nebenan in den Wohnraum. Mehr Zimmer gab es in dem Haus nicht. Sie sah einen Herd, der gleichzeitig als Ofen diente und angenehme Wärme verbreitete, einen Tisch mit vier Stühlen und einen windschiefen Schrank. Auf einem kleinen Tisch neben dem Herd stand die Wasserschüssel. An einer Leine über dem Herd hingen Kleidungsstücke zum Trocknen, zwischen der Tür und dem Fenster lehnte die Schrotflinte der weißen Frau an der Wand. Die Wände und der Boden waren aus Holz, das wohl aus dem Wald hinterm Haus stammte.

Auch auf dem Tisch brannte eine Petroleumlampe. In ihrem Schein saß die weiße Frau und las in einem schwarzen Buch. Auf dem schwarzen Deckel war ein silbernes Kreuz, das Zeichen des weißen Gottes, wie sie von einem weißen Prediger wusste, der vor vielen Jahren in ihr Dorf gekommen war. Damals hatte es noch keine Feindschaft zwischen *Vehos* und *tsis tsis tas* gegeben und die Worte des Mannes hatten sogar verlockend geklungen. Dennoch hatten nur wenige ihrer Leute seinen Glauben angenommen.

»Da bist du ja«, sagte die weiße Frau, als sie Waynoka bemerkte. »Hab keine Angst, ich will dir nichts tun!« Sie klappte ihr Buch zu und streckte ihr die rechte Hand hin. »Ich bin Inga. Inga Larsson aus Schweden. Und du?«

Waynoka wusste, wie sich die *Vehos* begrüßten, zögerte aber, bevor sie die Hand der weißen Frau ergriff. Inga Larsson, war das ihr Name? »Inga Larsson«, wiederholte die Frau ruhig und tippte mit dem Finger auf ihre Brust.

»Waynoka«, erwiderte sie.

»Waynoka?« Sie runzelte die Stirn.

»Waynoka«, wiederholte sie.

»Bist du eine Cheyenne?«

»Cheyenne«, bestätigte sie. *»Tsis tsis tas.«*

Inga Larsson schien sie zu verstehen. »Ich spreche leider deine Sprache nicht. Mein Mann und ich kommen aus Schweden. Jetzt sind wir Amerikaner. Ich spreche Schwedisch mit meinem Mann, aber Englisch kann ich auch. Englisch haben wir auf der Überfahrt gelernt. Nicht besonders gut, aber es reicht, um die Bibel zu lesen.« Sie deutete auf das schwarze Buch.

Die vielen Worte ergaben keinen Sinn für Waynoka. »Ich bin eine *tsis tsis tas*«, wiederholte sie, »eine Cheyenne.« Sie sprach das amerikanische Wort für ihr Volk mit einer seltsamen Betonung aus, die Inga nicht störte. »Ich gehöre zum Dorf von Moxtaveto.« Sie überlegte, wie ihr Anführer bei den Weißen hieß. »Schwarzer Kessel. Ich weiß nicht, ob er noch am Leben ist.« Sie deutete auf die Tür zum Schlafraum. »Warum hilfst du uns, Inga Larsson?«

Die Schwedin sah ihren Blick und erriet ihre Frage. »Ich bin ein Christenmensch.« Sie griff nach der Bibel und zeigte sie ihr. »Der Herr will, dass wir allen Menschen helfen. ›Liebet eure Feinde und tut denen Gutes, die euch hassen‹, sagt Jesus. Du weißt, wer Jesus ist? Der Sohn unseres Schöpfers?«

»Jesus«, erinnerte sie sich. »Jesus Christus.«

Inga freute sich über ihre Antwort. »Jesus Christus … ich versuche, nach seinen Worten zu leben und allen Menschen zu helfen, die in Not sind. Du bist nicht so, wie Hendrik über die Indianer spricht. Hendrik ist mein Mann. Du hast von Jesus Christus gehört, du bist keine Heidin, du hast nicht einmal versucht, mit dem Revolver auf mich zu schießen.« Sie deutete auf die Waffe hinter ihrem Gürtel. »Du benimmst dich nicht wie eine Wilde. Warum?«

Selbst wenn Waynoka die Frage verstanden hätte, wäre ihr keine passende Antwort eingefallen. Stattdessen äußerte sie sich, ohne zu wissen, ebenso verwundert wie die weiße Frau. »Hat Jesus dir gesagt, dass du dich um Hiamovi kümmern sollst? Du hättest uns erschießen können, und niemand hätte dich dafür bestraft. Warum hast du es nicht getan? Warum bist du anders als die *Vehos*, die ich gesehen habe?«

Inga verstand ebenfalls kein Wort und schob ihr einen Stuhl hin. »Setz dich, Waynoka! Waynoka?« Waynoka nickte. »Du hast doch sicher Hunger.«

Sie folgte der Aufforderung der weißen Frau und setzte sich, ein wenig zögernd, weil sie es nicht gewohnt war, auf einem Stuhl zu sitzen. Es war ein seltsames Gefühl, so hoch über dem Boden zu thronen. Erstaunt verfolgte sie, wie Inga einen Teller mit dem Eintopf vom Herd füllte und ihn vor sie stellte. Sie reichte ihr einen Löffel. »Kaninchen und Rüben«, sagte sie, »lass es dir schmecken. Es ist genug da.« Sie stellte einen Becher mit heißem Tee dazu.

»*Ha-ho*«, bedankte sich Waynoka.

Sie hatte tatsächlich großen Hunger und stellte schon nach dem ersten Löffel fest, dass Inga eine gute Köchin war. »Das schmeckt gut«, sagte sie in ihrer Sprache und nickte mehrmals dazu, damit die weiße Frau sie verstand. Sie hatte lange nichts Richtiges mehr gegessen und schlang den Eintopf gierig in sich hinein. Einen ähnlichen Eintopf bereiteten sie auch bei ihrem Volk, nur waren die Mahlzeiten anders gewürzt und schmeckten mehr nach Kräutern.

Nachdem sie den Teller geleert hatte, gab Inga ihr einen Nachschlag und lachte, als Waynoka zu viel Zucker in ihren Tee gab. Sie hob abwehrend eine Hand. »Nicht so viel Zucker, sonst schmeckt er nicht mehr. Wenn du was Süßes willst, hab ich was anderes für dich.« Sie ging an den Wandschrank, kramte in einer der Schubladen und kehrte mit einem Riegel Schokolade zurück. »Die haben wir aus St. Louis mitgebracht. Probier mal. Schokolade.«

»Schokolade«, wiederholte Waynoka das schwierige Wort. Sie leckte an dem Riegel, lächelte überrascht und steckte ihn sich in den Mund. Um möglichst lange etwas davon zu haben, ließ sie ihn auf der Zunge zergehen.

»Aber sag Hendrik nicht, dass ich dir Schokolade gegeben habe. Er mag sie auch und hätte bestimmt was dagegen, wenn ich einer Indianerin ...« Obwohl sie wusste, dass Waynoka sie nicht verstand, brach sie mitten im Satz ab und errötete sogar. »Hendrik mag keine Indianer. Er hält euch für ungläubige Heiden, die alle Weißen töten wollen. Er sagt, in der Bibel steht, es gäbe keinen Platz für ...« Sie zögerte, das Wort auszusprechen. »Für Wilde wie euch, aber ich habe die Stelle nie gefunden. Ich mache ihm keinen Vorwurf. Er ist ein guter Mann. Selbst im Krieg hat er immer an das Gute geglaubt. Er sagt, wir brauchen den Krieg, um die Guten von den Schlechten zu trennen. Es gibt überall Gute und Böse, nicht wahr? So steht es auch in der Bibel. Wenn er erfährt, dass du von Jesus Christus weißt und mir nichts angetan hast ...« Sie blickte wieder auf den Revolver, als könnte sie noch immer nicht glauben, dass Waynoka nicht auf sie geschossen hatte. »Dann wird er dir nichts tun.«

Waynoka kaute genüsslich. Der Eintopf schmeckte ihr. »Hendrik?«

»Mein Mann«, antwortete sie und unterstrich ihre Antwort mit einer Geste, die auch Waynoka kapierte. »Er ist nicht hier. Er ist mit den Freiwilligen auf einem Kriegszug gegen …« Sie merkte, wie paradox ihre Antwort klang, und überlegte noch einmal. »Gegen feindliche Indianer, hat er gesagt. Blutgierige Krieger, die keinen Frieden wollen und schon viele Weiße getötet haben.«

»Dein Mann ist nicht hier?«, fragte Waynoka.

Inga verstand die Frage nicht. »Deshalb war ich auch so erschrocken, als ihr vor unserem Haus aufgetaucht seid. Aber eine Frau und ein verletztes Mädchen können nichts Böses im Schilde führen. Sie brauchen meine Hilfe.«

»Hendrik?«, fragte Waynoka wieder. Der Name machte ihr Angst.

»Mein Mann.« Sie wiederholte die Geste. »Er kommt erst in einer Woche wieder, wenn sie die Krieger besiegt haben. So lange könnt ihr bleiben. Ich habe hier keine Freundin, mit der ich reden kann, und auch, wenn du meine Sprache nicht verstehst, bereitet es mir Freude, mit dir zu reden. Auch in Schweden haben wir allein gewohnt, aber bis zum Dorf waren es nur ein paar Kilometer, und wir haben uns auch gegenseitig mal besucht. Hier sind wir vollkommen allein. Es ist alles ganz anders, als ich es mir vorgestellt habe, weißt du? Noch auf dem Schiff haben sie vom gelobten Land gesprochen, von wogenden Getreidefeldern und reicher Ernte, vom Thanksgiving Day, wenn alle zusammenkommen und die eingebrachte Ernte feiern. Aber es ist alles ganz anders und vor allem einsam. Wir sind allein hier draußen und schon froh, wenn wir ein paar Rüben ernten. Hendrik ist kein besonders guter Jäger, aber er ist sehr geschickt mit einer Schlinge, und er fängt viele Kaninchen. Wir müssen Angst vor … vor Indianern haben, und dass unsere Milchkuh krank wird, und die Natur macht uns hier draußen viel mehr zu schaffen als in Schweden, die Gewitter, die Wirbelstürme, der ständige Wind … einen Garten Eden haben sie uns versprochen, aber ob wir den jemals finden werden … ich glaube es nicht.« Sie blickte Waynoka an und sah das Unverständnis in ihren Augen. »Aber was rede ich so viel, wenn du kein Wort verstehst? Ich weiß, wie sich das anfühlt. Auf dem Schiff, als ich noch kein Englisch sprach, und auch noch in New York, als ich nicht genug sprach, kam ich mir oft verloren vor. Auch jetzt spreche ich noch nicht gut genug und mache viele Fehler.«

Waynoka blickte aus dem Fenster. Durch die Tierhaut sah sie den Mond am Himmel aufgehen, eine blasse Scheibe, umgeben von vielen Sternen. Sie hatte einige Stunden geschlafen, aber die Nacht hatte gerade erst begonnen, und das Essen hatte sie noch müder gemacht. Sie glaubte inzwischen, der weißen Frau trauen zu können, und beschloss, die Nacht bei ihr zu verbringen. Wenn sie ihre Worte und Gesten richtig gedeutet hatte, würde ihr Mann erst in ein paar Tagen wiederkommen, und Hiamovi brauchte besondere Ruhe.

Waynoka ließ sich nicht täuschen. Das Mädchen war schwer verletzt und hatte es noch nicht geschafft. Selbst im letzten Sommerlager, als ein Krieger von einem Grizzly verletzt worden und mit einer blutigen Reißwunde von der Jagd zurückgekehrt war, war es dem heiligen Mann nicht gelungen, ihn am Leben zu erhalten. Obwohl er ihn mit seltenen Kräutern behandelt und heilige Lieder gesungen hatte, war der Krieger gestorben. Wenn sich die bösen Geister in einem Menschen festgesetzt hatten, gaben sie ihn ungern wieder her.

»Es ist spät«, sagte Inga, als sie die Müdigkeit in Waynokas Augen erkannte, »lass uns ein Gebet sprechen und schlafen gehen.« Waynoka beobachtete verwundert, wie die weiße Frau ihre Hände faltete und sie mit den Augen aufforderte, das Gleiche zu tun. Sie wollte nicht undankbar sein und gehorchte.

»O Herr«, sagte die Frau feierlich, »ich danke dir für diesen Tag. Ich danke dir, dass ich leben durfte und genug zu essen hatte, ich danke dir, dass du meinen Mann beschützt, der irgendwo auf der Prärie gegen einen erbitterten Feind kämpft. Ich danke dir für die Begegnung mit dieser Indianerin, die von dir gehört hat und dir folgen wird. Sobald sie einen Prediger trifft, der ihre Sprache spricht und ihr mehr über dich, o Herr, erzählen kann. Ich danke dir, ihr und ihrer kranken Begleiterin helfen zu können. Denn Gott will, dass alle Menschen gerettet werden und zur Erkenntnis der Wahrheit kommen. Amen.«

Ihre Worte hörten sich auch für Waynoka wie ein Gebet an. Sie wunderte sich, dass die *Vehos*, die von vielen Kriegern als ungläubige und blutgierige Raubtiere beschimpft wurden, auch Gebete kannten und zu ihrem Gott beteten. Ob Maheo und der Gott der Weißen ein und derselbe waren? Ein seltsamer Gedanke, der ihr in diesem Augenblick durch den Kopf ging, aber gleich wieder verschwand. Sie legte eine Hand auf ihr Herz, um ihre Dankbarkeit zu zeigen, und ging ins Bett. Sie legte sich neben Hiamovi, um sofort bei ihr zu sein, wenn es ihr schlechter ging und sie Hilfe brauchte.

Dass sie im Bett der weißen Frau lag und sich keine Gedanken darüber gemacht hatte, wo sie schlafen würde, merkte sie, als sich Inga in ihrem langen weißen Nachthemd und mit aufgelösten Haaren neben sie legte. Auch Waynoka hatte ihre Zöpfe gelöst und kam sich plötzlich verwundbar vor. Hatte sie die Frau richtig verstanden? War ihr Mann tatsächlich unterwegs?

Nicht immer waren Verheiratete der gleichen Meinung, hatte sie gelernt, und der Gedanke, dieser Hendrik oder wie immer er hieß, könnte noch in dieser Nacht zurückkehren und sie und Hiamovi mit der weißen Frau in einem Bett vorfinden, erschreckte sie. Als Mitglied eines Frauenbundes, der ganz besonders auf Reinheit und Keuschheit achtete, fühlte sie sich unwohl, eine Frau, noch dazu eine weiße, die nicht mit ihr verwandt war, so dicht neben sich zu wissen. Sie wartete, bis Inga eingeschlafen war, nahm eine der Decken und schlug ihr Lager auf dem Boden auf, gleich neben dem Mädchen.

Obwohl sie todmüde war, konnte sie lange Zeit nicht einschlafen. Die Sorge um Hiamovi und ihre gemeinsame Zukunft ließ sie trotz der Wärme frösteln und jagte ihr Angst ein. Sie war ihrem Schutzgeist dankbar dafür, dass er sie zu dieser weißen Frau geführt hatte, sehnte ihn aber längst wieder herbei, um ihn nach anderen Flüchtigen und den Hundekriegern zu fragen. Waren sie in der Nähe? Hatten sie überhaupt eine Chance, sie zu treffen? Allein würden sie nicht lange durchhalten auf den Ebenen, nicht zu dieser Jahreszeit. Wie es schien, waren die Pferdesoldaten fest entschlossen, gegen ihr Volk vorzugehen, und die Gefahr, dass sie ihnen in die Arme liefen, war besonders groß.

Doch in dieser Nacht wartete sie vergebens auf den Wolf. Er erschien weder in ihren Träumen noch ließ er sich vor dem Fenster blicken. Das ferne Heulen eines Wolfs, das irgendwann während der Nacht ertönte, kam viel zu weit entfernt aus den Bergen und gehörte nicht zu ihrem Schutzgeist. Seine Heullaute kannte sie, und wenn er näher gewesen wäre, hätte sie das gespürt.

Wohin würde sie ihr Weg führen?

Mit dieser Frage, die sie nicht erst seit dem vernichtenden Massaker am Sand Creek beschäftigte, schlief sie ein und gab sich ihren Träumen hin.

12

Noch bevor sich draußen die erste Helligkeit zeigte, wurde Waynoka durch das Stöhnen ihrer verletzten Freundin geweckt. Sie war sofort hellwach und beugte sich über das Mädchen. Hiamovi schwitzte stark und wälzte sich unruhig hin und her. Ihre Augen waren weit geöffnet, ohne etwas zu sehen.

Sie stöhnte so laut, dass auch Inga Larsson erwachte, sich aufsetzte und angsterfüllt auf sie hinabblickte. Sie legte eine Hand auf ihre Stirn und erschrak. »Sie hat starkes Fieber«, sagte sie, »ich mache ihr kalte Umschläge.«

Waynoka verstand sie nicht. »Wir hätten länger beten und singen sollen. Niemand wird gesund, ohne dass wir zu Maheo und den Geistern beten. Wir hätten Fichtennadeln auf glühendes Holz werfen sollen, um unsere Körper im heiligen Rauch zu reinigen, bevor wir Hiamovi behandeln. Nur ein heiliger Mann, der stark genug ist, das Böse aus ihrem Körper zu vertreiben, könnte sie jetzt noch retten.« Sie schloss die Augen und stimmte ein heiliges Lied an.

Inga kehrte mit den Umschlägen aus der Küche zurück, mehrere Stoffreste, die sie in kaltes Wasser getaucht hatte. »Hilf mir!«, sagte sie zu Waynoka, die singend auf dem Boden kniete. Und als Waynoka weitersang etwas lauter: »Hilf mir! Wickle ihr die Tücher um die Waden!

Ich setze inzwischen Teewasser auf.« Sie wollte schon gehen, als ihr wohl einfiel, dass Waynoka sie nicht verstand. »So ... mach es so wie ich.« Sie legte einen der Wickel an und forderte Waynoka mit einer Geste auf, weiterzumachen. »Beeil dich!«

Waynoka stand auf und gehorchte, wenn auch mit gemischten Gefühlen. Es war gefährlich, die Geister zu verärgern. Ob sie verstanden, dass sie sich in diesem Augenblick auch auf die Gnade des weißen Gottes und die Heilkunst der blassen Frau verlassen musste? Um sicherzugehen, sang sie leise weiter, während sie die restlichen Wickel um die Waden des Mädchens band.

Während das Wasser für den Tee kochte, kehrte Inga zurück und flößte dem Mädchen von der Medizin aus dem Fläschchen ein. Laudanum. Waynoka hatte den Namen noch nie gehört, aber die Medizin musste sehr wertvoll sein, wenn man jedes Mal nur einen kleinen Löffel damit füllen durfte. Hiamovi, die inzwischen aufgewacht, aber sehr benommen war, schluckte brav.

Inga löste den Verband und betrachtete die Wunde. Die Wundränder eiterten und sahen noch hässlicher aus als am vergangenen Abend. Sie schmierte vorsichtig neue Salbe darauf. Ihr Blick verhieß nichts Gutes. »Wenn wir doch nur einen Arzt hier hätten«, sagte sie, »die Entzündung sieht schlimm aus.«

Das Laudanum linderte zumindest ihre Schmerzen und versetzte sie in einen Dämmerzustand, der ihr quälende Gedanken ersparte. Beinahe geistesabwesend nippte sie an dem Tee, den die Siedlerfrau aus der Küche brachte. Er duftete nach Kräutern, die sie im Sommer in der nahen Senke gesammelt hatte, in der sie auch nach essbaren Wurzeln und wilden Beeren suchte.

Waynoka lächelte zufrieden, als ihr der Duft der Kräuter in die Nase stieg. Das waren die gleichen Kräuter, die ihre Mutter getrocknet und in einem Lederbeutel aufbewahrt hatte. Benutzten die Weißen eine ähnliche Medizin? Verwendeten sie die gleichen Heilpflanzen? Sie deckte Hiamovi zu und schloss die Augen für ein Gebet. Während sie Maheo anflehte, die bösen Geister aus dem Körper des Mädchens zu vertreiben, hörte sie auch die weiße Frau beten. Sie kniete ebenfalls vor der Verletzten, stützte sich mit beiden Ellbogen auf den Bettrand und hatte die Hände gefaltet, wie es ihnen der Prediger gezeigt hatte. Zum Schluss sagte sie wieder dieses eine Wort: »Amen.«

Waynoka wartete, bis Hiamovi erneut eingeschlafen war, bevor sie ihr Gesicht in einer Schüssel mit heißem Wasser wusch, ihr Kleid überstreifte und ihre Haare flocht. Inga hielt Kekse mit Marmelade und heißen Tee bereit.

»Du bleibst am besten noch zwei, drei Tage hier«, sagte die weiße Frau und unterstrich ihre Worte mit Gesten. »Solange Hendrik unterwegs ist, haben wir genug Platz. Ich könnte dir ein paar Wörter Englisch beibringen und dir von Jesus Christus erzählen. Du wirst ihn lieben lernen.« Sie lächelte sanft.

Waynoka kapierte nicht alles, verstand aber »Jesus Christus« und fragte sich, ob Inga versuchte, sie von ihrem Glauben zu überzeugen? Waren alle Weißen wie der Prediger, der bei den *tsis tsis tas* gewesen war? Was sollte sie mit einem Gott, der seinen weißen Kindern befahl, die Jagdgründe ihres Volkes zu stehlen und alle Büffel zu töten? Daran, dass Maheo am Sand Creek zugesehen hatte, wie die Pferdesoldaten hilflose Frauen und Kinder töteten, dachte sie in diesem Augenblick nicht. Sie dachte an Hiamovi. »Wir sind gerne hier, Inga«, sagte sie.

»Wir alle wollen Frieden«, mahnte die Schwedin. »Weiße und Indianer, Schweden, Amerikaner und dein Volk. Ich fürchte mich vor den blutgierigen Kriegern, die einsame Farmen überfallen und ihre Bewohner abschlachten, aber ich achte Menschen wie dich, die mit uns in Frieden leben wollen. Ihr seid kein Ungeziefer. In der Bibel steht: ›Es gibt einen Leib, aber er besteht aus vielen Gliedern.‹« Sie griff nach der Bibel und suchte nach der Textstelle. »Hier ist es. Paulus sagt: ›Die vielen Glieder bilden einen Leib. Kein Organ oder Körperteil kann seine Funktion in Unabhängigkeit von den anderen Gliedern ausüben und erst recht nicht in Unabhängigkeit vom Haupt.‹ Mit dem Haupt meint er Jesus Christus, unseren Herrn. Er hält alles zusammen.«

Waynoka hatte kein Wort verstanden, kam aber auch nicht mehr dazu, der weißen Frau zu antworten. Von draußen klang Hufschlag herein. Ein beschlagenes Pferd, also musste es ein Weißer sein. Der Hund bellte laut.

Die weiße Frau blickte besorgt zur Tür, stand auf und öffnete anscheinend nur widerwillig. Ein eisiger Luftschwall wehte in den Raum. Waynoka griff nach ihrem

Revolver, ließ ihn wieder los und duckte sich. Obwohl es inzwischen hell geworden war, sah sie den Mann im Gegenlicht nur undeutlich. Er war sehr groß und muskulös und trug einen blonden Vollbart. Seine Haut war ungewöhnlich hell, noch weißer als bei den meisten anderen *Vehos*. Er trug einen Mantel und eine Kappe aus Büffelfell.

»Da bin ich wieder!«, rief er. Seine Stimme klang, als hätte er von dem scharfen Wasser getrunken. »Wie ich sehe, haben dich die roten Teufel in Ruhe gelassen. Hab ich doch gesagt, in dieser Gegend gibt's keine mehr.«

»Hendrik! Gut, dass du wieder hier bist!«

Waynoka konnte sich denken, was die weiße Frau sagte, aber der Klang ihrer Stimme verriet ihr auch, dass sie Angst vor ihrem Mann hatte. Ihr fehlte der Stolz der meisten *tsis tsis tas*-Frauen, die sich nicht daran hindern ließen, ihren Männern die Meinung zu sagen.

Sie wusste nicht, wie es bei den *Vehos* geregelt war. Bei ihrem Volk warf eine Frau ihren Mann aus dem Tipi, wenn er sie schlecht behandelte oder ihr Gewalt antat. Den Frauen gehörte der Hausstand, auch das Tipi, und sie konnten ihn jederzeit nach draußen schicken. Zum Glück passierte es höchst selten. Es wäre gegen die Ehre eines Kriegers gewesen, eine Frau schlecht zu behandeln und sich auf diese Weise schuldig zu machen.

Hendrik wusste sehr wohl, was er tat, als er aus dem Sattel stieg und etwas in der Hand schwenkte, das Waynoka auf Anhieb und Inga erst auf den zweiten Blick erkannte. Vier Skalpe, säuberlich auf eine Lederschnur gezogen.

Waynoka beherrschte sich nur mühsam, hätte am liebsten nach dem Revolver gegriffen und ihre letzte Kugel in ihn gejagt, wusste aber auch, dass sie Hiamovi und sich mit einer solchen Tat in noch größere Gefahr bringen würde. Entweder sie schoss daneben, und Hendrik brachte sie um, oder Inga vergaß ihren Jesus und tötete sie aus Rache, oder sie hetzte die Soldaten auf sie.

»Wir haben mächtig unter den roten Teufeln aufgeräumt«, rief er großspurig. »Du hättest sie sehen sollen. Wie Karnickel sind die Weiber gerannt.«

»Weiber?«, erschrak Inga. »Ihr habt Frauen getötet?«

»Frauen, Kinder ... was macht das für einen Unterschied? Wir müssen diese roten Teufel vernichten, bevor sie unsere Leute umbringen. Weißt du denn nicht, dass sie eine Farmersfamilie in der Nähe von Fort Lyon massakriert haben? Die verdammten Cheyenne kennen keine Gnade. Wir haben nichts Unrechtes getan, Weib. Gott war bei uns, als wir die Heiden angriffen.«

»Auch unter den Indianern gibt es gute Menschen, Hendrik! Ich habe gerade in der Bibel gelesen und eine Stelle gefunden, in der Paulus schreibt ...«

»Verschon mich mit deinem Paulus!«, schnitt ihr Hendrik das Wort ab. »Dein Bibelkram geht mir schon lange auf den Geist. Wir sind nicht mehr in Schweden. Wir sind im amerikanischen Westen, und da herrschen andere Gesetze. Die Cheyenne machen sich auf dem Land breit, das wir urbar machen wollen. So wie es unser Herr verlangt. Und wenn sie nicht hören wollen, müssen sie eben fühlen.« Er hängte sich die Lederschnur mit den Skalpen über die Schultern. »Diese Cheyenne sind keine Menschen. Sie sind Teufel. Was in der Bibel steht, gilt nicht für sie. Die Regierung hat ihnen befohlen, in ein Reservat zu gehen. Aber sie müssen ja weiter über die Prärie ziehen und unschuldige Weiße töten. Zum Teufel mit ihnen!«

»Aber Paulus …«

»Paulus kannte die Cheyenne nicht, sonst hätte er sie verflucht, da bin ich sicher. Nein, Weib, wir haben ein gutes Werk getan. Wir haben dieses Land von heidnischen Teufeln gesäubert und für gottesfürchtige Siedler geebnet.«

»Ihr habt ein Dorf überfallen?«, fragte sie kleinlaut.

»Und was für eins!«, tönte Hendrik. Er zog sein Gewehr aus dem Sattelschuh und wandte sich zur Tür. »Über hundert Weiber und Bälger haben wir niedergemacht. Einen besseren Denkzettel hätten wir ihnen nicht verpassen können. Und beim nächsten Mal zahlen wir es den Kriegern heim.« Er legte einen Arm um Ingas Schultern. »Du darfst nicht so wehleidig sein, Weib. Wo gehobelt wird, fallen nun mal Späne. Ich hab das alles auch für dich getan.«

Sie gingen gemeinsam zur Tür.

»Ich muss dir was sagen, Hendrik«, begann Inga.

»Ach was«, erwiderte er, »mach mir erst mal was Ordentliches zu essen! Ich hab einen Bärenhunger. Und dann fällt mir sicher noch was anderes ein.«

Waynoka war längst aufgestanden und blickte dem weißen Mann entgegen. Sie hatte kaum etwas von dem verstanden, was er gesagt hatte, aber sie hatte die Skalpe gesehen und »Sand Creek« gehört, den Namen des Flusses, an dem so viele Frauen und Kinder ihres Volkes gestorben waren. Hendrik war bei den Männern gewesen, die ihre Verwandten umgebracht hatten!

Sie war zu entsetzt, um nach ihrer Waffe zu greifen. Starr vor Angst blickte sie auf den Mann, der mitten in der Bewegung innegehalten hatte und sie ungläubig anstarrte. Nur langsam schien er zu realisieren, wer vor ihm stand.

Er sah Inga an. »Was soll das? Was will diese Missgeburt hier?«

»Du darfst ihr nichts tun, Hendrik!«, antwortete sie. »Waynoka ist eine gute Frau. Sie war vollkommen erschöpft, als sie vor unserem Haus auftauchte, und ihre junge Freundin beinahe tot. Ich habe ihnen gesagt, dass sie bleiben können, bis das Mädchen wieder gesund ist. Das ist unsere Christenpflicht.«

»Unsere Christenpflicht ist es, die beiden abzuknallen und den Kojoten zum Fraß vorzuwerfen! Sie gehören zu unseren Feinden, verdammt! Wer weiß, was sie vorhaben! Sie wollten dich bestimmt in eine Falle locken!«

»Waynoka ist eine gute Frau. So was würde sie nie tun.«

»Hast du eine Ahnung, zu was diese Teufel alles fähig sind!«

»Aber wir sind doch Christen, Hendrik! Hast du nicht gesagt, dass wir in dieser Wildnis nach Gottes Wort leben wollen? Selbst wenn sie unsere Feinde wären, was ich nicht glaube … sagt Jesus nicht auch: ›Liebet eure Feinde‹?«

»Jesus hatte keine Ahnung von diesen Wilden!«

»Hendrik! Sei doch vernünftig!«

»Geh zur Seite, Weib!« Er hob sein Gewehr.

Waynoka sah ihren letzten Atemzug kommen und stimmte ein Sterbelied an, das sie auch am Sand Creek gehört hatte: »Nichts lebt lange, nur die Erde und die Berge.« Sie schloss die Augen und erwartete den tödlichen Schuss.

Nichts geschah.

Sie öffnete die Augen wieder und sah, dass sich Inga vor ihren Mann gedrängt hatte und ihn daran hinderte, eine Kugel abzufeuern. »Tu es nicht!«, flehte sie ihn an. »Tu es bitte nicht! Mir zuliebe, Hendrik! Lass sie gehen!«

Er wollte sie zur Seite drängen, überlegte es sich plötzlich anders und begann zu lachen. »Du hast wohl einen Narren an der Kleinen gefressen! Meinetwegen, lass ich sie am Leben, soll sie doch gehen, wird schon sehen, wie weit sie in dem Wetter kommt. Schon gehört, es soll einen Blizzard geben.«

»Ihre Freundin ist krank, Hendrik! Du darfst nicht …«

Wieder wartete er nicht ab, bis sie ausgesprochen hatte. »Ihre Freundin? Wo ist ihre Freundin? Hast du sie etwa in unser Bett gelegt? Das ist doch nicht dein Ernst …« Er stieß sie zur Seite und stapfte in den Schlafraum, zerrte die schreiende Hiamovi aus dem Bett und zog sie an einem Arm in den Wohnraum. Vor Inga ließ er sie fallen. »Hier hast du dein rotes Miststück!«

»Sie ist schwer verletzt, Hendrik!«

»Schaff sie hier raus, oder ich knall sie doch noch ab!«

»Kann ich ihnen etwas Proviant einpacken? Bitte, Hendrik!«

Auch ohne ein Wort zu verstehen, erkannte Waynoka, dass die weiße Frau ihr Leben gerettet hatte. Doch sie mussten so schnell wie möglich verschwinden, bevor es sich der Mann anders überlegte. Ohne Hendrik anzublicken, weil sie ihn damit nur wütend gemacht hätte, beugte sie sich über Hiamovi.

»Sei stark!«, flüsterte sie ihr zu. »Wir müssen gehen, sonst erschießt uns der weiße Mann. Ich weiß, wie schwach du bist, aber du musst es versuchen!«

Sie zog das Mädchen vom Boden hoch und schob ihr einen Arm unter die Schultern. Jeden Moment darauf gefasst, doch noch eine tödliche Kugel einzufangen, ging sie mit Hiamovi zur Tür. Das Mädchen hielt sich nur mühsam auf den Beinen und drohte bei jedem Schritt, das Bewusstsein zu verlieren.

»Wartet!«, rief Inga.

Sie blieben stehen, und Waynoka nickte dankbar, als Inga ihnen eine ihrer Bettdecken umhängte und ihr das Fläschchen mit dem Laudanum zusteckte.

»Ha-ho«, sagte sie. *»Nesee* … du bist meine Freundin.«

So schnell es ihnen möglich war, entfernten sie sich von dem Farmhaus. Der Hund folgte ihnen bellend, ließ nach einer Weile von ihnen ab und rannte zum Schuppen zurück. Sie waren froh, als sie die Hügel jenseits der Farm hinter sich gelassen hatten und eine Art Hohlweg erreichten, dessen östliche Seitenwand aus schroffen Felsen bestand und sie gegen den Wind schützte.

Erleichtert hielten sie inne. Ihre Lage hatte sich nur unwesentlich verändert. Sie besaßen eine größere Decke, die besser wärmte, die Wunde des Mädchens war versorgt und fest verbunden, und in ihrer Tasche war die Flasche mit der starken Medizin. Aber vor ihnen lagen die verschneiten Ebenen, eine winterliche Wüste ohne Bäume, die kaum Deckung bot und ihnen zum Verhängnis werden konnte, sobald sich das Wetter verschlechterte. Über den Bergen hingen bereits wieder dunkle Wolken, die Schnee bringen würden.

Waynoka nahm ihre junge Freundin in den Arm. Ihre Chancen, am Leben zu bleiben, waren schon während der Nacht gesunken und inzwischen kaum noch greifbar. Lange würde sie nicht mehr durchhalten, und irgendwann einmal würde auch die starke Medizin nicht mehr helfen.

»Ich kann nicht mehr«, sagte Hiamovi.

»Nur noch ein paar Schritte«, bat Waynoka. »Lass uns noch etwas weitergehen, falls es sich der weiße Mann anders überlegt. Er wollte uns töten.«

»Ich weiß«, erwiderte Hiamovi, »ich habe keine Angst vor dem Tod.«

»Du bist noch jung! Viel zu jung zum Sterben!«

Das Mädchen blickte sie aus leeren Augen an. Jedes Feuer war aus ihnen verschwunden. Sie besaß keine Energie mehr. »Lass mich hier zurück, Waynoka! Ich bin müde, zu müde zum Leben. Ich habe alles verloren, was mich am Leben hält. Lass mich zurück und geh allein weiter. Allein schaffst du es.«

»Trink von der Medizin! Dann geht es dir besser.«

»Nein, Waynoka. Meine Zeit ist zu Ende. Das spüre ich.«

»Du bist noch so jung!«

»Ich werde alle meine Verwandten in den glücklichen Jagdgründen wiedertreffen. Sie werden auf mich am Ende der Milchstraße warten.« Sie brachte ein Lächeln fertig. »Geh jetzt! Du hast mehr für mich getan, als du musst.«

»Ich kann nicht.«

»Willst du mir meinen letzten Wunsch abschlagen?«

»Du willst es wirklich?«

»Es gibt keine andere Möglichkeit, Waynoka. Oder willst du mich über die Ebenen schleppen, bis wir beide zu Boden sinken und sterben? Nein, Waynoka. Ich habe schon bei der weißen Frau gemerkt, dass es mit mir zu Ende geht. Nicht mal mit einem Pferd könntest du mich retten. Es ist zu spät. Sei nicht traurig, Waynoka! Ich bin bereit. Auf mich wartet eine bessere Welt.«

»Es tut mir so leid, Hiamovi. Willst du den Revolver?«

»Nimm den Revolver! Und die Decke.«

»Die Decke? Das kann ich nicht …«

»Nimm sie und geh! Weine nicht um mich, Waynoka!«

Waynoka umarmte sie lange. »Leb wohl, Nesee.«

13

Schon während sie auf die Interstate abbogen, glaubte Ashley sich in einem seltsamen Traum. Auch wenn es für sie nach dem Zwischenfall mit dem Stalker selbstverständlich war, Julian mitzunehmen, kam es ihr doch seltsam vor, einen jungen Mann neben sich zu haben. Sie hatte nie für einen Anhalter gestoppt, schon gar nicht für einen Mann und erst recht nicht nach dem tödlichen Unfall ihrer Eltern.

Ohne dass sie es darauf angelegt hätte, schien Julian einen Wendepunkt zu bedeuten. Sie hatte ihn selbst angesprochen, ob aus Langeweile oder weil sie sich von ihm angezogen fühlte, wusste sie selbst nicht. Ausgerechnet einen Soldaten. Sie hatte sich gern mit ihm unterhalten und eigentlich darauf gewartet, dass er sie um ihre Handynummer bat. Und sie hatte nicht mal zu überlegen brauchen, als sie erfahren hatte, dass er eine Mitfahrgelegenheit brauchte.

Weil sie glaubte, ihm eine Erklärung schuldig zu sein, schilderte sie Julian in wenigen Sätzen, wie der Stalker sie belästigt hatte. Dass man sie nach dem Unfall ins künstliche Koma versetzt hatte, spielte sie herunter: »Ich hätte nicht ausrasten sollen, dann wäre der Unfall nicht passiert, und sie hätten mir nicht diese Dauernarkose verpassen müssen. Und die Polizei wollte nichts tun, da muss erst sonst was passieren, bis sie eingreifen. Ich war wütend.«

»Sie hätten den Kerl einsperren sollen. Du siehst doch, was er noch alles auf dem Kerbholz hatte. Hätten sie sich gleich ein wenig mehr mit ihm beschäftigt, wäre er längst im Gefängnis gewesen und gar nicht mehr aufgetaucht. Wir können froh sein, dass nicht mehr passiert ist! Ich weiß leider ganz genau, wohin das führen kann.«

»Gut, dass du ihn rechtzeitig gebremst hast.«

»In Uniform sollten wir uns eigentlich zurückhalten und keine Schlägereien anfangen«, gestand er, »aber ich wollte nicht, dass er dir was antut. Ich kenne Typen wie ihn. In Übersee hatten wir auch einen von der Sorte, der ging nicht etwa auf Prostituierte, sondern auf eine Krankenschwester und eine harmlose Bedienung los. Das sind Verrückte! Mit denen ist nicht zu spaßen.«

Sie fuhren über flaches Land. Die Hochprärie, einst die Heimat von Indianern wie den Cheyenne, Lakota und Arapaho. Nur wenige Meilen nördlich von Wheatland kreuzten sie den stellenweise immer noch sichtbaren Oregon Trail, über den einst die Siedler mit ihren Planwagen auf dem Weg nach Westen gezogen waren und den Indianern ihren Lebensraum streitig gemacht hatten. Ihnen waren weiße Büffeljäger gefolgt, die aus reiner Profitsucht gejagt und die Indianer ihrer Lebensgrundlage beraubt hatten.

Ein Thema, das auch in der Uni unterschiedlich beleuchtet wurde: Bedauert wurden die Indianer, die von den weißen Einwanderern buchstäblich überrollt worden waren und keine Chance gegen sie gehabt hatten, bewundert wurde die Leistung der Pioniere, ein so riesiges Land erobert und besiedelt zu haben. Bei den Siedlern waren vor allem die harten Winter gefürchtet, die sich gerade in der Prärie extrem bemerkbar machten.

Während Ashley und Julian sich Casper näherten, meldete sich der Winter auch bei ihnen. Der Wind hatte aufgefrischt und trieb Schneewolken über die Schnellstraße. Wenn sie von einem Truck überholt wurden, klatschte der Schnee gegen die Frontscheibe. Die Heizung lief auf vollen Touren, war aber ebenso betagt wie ihr Chevy und tat sich schwer. Die Scheibenwischer waren neueren Datums und sorgten dafür, dass sie einigermaßen klare Sicht behielt. Selbst auf dem Asphalt blieb der Schnee liegen, und es dauerte eine ganze Weile, bis der Winterdienst anrückte und für Erleichterung sorgte. Bei solchem Wetter wünschte Ashley sich einen Geländewagen.

»Warum bist du Soldat geworden?«, fragte sie. Sie war die winterlichen Verhältnisse seit Jahren gewohnt und ließ sich nicht aus der Ruhe bringen.

»Weil ich die Freiheit verteidigen wollte.«

»In Afghanistan?«

»Überall dort, wo sie bedroht ist.«

»Ehrlich?«

»Und wegen meiner Eltern«, räumte er ein.

»Waren die auch bei der Army?«

»Mein Vater«, berichtete Julian, »er war Sergeant einer Nachschubeinheit und im Irak bei Desert Storm dabei. Er meldete sich zu mehreren Kampfeinsätzen, wurde aber nicht genommen. Nach einem Beinbruch waren seine Knochen falsch zusammengewachsen, und er humpelt seitdem ein wenig. Seine Vorgesetzten wollten wohl kein Risiko eingehen. Er ist heute noch sauer, hielt seinen Posten beim Supply Corps für einen Drückebergerjob und hätte Saddam Hussein gern selbst die Ohren lang gezogen. So drückte er sich jedenfalls aus. Solange ich zurückdenken kann, lag er mir damit in den Ohren, dass ich auch auf der Welt wäre, um seine Ehre zu retten. Mir blieb gar nichts anderes übrig, als mich der Army anzuschließen. Meine Mutter war nicht so begeistert.«

»Und bei welcher Einheit warst du?«

»Instandsetzung.«

»Reparaturen und so was?«

»Lastwagen, Busse, Jeeps … alles, was Räder hat. Auch nicht gerade das, was mein Vater im Sinn hatte. Lag vielleicht daran, dass mir ein wenig die Begeisterung abhandenkam. Wie gesagt, eigentlich wollte ich die Freiheit verteidigen. Vor allem 9/11 lag mir immer im Magen. Ein guter Freund aus meiner Highschoolzeit kam dort ums Leben. Ich war für den Krieg in Afghanistan, glaubte den Leuten, die behaupteten, dort würden sich die meisten Terroristen verstecken, dabei waren die Verbrecher in den Maschinen, die ins World Trade Center rasten, alle schon mehrere Monate oder sogar Jahre im Lande, als sie zuschlugen. Aber ich hielt den Krieg für gerecht, weil ich verabscheute, wie die Taliban mit den Menschen dort umgehen, vor allem mit den Frauen …« Er hielt verwundert mitten im Satz inne. »Sorry, das willst du wahrscheinlich alles gar nicht wissen. Ich halte wohl besser meine Klappe.«

»Nein … ist schon okay. Das war sicher keine leichte Entscheidung.«

»Meine Mutter war vollkommen fertig, als sie mich nach Afghanistan schickten, und bekam sogar Krach mit meinem Vater, aber der war begeistert und sagte, ich sollte es als Ehre betrachten, für mein Land zu kämpfen. ›Gott ist mit den Gerechten‹ war einer seiner Leitsätze. Woher sollte er auch wissen, dass Gott sich längst aus Ländern wie Afghanistan zurückgezogen hat.«

Seinen Worten folgte längeres Schweigen. Nur das Brummen des Motors und das Knarren der Scheibenwischer waren zu hören. Weil ihr im Augenblick die Worte fehlten, und um die Stille nicht zu aufdringlich werden zu lassen, stellte sie das Radio ein. Easy Listening, langweilig und nicht zu laut.

Sie hatte schon öfter mal überlegt, ob sie bereit wäre, für die Freiheit irgendeines anderen Landes in den Krieg zu ziehen, und war zu keiner endgültigen Entscheidung gekommen. Wahrscheinlich nur, wenn es wirklich darum gegangen wäre, aber wurden die meisten Kriege nicht aus ganz anderen Gründen geführt? Um Öl? Um Geld? Um Macht? Wegen einer bevorstehenden Wahl, die durch einen entschlossenen Einsatz begünstigt würde, oder um für einen zweifelhaften wirtschaftlichen Aufschwung zu sorgen?

In den Indianerkriegen wurde doch aus ähnlichen Gründen gekämpft. Um die Indianer zu vertreiben und neuen Lebensraum für die nachrückenden Siedler zu schaffen, aber auch wegen der Goldfunde in Kalifornien und Colorado. Und wegen der finanziellen Vorteile, die sich vor allem Unternehmer der Eisenbahn und anderer Großfirmen durch eine schnelle Ausweitung nach Westen verschaffen konnten. Wie viele Menschen hatten dafür sterben müssen, nicht nur Indianer, auch Soldaten und Siedler. Wie viele sinnlose Massaker hatte es gegeben. Sand Creek war nur eines von vielen.

Ein rotes Signalfeuer am Straßenrand wies sie auf eine Unfallstelle hin. Ashley fuhr langsam daran vorbei. Am rechten Straßenrand tauchte ein ausgebranntes Autowrack auf, ein mittelgroßer SUV, aus dessen Innenraum noch dunkler Rauch stieg. Im dichten Schneetreiben waren zwei Streifenwagen mit leuchtenden Warnlampen zu sehen, mehrere Polizisten und Feuerwehrleute standen um das Wrack herum.

Ashley wollte zügig weiterfahren, bemerkte aber, wie Julian entsetzt aus dem Seitenfenster starrte und sich plötzlich versteifte. Als hätte er den Leibhaftigen erblickt, presste er beide Handflächen gegen die Scheibe und rief: »Verdammt! Wir müssen hier weg! Halt an! Halt doch endlich an … sofort!«

Sie wusste nicht, ob er es ernst meinte, und blickte ihn unsicher an.

»Du sollst anhalten!«, rief er so laut, dass sie zusammenzuckte.

Sie scherte aus der Kolonne aus, die sich wegen des Unfalls gebildet hatte, und hielt am Straßenrand. Mit angstgeweiteten Augen stieß er die Tür auf. Ohne nach seinem Anorak zu greifen, nur in seiner Uniform, stieg er aus und stürzte in den Schnee. Er rappelte sich wieder auf und rannte hastig davon.

»Julian! Was soll das? Wo willst du hin?«

Sie stieg ebenfalls aus, lief um den Wagen herum und folgte ihm auf den schmalen Feldweg, der parallel zur Interstate nach Norden führte und dann nach Osten abzweigte. In einiger Entfernung lag ein Farmhaus, umgeben von einigen Bäumen, die man als Schutz gegen Wind und Wetter gepflanzt hatte.

»Julian! Komm zurück!«

»In Deckung! Schnell!«, rief er.

Inzwischen waren auch die Polizisten und Feuerwehrleute auf den flüchtenden Julian aufmerksam geworden und konnten sich wahrscheinlich keinen Reim auf seine Worte machen. Aber das sah Ashley nicht. So schnell sie konnte, rannte sie hinter Julian her und holte ihn schließlich ein. Er war der Farm bereits so nahe gekommen, dass der Hofhund bellend zwischen den Bäumen auftauchte.

»In Deckung!«, rief Julian wieder.

Ashley bekam ihn zu fassen und riss ihn zu Boden. Sie fielen beide in den Schnee. »Julian! Julian!«, redete sie auf den Soldaten ein. Sie brauchte ihre ganze Kraft, um ihn am Aufspringen und Weiterlaufen zu hindern. »Es ist alles gut, Julian! Du bist außer Gefahr! Du hast nichts zu befürchten!«

Er blieb schnaufend liegen und entspannte sich allmählich. Sein Atem wurde ruhiger. Er schien selbst erstaunt über sein Handeln zu sein, hob verwundert den Kopf und blickte sich um, als wüsste er nicht, was während der letzten Minuten geschehen war. In seinen geröteten Augen standen Tränen.

»Was … was ist passiert?«

Ashley lockerte vorsichtig ihren Griff. Sie brauchte selbst einige Zeit, um sich von der Anstrengung zu erholen. Sie hatte genug über Kriegsheimkehrer gelesen, um zu wissen, was mit Julian los war. »Du bist in Amerika! In Wyoming!«, betonte sie. »Du bist nicht mehr in Afghanistan! Alles ist gut!«

»Ich … tut mir … tut mir leid.« Er war immer noch verwirrt.

Einer der Polizisten war ihnen nachgelaufen. »Alles in Ordnung, Miss?«, rief er aus einiger Entfernung. Gehen Sie bitte zurück zu Ihrem Wagen und fahren Sie weiter! Sie dürfen da oben nicht parken, das wissen Sie doch.«

»Wir sind gleich weg, Officer!«

»Stimmt was mit ihm nicht? Alles in Ordnung, Soldat?«

Sie hatte Julian vom Boden hochgezogen, und sie waren bereits auf dem Rückweg. Dem Polizisten stand das Misstrauen ins Gesicht geschrieben, und er hakte wohl nur nicht nach, weil er einen Soldaten in Uniform vor sich hatte. Er wusste sicher auch die Abzeichen zu deuten. Eines besagte, dass der Träger im Kampfeinsatz gewesen war. »Danke für Ihren Einsatz«, sagte er.

Thank you for your service. Der Dank, den jeder Soldat in den USA zu hören bekam, wenn er in Uniform unterwegs war, und erst recht, wenn er das Land in einem Krieg verteidigt hatte. Auch Julian hörte den Satz anscheinend gern. Er hatte sich wieder einigermaßen gefangen und lächelte sogar. »Alles okay, Officer. Mir war nur ein wenig übel. Wir fahren sofort weiter, okay?«

»In Ordnung. Gute Fahrt, Soldat!«

Ashley war froh, als sie wieder in ihrem Wagen saßen und die Unfallstelle hinter sich ließen. Sie ahnte natürlich, was Julian plagte. PTSD, eine posttraumatische Belastungsstörung, kam häufig bei Kriegsheimkehrern vor. In Flashbacks wurden sie an tragische Ereignisse erinnert, die sie noch nicht verarbeitet hatten. Warum ihn ausgerechnet ein ausgebrannter SUV an den Krieg erinnert hatte, wusste sie nicht, und sie wollte ihn auch nicht mit Fragen danach belästigen. Vielleicht waren es der Rauch oder die flackernden Warnlichter der Streifenwagen gewesen. Oder die Uniformen der Polizisten.

Sie blickte nach vorn. Das Schneetreiben hatte wieder etwas nachgelassen, aber weite Teile der Interstate waren nicht mehr schneefrei, und beim Fahren war höchste Vorsicht geboten. Eigentlich hatte sie bis zur Northern Cheyenne Reservation durchfahren wollen, auch wenn sie dann über sieben Stunden unterwegs gewesen wäre, aber vernünftiger war es wohl, unterwegs in einem Motel abzusteigen, um am nächsten Morgen ausgeruht weiterfahren zu können. Bis zum Ziel waren es noch mindestens vier Stunden.

Sie war gerade dabei, sich die Worte für Julian zurechtzulegen, als er vorschlug: »Ich könnte dich beim Fahren ablösen. Du bist doch sicher müde. Um halb fünf wird es dunkel, und du hast schon etliche Meilen hinter dir. Ich bin die letzten Monate nur Jeep gefahren, aber mit dem Chevy komme ich klar.«

»Oder wir übernachten in einem Motel.« Sie wusste natürlich, welchen Beigeschmack ihr Vorschlag hatte, und fügte hinzu: »Ohne Hintergedanken.«

Sie erröteten beide.

»Klingt gut«, sagte er. »Ehrlich gesagt, bin ich ziemlich fertig.«

Sie fuhren zu einem preiswerten Motel gleich neben einer Ausfahrt, checkten ein und verabredeten sich zum Abendessen im Burgerlokal nebenan. Die verbleibende Zeit nutzte Ashley, um sich auszuruhen. Sie schaltete den Fernseher ein, erwischte irgendeine Talkshow, schaffte es aber nicht, sich zu konzentrieren, und schaltete wieder ab. Auch den Gedanken, sich bei Maya zu melden, verwarf sie gleich wieder. Was sollte sie ihr auch sagen? Dass sie einen Soldaten mitgenommen hatte und mit ihm in einem Motel übernachtete?

Na, klar schlaft ihr in getrennten Zimmern, würde sie lästern. Und der Papst ist über Nacht evangelisch geworden. Oder sie würde sich freuen: Endlich lässt du mal fünf gerade sein. Ich dachte schon, du entwickelst dich zur eisernen Jungfrau. So ein One-Night-Stand kann manchmal ganz erfrischend sein, glaube mir. Warum denn ausgerechnet ein Soldat? Ich dachte, du kannst Uniformen nicht leiden. Für solche Wortwechsel hatte sie jetzt keinen Nerv.

Sie beließ es dabei, sich aufs Bett zu legen und ihren Gedanken nachzuhängen. Sicherheitshalber stellte sie den Wecker ihres Smartphones. Als sie einen dunklen Schatten vor dem Fenster sah, dachte sie zuerst an Julian. Hatte sie sein Klopfen überhört? Wollte er sich bei ihr für den Zwischenfall an der Unfallstelle entschuldigen? Wollte er ihr gemeinsames Abendessen ausfallen lassen? Wollte er ihr gestehen, dass … nein, verbesserte sie sich schnell. Er hatte ihr ein beiläufiges Kompliment gemacht, weiter nichts, und nicht mal mit einem Lächeln oder einer Geste angedeutet, dass er für sie etwas empfinden könnte. Er hatte wahrlich andere Sorgen. Wenn man an PTSD erkrankt war, musste man dringend in psychotherapeutische Behandlung und zeitweise sogar Medikamente einnehmen, um möglichst bald wieder gesund zu werden.

Sie ging zum Fenster und blickte hinaus. Auf dem Parkplatz stand ihr Schutzgeist. In respektvoller Entfernung verharrte er im leichten Schneetreiben und wusste anscheinend genau, wo sie sich befand. Überrascht zog sie die Luft ein. Eine junge Frau, die gerade aus ihrem Wagen stieg und an dem Wolf vorbeiging, konnte ihn wohl weder sehen noch hören, und für einen älteren Herrn und seinen Schäferhund blieb er ebenfalls unsichtbar.

»Und ich dachte, du hättest genug Probleme«, sagte der Wolf. »Bist du dem Mann, der deinen aufdringlichen Verehrer besiegt hat, so dankbar, dass du dich mit seinen Problemen belastest? Du weißt sicher, unter was er leidet.«

»Ja, das weiß ich. Und ich weiß auch, dass ich Männer in Uniformen nicht leiden kann und in absehbarer Zeit nichts mit einem Mann anfangen wollte. Wie du weißt, haben er und ich ganz andere Probleme. Es ist ja auch noch nichts passiert. Wir haben getrennte Zimmer gemietet, das hast du doch sicher schon herausgefunden, und es ist auch gar nicht sicher, ob er mich mag.«

»Aber du magst ihn.«

»Ja, ich mag ihn.«

»Vielleicht hat Maheo ihn dir geschickt«, überlegte der Wolf, der anscheinend selbst nicht alles wusste. »Damit du siehst, was die Frau durchmachen musste, deren Spuren du nach Lame Deer folgst. Damals wusste noch niemand, was PTSD ist, und doch werden viele Menschen darunter gelitten haben. Oder meinst du, ein Massaker wie Sand Creek hinterlässt keine Spuren?«

»Ich weiß von den Überlebenden«, erwiderte Ashley, »und frage mich, wie sie die Schrecken dieses grausamen Massakers jemals vergessen konnten?«

»Das konnten sie nicht, Schwester. Bis zu ihrem Lebensende nicht.«

Ashley schloss die Augen und dachte an die Grausamkeiten, die sie über das Massaker am Sand Creek gehört hatte. Als sie die Augen wieder öffnete, hatten sich Tränen darin gesammelt, und ihr Schutzgeist war verschwunden.

14

Als Ashley ihr Zimmer verließ und bei Julian klopfte, kam keine Antwort. Das Licht hatte er ausgeschaltet. Obwohl ein höflicher Mann wie er normalerweise auf sie gewartet hätte, war er anscheinend schon zum Burgerlokal gegangen. Auch dort konnte sie ihn nicht finden. Sie kehrte nachdenklich zum Motel zurück und blickte sich suchend um, sah eine schattenhafte Gestalt außerhalb des Lichtscheins unter einigen Bäumen stehen. Es war Julian.

Sie ging auf ihn zu. »Julian! Was machst du denn hier?«

Er erwiderte ihren verwunderten Blick nicht, blickte weiter geradeaus, als würde er den Verkehr auf der nahen Interstate betrachten – aber vielleicht auch, damit sie seine Tränen nicht sah, die ihr auch so nicht entgingen.

»Julian! Ist dir nicht gut?« Eine dumme Frage, natürlich wusste sie, was nicht mit ihm in Ordnung war. Aber was hätte sie ihn sonst fragen sollen?

Sie blieb dicht vor ihm stehen, war versucht, seinen Arm zu berühren, zog ihre Hand aber wieder zurück, als sie bemerkte, wie durcheinander er war.

»Julian?« Sie sprach jetzt leiser und sanfter.

Julian blickte weiter auf die Interstate. »Woher sollte ich denn wissen, was mich in Afghanistan erwartet?«, sagte er. Er klang vorwurfsvoll und enttäuscht zugleich.

»Keiner von uns wusste das. Wir dachten doch alle, dort wäre die Hochburg der Terroristen, dort hätten sich auch die Leute versteckt, die mit 9/11 zu tun hatten, und wir wären dort, um weitere Anschläge zu verhindern und die Freiheit der Welt zu verteidigen. Zum Teil stimmte das auch, aber je mehr Zeit verging, desto stärker lief alles aus dem Ruder und …«

Sie hütete sich, etwas zu sagen, hörte nur zu.

»Wir hatten keine Ahnung, wie grausam so ein Krieg sein kann. Nicht die geringste Ahnung! Vielleicht die hartgesottenen Typen von den Marines und Special Forces, aber doch nicht wir! Die meisten von uns kamen irgendwo vom Land oder aus Kleinstädten wie ich. Wir kannten den Krieg nur aus Filmen und Computerspielen, und da sieht alles ganz anders aus. Ganz anders.«

Sie ahnte, dass er zu lange allein mit seinen Problemen gewesen war und jemanden brauchte, bei dem er seine Last loswerden konnte.

Er wandte zum ersten Mal, seit sie gekommen war, den Kopf und schämte sich seiner Tränen nicht mehr. In seinen Augen lag mehr als das Eingeständnis, an der Grausamkeit des Krieges gescheitert zu sein und seinen Vater enttäuscht zu haben. Ashley sah ein Schuldgefühl, das man nicht durch bloßes Reden loswurde.

»Aber das ist es nicht, Ashley«, fuhr er fort, »das ist es nicht allein. Die ersten paar Wochen waren einfach. Ich blieb auf dem Stützpunkt in der Werkstatt und reparierte vor allem Jeeps. Mit dem eigentlichen Krieg kam ich kaum in Berührung, außer dass ich hörte, wie einige Granaten in ein nahes Dorf einschlugen und wie einer unserer Männer durchdrehte und seinem Vorgesetzten ins Bein schoss. Aber dann …« Er atmete einmal tief durch. »Aber dann musste ich auf einen Konvoi mit, als Beifahrer in einem Lastwagen, der mit Munition beladen war, und die …« Er hatte wohl ein Schimpfwort auf der Zunge, verschluckte es aber. »… und dann passierte es. Einer der Jeeps fuhr über eine Mine, und gleich anschließend gerieten wir unter Beschuss, und eine Kugel erwischte den Fahrer. Wir fuhren in den Graben und blieben stecken. ›Raus hier!‹, schrie ich, denn jeden Augenblick konnte unsere Ladung hochgehen. Ich sprang ins Freie, rannte um den Wagen herum und zog den Fahrer aus der Kabine, hielt ihn aber so unglücklich, dass eine Kugel sein Gesicht traf und ihn tötete. Anstatt seine Leiche zu bergen, rannte ich ohne ihn davon, wurde von einer Kugel erwischt und sank bewusstlos zu Boden. Ein Streifschuss, der nicht mal eine Narbe hinterließ. Das Nächste, an das ich mich erinnere, war das Gesicht des Sanitäters, der mir sagte, dass ich noch am Leben wäre und wir die Angreifer alle zum Teufel gejagt hätten.«

Seinen Worten folgte langes Schweigen. Auch Ashley sagte nichts, hatte die Bilder im Kopf, die seine Worte in ihr ausgelöst hatten. Der Fahrer des Lastwagens, wie er in Julians Armen von der tödlichen Kugel getroffen wurde. Julian, wie er ihn fallen ließ und in panischer Angst davonrannte. Wie ihn eine Kugel streifte und in den Sand warf, sein Glück, sonst wäre auch er an diesem Tag gefallen. Die Bilder ließen sich nicht vertreiben, sie blieben.

»Du hast nichts falsch gemacht. Er war schon tot, als du wegliefst.«

»Das sagte unser Sergeant auch. Er hatte alles mit angesehen und kam zu mir, als ich aufwachte. Ich hätte versucht, den Fahrer zu retten, und mich feindlichem Beschuss ausgesetzt. Dafür hätte ich sogar eine Medaille verdient. Und dass es sinnlos gewesen wäre, sich wegen eines Toten in Lebensgefahr zu begeben. ›Mach dir keine Sorgen, Buddy‹, sagte er. ›Er hatte Pech, das ist alles.‹ In diesem verfluchten Land muss jeden Tag einer dran glauben.«

»Dann brauchst du dir auch keine Vorwürfe zu machen«, erwiderte Ashley. »Dich trifft keine Schuld. Schau nach vorn, Julian! Komm, wir gehen was essen. Das hilft.«

Sie sah ihm an, dass er sich am liebsten in seinem Motelzimmer verkrochen hätte, ließ ihm aber keine Wahl. Die Abwechslung würde ihm guttun und war besser, als auf dem Bett zu liegen und an die Decke zu starren. Ihr war es doch genauso gegangen. Sie bestellten zwei Cheeseburger und Diet Cokes und setzten sich an einen der Fenstertische mit Blick auf das Motel.

Julian hatte sich einigermaßen erholt. »Tut mir leid«, sagte er nach dem ersten Biss, »ich wollte dich nicht mit meinen Problemen belästigen. Aber ich trage die Bilder von dem schrecklichen Tag schon zu lange mit mir herum. Ich muss immer daran denken, wie seine Eltern und seine Freundin wohl reagierten, als sie die Nachricht von seinem Tod bekamen. Bevor wir mit dem Konvoi losfuhren, hat er mir Fotos von seiner Freundin gezeigt.«

»Du hast es geschafft, Julian.«

»Hab ich das?«

»Du hast Flashbacks, aber es gibt Ärzte, die darauf spezialisiert sind und dir dabei helfen, ins normale Leben zurückzufinden. Deine Eltern helfen sicher auch.«

»Die wissen noch gar nicht, dass ich zurück bin«, gestand er. »Ich fahre schon seit einer Woche ziellos durch die Gegend. Ich hab sie nicht mal angerufen oder ihnen eine Mail geschrieben. Ich habe Angst, dass mein Vater durchdreht, wenn er erfährt, dass ich gleich bei meinem ersten Kampfeinsatz versagt habe und inzwischen alles daransetze, die Army wieder zu verlassen.«

»Geht das denn so einfach?«

»Ich hätte sowieso nicht mehr lange und wäre wahrscheinlich nur Reserve, außerdem hilft es, wenn man einen anständigen Job in Aussicht hat. Den hab ich zwar noch nicht, aber ich finde ihn. Ich könnte das College fertig machen und Architektur studieren. So was interessiert mich. Vor allem Brücken.«

»Eine neue Golden Gate Bridge?«

Seine Tränen waren getrocknet. »Wär doch nicht schlecht.«

»Aber morgen willst du zu deinen Eltern?«

»Irgendwann muss es sein. Es hilft nichts. Auch wenn es wahrscheinlich einen Riesenkrach gibt und mein Vater mir Vorhaltungen machen wird, ich wäre ein schlechter Amerikaner und nicht bereit, für meine Freiheit zu kämpfen. Vielleicht hat er recht. Manchmal hab ich den Eindruck, die Menschen können gar nicht anders, als ständig Krieg zu führen. Traurig, aber leider wahr. Vor allem, wenn es nur um Geld und Macht geht. Ein Armutszeugnis.«

»So darfst du bei der Army aber nicht reden.«

»Nee, dann käme ich wohl vor ein Kriegsgericht.«

»Du bist kein Krieger, Julian.«

»Ich hoffe, das war ein Kompliment.«

»Sicher. Der Cheeseburger ist nicht schlecht, oder?«

An diesem Abend schlief Ashley schwer ein. Die lange Fahrt durch das Schneetreiben und die Begegnung mit ihrem Stalker hatten viel Kraft gekostet, aber die Bilder, die Julian mit seiner Schilderung vom Krieg in ihr geweckt hatte, hielten sie vom Schlafen ab. Sie nahm die Bilder mit in einen unruhigen Traum, in dem sich der Krieg im Nahen Osten und das Massaker am Sand Creek zu einem Schreckensszenario vereinigten, das sie mitten in der Nacht aus dem Schlaf riss. Sie brauchte einige Zeit, um sich zu orientieren.

Nachdem sie sich einigermaßen von dem Traum erholt hatte, ließ sie den Fernseher eine Weile eingeschaltet – das beste Mittel, um wieder einschlafen zu können – und schaltete ihn rechtzeitig aus, als ihr die Augen zufielen. Diesmal blieb der Traum aus, und sie versank in dunkler Schwerelosigkeit, bis sie ihr Handy weckte und ermahnte, sich für den Tag fertig zu machen. Sie verabscheute Motelbäder und beließ es bei einer Katzenwäsche, legte aber ein zartes Make-up auf und steckte die Haare hoch, obwohl ein Pferdeschwanz einfacher und bequemer gewesen wäre. Eine Anstrengung, die Julian geschuldet war, obwohl sie glaubte, dass ihre Beziehung an diesem Tag enden würde.

Sie verließ ihr Zimmer und fand Julian wieder nicht in seinem Zimmer vor. Diesmal stand er aber nur einige Schritte entfernt und kam sofort auf sie zu, als er sie entdeckte. »Guten Morgen«, sagte er. »Lust auf ein Frühstück?«

»Heißer Kakao und Rühreier mit Toast«, erwiderte sie.

Sie war froh, ihn so ausgeruht und fröhlich zu sehen, und hoffte, dass er seine schrecklichen Erlebnisse für einige Zeit verdrängen konnte. Zumindest für die Zeit, bis er seinen Eltern unter die Augen treten würde. Während des Frühstücks vermieden sie alle heiklen Themen, redeten weder über den Krieg noch über ihren Stalker und waren froh, als sie das etwas schäbige Motel verlassen, den Tank ihres Chevy füllen und weiter nach Norden fahren konnten.

Zu ihrer besseren Laune trug bei, dass es nicht mehr schneite und der Winterdienst bereits durchgekommen war und gestreut hatte. Der Himmel präsentierte sich in einem schmutzigen Grau und schien am Horizont mit den weiten Ebenen zu verschmelzen. Über Nacht war es kälter geworden. Während der ersten paar Meilen, als die Heizung versuchte, auf Touren zu kommen, behielten sie ihre Anoraks an, und danach schob sie den Regler bis zum Anschlag, auch wenn die Heizung bereits altersschwach und viel zu laut war.

Sie hatte kein eingebautes Navi, aber er drückte auf seinem Smartphone herum und sagte: »Du übernachtest am besten in Hardin, da gibt's zwei, drei Motels, die sind recht passabel. Im Reservat gibt's weder Hotels noch Motels. Von dort sind es noch knappe fünfzig Meilen bis Billings, die werde ich auch irgendwie schaffen. Ich werde einen Trucker überreden, mich mitzunehmen.«

»Wenn du keinen findest, fahre ich dich nach Hause.«

»Nach Billings? Das wären knappe hundert Meilen mehr für dich!«

»Du hast mir das Leben gerettet. Schon vergessen?«

Julian musste lachen. »Weil ich diesem Nervtöter einen Kinnhaken verpasst habe? Das war eine leichtere Übung. Außerdem war ich so wütend auf ihn, dass es mir leichtgefallen ist.

»Ohne dich hätte sonst was passieren können.«

»Stimmt ... ohne ihn säße ich jetzt bei irgendeinem Trucker auf dem Bock, und du würdest allein durch die Gegend fahren. Ich bin ein bisschen aus der Übung bei den Mädels, ehrlich gesagt, war ich auch vor Afghanistan keine große Leuchte auf diesem Gebiet, aber ich mag dich und hab so das Gefühl, dass du mich auch magst, und ich dachte, wir sehen uns vielleicht wieder?«

»Auf dich wartet wirklich niemand?«

»Nein ... und du ...«

»Ich mag dich auch, Julian«, sagte sie. Sie beugte sich zur Seite und küsste ihn hastig auf die Wange. »Und Billings ist schließlich nicht aus der Welt.«

»Von Denver? Läppische sechshundert Meilen.«

Sie lachte. »Sag ich doch.«

»Und wer sagt denn, dass ich in Billings bleibe? Wenn ich aus der Armee raus bin, kann ich auch arbeiten, wo ich will. New York, Chicago, Miami ...«

»Denver ...«

»Eben. Weißt du was?«

»Was?«

»Ich hab mich schon lange nicht mehr so wohlgefühlt wie jetzt. In Afghanistan hätte ich nicht gedacht, dass ich noch mal lachen könnte. Wenn wir nicht gerade auf einer Interstate unterwegs wären, würde ich dich küssen.«

»Das kriegen wir hin.« Sie schaltete die Warnblinkanlage ein und parkte am Straßenrand. Sie beugte sich lächelnd zu ihm hinüber und küsste ihn.

Er erwiderte ihren Kuss, und sie küssten sich leidenschaftlich, bis ein Trucker sie mit seiner Luftdruckhupe aus ihren süßen Träumen riss. Sie sahen sein breites Grinsen und beeilten sich, auf die Interstate zurückzukommen, bevor die Highway Patrol auftauchte und ihnen einen Strafzettel verpasste.

Die restlichen Stunden vergingen wie im Fluge. Sie redeten über alle möglichen Dinge, vor allem darüber, wie sie sich in ihren Berufen verwirklichen wollten. Den Krieg in Afghanistan, der ihn wahrscheinlich mehr beschäftigte als alles andere, und das Massaker am Sand Creek, das sich in ihren Gedanken festgesetzt hatte, erwähnten sie nicht mal. Julian verriet ihr, dass er als kleiner Junge davon geträumt hatte, über die Golden Gate Bridge zu joggen, und sie gestand ihm, als junges Mädchen für Ice-T geschwärmt zu haben.

»Den coolen Schwarzen aus *Special Victims Unit*?«

»Du kennst den auch?«

»Ich mochte seine blonde Kollegin. Amanda oder so.«

»Du stehst auf blond?«

»Nicht mehr«, antwortete er.

In Hardin ging sie nicht mal vom Gas. Sie fuhr, ohne eine Miene zu verziehen, an der kleinen Stadt vorbei und nach Westen. Julian wollte protestieren, aber sie legte ihm lächelnd eine Hand auf den Arm und sagte: »Es ist noch früh am Tag, und ich wollte mir sowieso ein bisschen die Gegend ansehen.«

Er erwiderte ihr Lächeln. »Das ist toll von dir.«

Auf der Interstate nach Billings kamen sie zügig voran. Die Straße führte über die Hochprärie durch scheinbar menschenleeres Land. Wie ein unendliches graues Band zog sich die Straße unter dem weiten Himmel bis zum Horizont. Zu beiden Seiten erstreckte sich die meist baumlose Prärie, ein leicht gewellter Ozean aus Gras, das jetzt im Winter von einer teilweise blütenweißen Schneeschicht bedeckt war. Eine magische Landschaft, die Ashley völlig in ihren Bann zog und Bilder von gewaltigen Büffelherden, die über die Hügel stampften, und tollkühnen Kriegern in ihr Gedächtnis rief.

Wie meist, wenn sie unterwegs war, ließ sie das Radio ausgeschaltet. Musik hätte in dieser scheinbar endlosen Weite nur gestört. Sogar das Brummen des Motors und das Keuchen der Heizung waren Missklänge, und die vorbeifahrenden Trucks kamen ihr wie mechanische Monster aus einer anderen Zeit vor. Sogar Julian, der in dieser Gegend aufgewachsen war, zeigte sich beeindruckt, vielleicht auch, weil er während der letzten Monate nur Wüste gesehen hatte. Er schien sich zu freuen, endlich wieder in der Heimat zu sein.

Julian wohnte unterhalb des Tafelbergs, auf dem der Flughafen lag, und wäre wohl am liebsten weitergefahren, als sie vor dem zweistöckigen Haus mit der roten Fassade hielten. Vor dem Nachbarhaus stand ein Schneemann, und zwei Kinder bewarfen sich mit Schneebällen. Ein älterer Herr führte seinen Hund aus. Eine bürgerliche Wohngegend wie in vielen anderen Städten.

»Das rote Haus?«, fragte Ashley.

»Mom mag Rot. Rosen, Kirschen, Tomaten … nur kein Blut.«

»Na, dann«, sagte sie.

»Willst du nicht mit reinkommen?«, fragte er.

»Lieber nicht. Ich würde doch nur stören …«

»Im Gegenteil«, sagte er schnell. »Wenn du dabei wärst, würde unser Wiedersehen vielleicht harmonischer ablaufen, außerdem würde ich dich gern meinen Eltern vorstellen. Ich weiß, wir kennen uns erst seit zwei Tagen …«

»Ich weiß nicht.«

»Meine Mutter kocht erstklassigen Kakao, und meist hat sie auch diese genialen Chocolate Chip Cookies zu Hause, viel besser als die gekauften Kekse, mehr Schokolade und so. Du würdest mir einen Gefallen tun, Ashley.«

»Okay … meinetwegen.«

Sie gingen zusammen zum Haus. Julian zog seinen Koffer hinter sich her, sie blieb einige Schritte hinter ihm und bereute ihre Entscheidung schon wieder. Gar nicht auszudenken, wenn er vor ihr Streit mit seinem Vater bekam.

Aber zum Umkehren war es zu spät.

»Du wirst sie mögen«, sagte er, dann drückte er die Klingel, und sie hörten, wie sich Schritte der Tür näherten. Seine Mutter öffnete und erstarrte.

»Julian! Mein Gott, Julian!«

15

Linda Bentley umarmte ihren Sohn so fest, als wollte sie ihn erdrücken. Sie war eine schlanke Frau mit gefärbten Haaren in einem Braunton, der zu ihren Augen passte, und einem von Kummer geprägten Gesicht. Sie trug Jeans, einen gemusterten Pullover und gefütterte Hausschuhe. »Warum hast du denn nichts gesagt?«, fragte sie unter Tränen. »Du hättest doch anrufen können, dann hätten wir was vorbereitet, und ich hätte dein Lieblingsessen gekocht.«

»Ich brauchte erst mal ein bisschen Abstand«, antwortete er. Er löste sich von ihr und stellte Ashley vor. »Das ist Ashley, meine …« Ihm fiel kein passendes Wort ein. »Wir haben uns unterwegs kennengelernt. Ich hab ihr von deinem Kakao und deinen tollen Chocolate Chip Cookies vorgeschwärmt.«

Seine Mutter kicherte verlegen. »Du übertreibst mal wieder.« Sie nahm ihnen die Anoraks ab und führte sie ins Wohnzimmer. »Macht es euch gemütlich.« Sie deutete auf die Sitzecke beim Fernseher. Über der Couch hing ein Gemälde der Schlacht am Little Bighorn. »Ich setze schon mal Wasser auf.«

Wie bei den meisten Fremden fiel Ashley auf, wie wenig Bücher sie hatten. Vor allem Bildbände über militärische Themen und einige Romane von Tom Clancy. »Reaktionärer Müll«, hätte ihr Vater gesagt. Selbst Maya, die eigentlich mehr auf Filme und Serien stand, hatte mehr Bücher, sie mochte flotte Frauenromane mit garantiertem Happy End und blutrünstige Krimis.

Nach einigen Minuten kam Julians Mutter aus der Küche zurück. Auf einem Tablett trug sie drei Becher, einen mit Kakao und zwei mit Kaffee, und einen Teller mit Chocolate Chip Cookies. Sie setzte sich zu ihnen und sagte: »Dad kommt erst gegen Abend. Er arbeitet als Security-Mann bei einer Bank im Norden. Bei der Army hätte er mit der Verletzung für den Rest seiner Dienstzeit in der Schreibstube gesessen, und das wollte er auf keinen Fall.«

Ashley wollte gar nicht daran denken, was er wohl sagen würde, wenn Julian ihm von seiner Entscheidung berichtete. »Der Kakao schmeckt wirklich gut«, sagte sie, »und die Cookies sind etwas Besonderes. Ein Geheimrezept?«

»Von meiner Mutter«, antwortete sie. »Bei den Girl Scouts hat sie sogar einen Preis dafür bekommen.« Sie nahm selbst einen Keks und tunkte ihn in ihren Kaffee. »Wie schön, dass du wieder da bist!«, sagte sie zu ihrem Sohn. Ihre Augen strahlten. »Am liebsten würde ich Dad gleich Bescheid sagen.«

»Ich weiß nicht, ob er sich über meine Rückkehr freuen wird.«

Seine Mutter vergaß vor Schreck zu kauen. »Wie kannst du so etwas sagen, Julian? Ich bin sicher, Dad freut sich genauso sehr wie ich. Während du weg warst, hat er von nichts anderem als deinem Einsatz geredet. Allen Verwandten, Freunden und Bekannten hat er erzählt, wie stolz er auf dich ist.«

Julian räusperte sich verlegen. »Ich muss dir was gestehen, Mom. Ich hab die meiste Zeit in einer Werkstatt auf der Basis gearbeitet, und bei meinem einzigen Kampfeinsatz hab ich versagt. Ich hab ihn kaum mitbekommen.«

»Das ist nicht wahr«, schaltete sich Ashley ein. »Julian hat mir erzählt, wie es war.« Sie verriet ihr in wenigen Sätzen, was Julian durchgemacht hatte. »Sie hätten ihm einen Orden geben sollen, das hat auch sein Sergeant gesagt.«

»Ich hätte besser aufpassen müssen.« Er zögerte, bevor er mit der bitteren Wahrheit herausrückte. »Und das ist noch nicht alles, Mom. Ich habe meinen Abschied eingereicht und bin mir ziemlich sicher, dass mich die Army gehen lässt. Ich bin nicht wie Dad. Ich bin kein Soldat. Und ich bin mir auch nicht mehr sicher, ob unsere Regierung immer das Richtige tut, wenn sie unsere Soldaten in Länder wie Afghanistan schickt. Die meisten Terroristen, die wir dort angeblich bekämpfen, kommen von ganz woanders her, aus Saudi-Arabien zum Beispiel, und im Knast auf der Bagram Air Base sitzen Gefangene, die keinerlei Rechte haben und ständig verhört und sogar gefoltert werden.«

Seine Mutter war starr vor Entsetzen, blickte ihn sprachlos an.

»Ich habe genug von der Army«, fuhr er fort. »Natürlich würde ich mein Land verteidigen, wenn es angegriffen würde, und ich sehe ein, dass es klug sein kann, in manchen Krisengebieten auch Truppen zu stationieren, aber die sollten sich um Frieden bemühen und kein zusätzliches Öl ins Feuer gießen.«

»Julian!«, erwiderte sie scharf. »Wie kannst du nur?«

Julian hatte anscheinend schon mehr gesagt, als er eigentlich vorgehabt hatte. »Ich sage nicht, dass alles schlecht ist, was die Army tut«, beruhigte er seine Mutter, »auch Dad hat sicher einen tollen Job gemacht. Aber für mich ist das nichts. Ich werde noch mal aufs College gehen und irgendwas Technisches studieren. Ich will als Ingenieur arbeiten, am liebsten Brücken bauen.«

»Brücken? Hier in Montana?«

»Überall, wo eine gebraucht wird.«

»Und wo willst du das Geld fürs Studium hernehmen?«

»Ich habe einiges gespart, Mom, und ich werde arbeiten. In einer Werkstatt oder meinetwegen auch in einem Lokal oder Laden … Ich finde schon was.«

»Ob Dad damit einverstanden ist?«

»Ich werde es ihm schonend beibringen, Mom.«

Seine Mutter schien nicht daran zu glauben. Sie kaute gedankenvoll auf einem Keks und blickte Ashley an. »Und was bringt Sie nach Montana?«

Ashley erzählte ihr vom Tod ihrer Eltern, dass sie Geschichte studieren und die Wahrheit über ihre indianischen Vorfahren herausfinden wollte. Auch ihr verschwieg sie ihren Schutzgeist. »Ich fahre nach Hardin und Lame Deer.«

»Ins Cheyenne-Reservat? Ziemlich trostlose Gegend.«

»Wie alle Reservate.«

»Das stimmt.« Sie stand auf und versuchte die Stimmung aufzuheitern. »Wie wär's, wenn ich uns was zu essen mache? Tuna-Salad-Sandwiches?«

Ashley erhob sich ebenfalls. Eine bessere Gelegenheit, sich zu verabschieden und die Begegnung mit Julians Vater zu vermeiden, würde es nicht geben. Sie konnte nur ahnen, wie hitzig die Auseinandersetzung werden würde.

»Vielen Dank«, sagte sie. »Ich muss leider weiter, sonst wird es zu spät für mich.« Sie verabschiedete sich von Julians Mutter und ließ sich von ihm zu ihrem Wagen bringen. »Tut mir leid, Julian. Ich glaube, ich bin besser nicht dabei, wenn dein Vater nach Hause kommt. Du warst ganz schön direkt.«

»Ich weiß ... Manchmal reitet mich der Teufel.«

Sie dachte daran, wie sehr er noch jetzt unter seinem Einsatz litt und dass er dringend Hilfe brauchte, sagte aber nichts. Sie hätte nur besserwisserisch geklungen. »Ich würde einen Krieg auch nicht ertragen«, meinte sie nur.

Er umarmte sie zögernd. »Wann sehen wir uns wieder?«

»Wenn ich aus dem Reservat zurückkomme.«

»Du fährst über Billings nach Denver?«

Sie lächelte. »Der direkte Weg ist nicht immer der beste.«

Sie tauschten ihre Handynummern aus und küssten sich. Es war ihr egal, ob seine Mutter ihnen durchs Fenster dabei zusah. In diesem Augenblick sah sie nur ihn, spürte sie seine Zuneigung wie einen unsichtbaren Schleier, der sich über sie gelegt hatte und alle Probleme und Sorgen von ihnen abhielt.

»So habe ich noch nie gefühlt«, gestand sie ihm.

»Mir geht es genauso«, erwiderte er.

»Viel Glück bei den Cheyenne!«

»Viel Glück mit deinem Vater!«

Sie fuhr auf die Interstate und wandte sich nach Osten. Nur wenige Meilen außerhalb von Billings hatten sie die weiten Ebenen der Hochprärie wieder und vermittelten ihr das Gefühl, in die Vergangenheit zu fahren, als es noch keine Städte und keine Autos in dieser Gegend gegeben hatte. Über ihr wölbte sich ein scheinbar endloser Himmel, der berühmte »Big Sky« von Montana, und man erwartete jeden Augenblick, eine Büffelherde über die Hügel kommen zu sehen. Stattdessen gab es Rinder, die zu riesigen Ranches gehörten und durch Zäune geschützt waren. Man konnte sich gut vorstellen, wie sich die Indianer gefühlt hatten, als man ihnen ihre Freiheit nahm und sie in Reservate zwang, die weder zur Jagd noch zur Landwirtschaft taugten.

Auf einem Parkplatz, eigentlich nur einer Ausbuchtung am Rande der Interstate, hielt sie an und stieg aus. Warum, wusste sie auch nicht genau. Vielleicht war es der Wunsch, sich in dieser Weite zu recken und zu strecken, den Himmel zu bewundern und bis zum fernen Horizont zu blicken. Ein Gefühl, das man auch im amerikanischen Westen nur noch in wenigen Gegenden genießen konnte, vor allem nicht in Denver, einer Großstadt, die sich immer weiter ausdehnte und mit ihren Vororten bis in die Rocky Mountains reichte.

Oder hatte sie ihr Schutzgeist gerufen?

Als sie einen Schatten auf einem der Hügel entdeckte, wusste sie sofort, wen sie vor sich hatte. Elegant wie eine Raubkatze lief der Wolf durch den Schnee, die Schnauze im Wind, die Ohren aufgestellt, um keinen noch so leisen Laut zu verpassen, ein König der Wildnis, der sich nicht mal vor einem Grizzly fürchtete. Er kam nicht auf sie zu, schien sie gar nicht zu bemerken, hob nur einmal den Kopf, als wollte er sich vergewissern, dass sie ihn gesehen hatte. »Warum kommst du nicht zu mir?«, rief sie. »Was habe ich getan?«

Sie erinnerte sich daran, was sie über die Schutzgeister der Indianer gelesen hatte. Nicht immer verhielten sie sich wie Schutzengel. Sie begleiteten einen Krieger durch sein Leben, gaben Ratschläge, hielten sich manchmal aber auch wohlweislich zurück, meldeten sich nur dann, wenn sie wollten, und drängten ihn nicht, etwas Bestimmtes zu tun. Nur Weniges war vorherbestimmt, hieß es, und Maheo griff nicht einmal ein, wenn die Menschen etwas Dummes taten oder ein Verbrechen begingen. Er hatte ihnen die Verantwortung übertragen, vieles selbst zu entscheiden, und sie hatten die Konsequenzen zu tragen. Ein Schutzgeist stand auch in seinen Diensten und würde niemals wagen, etwas zu tun, was dem Willen des Großen Geistes widersprach.

»Warum bist du diesmal hier?«, fragte Ashley. »Warum sagst du nichts? Hast du dich ins Haus von Julians Eltern geschlichen und gelauscht? Ich hab doch richtig gehandelt, als ich gegangen bin, findest du nicht? Es gibt bestimmt Krach, wenn Julians Vater nach Hause kommt. Ich würde nur stören.«

Der Wolf reagierte nicht und rannte unbeirrt weiter.

»Du könntest mir wenigstens sagen, wie du Julian findest. Meinst du, er ist der Richtige für mich? Ich weiß, wir kennen uns erst seit zwei Tagen, aber ich glaube, ich liebe ihn. Ich meine, so richtig, ich hab mich noch nie einem Mann so nahe gefühlt. Schon klar, wir hätten es nicht gerade einfach. Was weiß ich, wo er aufs College geht und wo er später arbeiten wird. Ob ich in Denver bleibe und dort eine Anstellung finde. Soll ich mir tatsächlich schon darüber Gedanken machen? Oder geht's mir diesmal wie Maya, und die Beziehung verebbt nach einigen Tagen im Sande? Nein, das glaube ich nicht.«

Den Wolf interessierte das alles nicht. Er hatte das Ende des Hügelkamms erreicht und verschwand in dem Nebel, der sich über eine Senke gelegt hatte.

»Na, du bist mir ein schöner Freund«, sagte sie leise.

Sie stieg in ihren Chevy und fuhr weiter nach Osten. Ihr Smartphone, das neben ihr auf dem Beifahrersitz lag, blieb stumm. Julian war nicht der Typ, der alberne Sprüche und Herzchen an eine Frau schickte, und auch sie telefonierte lieber oder sprach persönlich zu jemandem, wenn man auch die feinen Nuancen in der Stimme erkannte. »Ich vermisse dich« konnte liebevoll, aber auch besitzergreifend klingen, ein »Ich liebe dich« mit Herzchen kindisch.

Als sie Hardin erreichte, war es bereits Nachmittag und sie hatte Hunger. Noch bevor sie im Rodeway Inn direkt bei der Ausfahrt eincheckte, kehrte sie im McDonald's gegenüber ein und gönnte sich einen Big Mac und Pommes frites, nicht gerade das gesündeste Essen, aber in Hardin musste man lange suchen, bevor man etwas zu essen fand, was nicht schädlich war. Ihr war es egal. Sie nahm nur schwer zu, und die zwei, drei Tage machten den Kohl nicht fett. Außerdem schmeckten ihr die Burger besser als Gemüse und Salat.

Nach dem Essen checkte sie mit ihrem nachgefüllten Colabecher im Hotel ein. An der Rezeption stand eine junge Indianerin in einem Poloshirt und mit hochgesteckten Haaren. Auf ihrem Namensschild stand »Suzy Red Horse«.

»Entschuldigen Sie die Frage ... Leben Sie im Reservat?«

»Wieso?«, reagierte die Indianerin misstrauisch.

»Ich würde gern mehr über eine Frau wissen, mit der ich angeblich verwandt bin.« Sie beschloss, offen zu sein. »Meine Mutter, sie ist leider vor einigen Monaten gestorben, war Professorin für Native American Studies in Boulder, Colorado, und hat mir eine historische Aufnahme der Frau hinterlassen. Ich weiß nur, dass sie in Sand Creek dabei war und anscheinend fliehen konnte. Was danach aus ihr wurde, würde ich gern herausfinden.«

Suzy reagierte anders, als sie erwartet hatte. Weder gelangweilt noch ungeduldig, eher ein wenig misstrauisch. »Darf ich das Foto mal sehen, Miss?«

Sie zog es aus ihrer Umhängetasche und reichte es ihr. »Es ist ein Ausschnitt. Auf dem Foto waren noch vier andere Frauen zu sehen. Eine von ihnen hieß Elena. Die Indianerin, für die ich mich interessiere, hieß Waynoka. Den Namen hat meine Mutter recherchiert und auf das Foto geschrieben.«

Suzy benahm sich noch seltsamer, als sie die Namen hörte. Viel länger als erwartet blickte sie auf das Foto und schien angestrengt zu überlegen, was sie davon halten sollte. Erst als zwei neue Hotelgäste die Eingangshalle betraten, schaute sie auf und reichte das Bild Ashley zurück. »Tut mir leid, ich habe viel über Sand Creek gelesen und dachte, ich kenne den Namen, aber ich habe mich geirrt. Leider.«

»Und wo könnte ich mehr erfahren?«

»Keine Ahnung. Versuchen Sie es beim Stammesrat in Lame Deer.«

»Vielen Dank.« Die Neuankömmlinge wurden bereits ungeduldig.

Sie ging in ihr Zimmer im Parterre, räumte ihren Koffer aus und richtete sich häuslich ein. Mit ihrem Smartphone und dem Becher Cola, den sie aus dem McDonald's mitgenommen hatte, legte sie sich aufs Bett. Warum hatte diese Suzy so seltsam reagiert? Hatte sie irgendwas falsch gemacht? Schickte es sich nicht, jemanden nach einer verstorbenen Vorfahrin zu fragen? In den alten Zeiten hatten die Cheyenne nicht gewagt, den Namen eines Verstorbenen auszusprechen, das hatte sie in einem Aufsatz ihrer Mutter gelesen. Aus Angst vor den

Geistern. Daran hielten sich nur noch wenige Indianer. Gehörte Suzy Red Horse dazu?

Sie blickte auf ihre Armbanduhr. Kurz nach sechzehn Uhr, zu spät, um nach Lame Deer zu fahren und dort nach Waynoka zu fragen. Sie griff nach ihrem Handy und wählte Mayas Nummer. Sie ging sofort dran. »Hey«, rief sie, »da bist du ja! Ich hab von der Festnahme deines Stalkers gehört und dachte mir schon, dass du was anderes um die Ohren hast. Wo steckst du?«

»Hardin, Montana?«

»Am Ende der Welt?«

»So ungefähr. Ein winziges Nest in der Nähe des Reservats. Ich bin gerade erst angekommen und hab mir erst mal einen Big Mac mit Pommes gegönnt.«

»Du Glückliche.«

»Weil ich in Hardin sein darf?«

»Weil du essen kannst, was du willst! Ich hab gestern einen Milkshake zu scharf angesehen und ein Kilo zugenommen. Das ist unfair, das weißt du hoffentlich.« Sie seufzte. »Du warst dabei, als sie den Stalker verhaftet haben?«

»Woher weißt du das?«

»Weil sie im Fernsehen von einer Studentin aus Denver gesprochen haben. Der Stalker habe sie schon seit einiger Zeit belästigt und sei ihr bis nach Wyoming nachgefahren. Er sei auf dich losgegangen, und nur dem Einsatz eines tapferen Soldaten sei es zu verdanken gewesen, dass er sich der Polizei ergeben habe. Ich hab dir auf die Voice Mail gesprochen, nicht gehört?«

Sie hatte die Nachricht tatsächlich nicht abgehört. »Hier war viel los.«

»Fernsehen? Presse? Kommst du in die Morning Show?«

»Unsinn! Wenn das jemand verdient hätte, dann Julian.«

»Julian?« Ihr Tonfall verriet unverhohlene Neugier. »Ist das der tapfere Soldat, von dem im Fernsehen die Rede war? Sag bloß, du … Ich dachte, du magst keine Uniformen. Du hast die Gelegenheit beim Schopf gepackt, was?«

»Nicht so, wie du denkst.«

»Sondern?«

»Ich hab ihn mitgenommen.«

»In deinem Chevy? Er war per Anhalter unterwegs?«

»Ich wollte ihm einen Gefallen tun.«

»Klar.«

»Und wir haben uns ineinander verliebt.«

Maya stutzte. »Du meinst, so richtig?«

»Mit Haut und Haaren.«

»Aber?«

»Julian hat einiges durchgemacht«, antwortete Ashley. »Er ist erst seit ein paar Tagen aus Afghanistan zurück und hat dort ziemlich schlimme Sachen erlebt. Ich glaube, er leidet unter PTSD. Aber er will sich behandeln lassen.«

»Eins muss man dir lassen: Du gehst nie den einfachen Weg.«

»Er ist der Richtige, Maya.«

»Das sagst du nach zwei oder drei Tagen?«

Ashley wunderte sich selbst. »Du weißt, dass ich von der vorsichtigen Abteilung bin. Er ist auch eher ein Schüchterner. Aber es hat zwischen uns gefunkt, wie man so schön sagt. Und nein, wir hatten noch nichts miteinander.«

»Selbst schuld.«

»Wir haben Zeit.«

»Du als Armeebraut, daran muss ich mich erst gewöhnen.«

»Er geht raus aus der Army, Maya.«

»Wow, das sind echte Neuigkeiten. Und was machen deine Vorfahren?«

»Morgen fahre ich nach Lame Deer, dann weiß ich mehr.«

»Halte mich auf dem Laufenden, okay?«

Ashley lachte. »Du bekommst die erste Einladung.«

Sie legte auf und hörte im gleichen Augenblick, wie jemand an ihre Tür klopfte. Sie stand auf und sah nach. Vor der Tür stand niemand, aber auf dem Boden lag ein Zettel, und darauf stand in großen Buchstaben: »Verschwinde!«

16

Waynoka war noch keine zwanzig Schritte gegangen, als ihr klar wurde, dass sie Hiamovi nicht allein lassen konnte. Sie stapfte durch den tiefen Schnee zurück und beugte sich über das Mädchen. Hiamovi lag reglos auf dem Boden, das Gesicht stark verzerrt, als hätte sie unter starken Schmerzen gelitten.

»Hiamovi! Sag doch was!«

Hiamovi rührte sich nicht. Sie würde nie mehr die Augen öffnen und nie mehr etwas sagen. Sie war tot. Sie hatte ihre letzte Wanderung angetreten, war den vielen Opfern vom Sand Creek auf die andere Seite gefolgt.

»*Nenee* … meine Freundin«, flüsterte Waynoka. Sie sank auf die Knie und nahm sie ein letztes Mal in den Arm, bevor sie in dem Schnee nach Steinen suchte. Sie reichten nicht aus, um den Körper vor Wölfen und Kojoten zu schützen. »Verzeih mir«, flüsterte Waynoka und stimmte ein Todeslied an.

Vom Tod der jungen Freundin betroffen, kämpfte sie sich weiter durch den Schnee. Der Flockenwirbel war stärker geworden, und der Wind, der aus dem eisigen Norden kam, blies immer kräftiger über die Prärie. Sie hatte kein festes Ziel mehr, besaß nicht einmal mehr die Kraft, den zahlreichen Schneeverwehungen auszuweichen, und sank alle paar Schritte zu Boden. Jedes Mal musste sie mehr Energie aufwenden, um wieder auf die Beine zu kommen.

Auch sie würde nicht mehr lange durchhalten. Nicht auf den weiten Ebenen, die sich wie ein erstarrter Ozean nach allen Seiten erstreckten, ohne Anfang und Ende und ohne eine Möglichkeit, dem eisigen Wind auszuweichen. Eine Senke, die auf der Westseite von einem steilen Felsabbruch begrenzt war, gab ihr die Möglichkeit, einigermaßen geschützt nach Luft zu schnappen, bevor sie erneut gegen den Wind ankämpfte und ihr immer klarer wurde, dass der Tod nahe war. Die Wolldecke reichte nicht. Ohne wärmere Kleidung und ein Feuer würde sie Hiamovi schon bald über die Milchstraße folgen.

Erschöpft blieb sie stehen. Solange das Schneetreiben anhielt, gab es keine Möglichkeit für sie, sich zu orientieren. Selbst ein Hundekrieger hätte sich in dieser Einöde schwergetan. Aus gutem Grund hatten die *tsis tsis tas* den Winter bisher in einem geschützten Winterlager verbracht und auch keinen Krieg geführt. Aber die Soldaten schienen keine Angst vor dem Frostriesen zu haben und scheuten sich nicht, auch ein friedliches Winterlager zu überfallen.

Wo war ihr Schutzgeist? Wo war der Wolf, wenn sie ihn brauchte? Sie suchte vergeblich nach ihm, und als sie ihn rief, erstickte der Wind sofort ihre Stimme und schien sich mit seinem Heulen sogar über sie lustig zu machen. *Aiee*, es gab keine Hoffnung mehr für sie. Sie war dem Massaker am Sand Creek entkommen, nur um allein auf der Prärie zu sterben. Nicht einmal das Mädchen hatte sie retten können. Der Wind würde Schnee über ihren toten Körper wehen, und man würde ihn im nächsten Frühjahr finden, wenn es wieder taute.

Sie sank auf die Knie und stimmte ein Gebet an. Ihre Stimme klang brüchig und heiser, während sie sich auf den nahen Tod vorbereitete. Sie hielt die Augen geschlossen und merkte gar nicht, wie sich dunkle Schatten aus dem Schneetreiben lösten, eine Kolonne von Männern und ein Wagen, die langsam näher kamen. Erst das Knarren der Wagenräder ließ sie hochschrecken und verriet ihr, dass sie es nicht mit Kriegern, sondern Soldaten zu tun bekam.

Waynoka unternahm gar nicht erst den Versuch zu fliehen. Die Männer hätten sie sowieso erwischt oder aus der Ferne erschossen. Ihre Gewehre trugen weit. Es war besser, auf dem Boden zu bleiben und zu warten. Sie würde es dem Großen Geheimnis überlassen zu entscheiden, was mit ihr passierte.

Ob sie vor Angst oder Kälte zitterte, als die Soldaten sie erreichten, wusste sie nicht. Wahrscheinlich beides. Sie erkannte jetzt, dass sie es mit ungefähr zwanzig Soldaten zu tun hatte, in dicke Mäntel gehüllte Männer auf Pferden, denen der Atem vor den Mäulern gefror. Einer der Männer trug eine rot-weiße Fahne mit Schriftzeichen darauf. Sie hatten einen Planwagen dabei, der von einem bärtigen Soldaten gelenkt wurde. Neben ihm saß ein junger Mann.

Einer der Männer mit drei Streifen auf den Ärmeln erhob seinen Karabiner und legte auf sie an. Die Mordlust stand ihm ins Gesicht geschrieben. »Worauf warten wir noch?«, rief er aufgebracht. »Geben wir der roten Brut, was sie verdient, oder wollt ihr die auch mitschleppen?« Er spannte den Hahn.

Waynoka brauchte nur in seine Augen zu blicken, um zu verstehen, was er meinte. Sie begann wieder zu beten und wartete auf den Einschlag der Kugel, doch es fiel kein Schuss und eine scharfe Stimme rief: »Weg mit dem Gewehr, oder ich stelle Sie vor ein Kriegsgericht, Sergeant!« Auch die Bedeutung seiner Worte war leicht zu erkennen. Sie beobachtete ungläubig, wie der Mann mit den drei Streifen seinen Karabiner sinken ließ, nicht ohne den anderen Soldaten anzublaffen: »Vor ein Kriegsgericht? Wegen einer Squaw?«

»Haben Sie am Sand Creek nicht genug Indianer getötet, Sergeant?« Die Stimme gehörte dem Soldaten, der ihn zurechtgewiesen hatte, ein schlanker, noch junger Mann mit gelben Schulterstücken auf seinem blauen Mantel. »Packen Sie Ihren Karabiner weg und lassen Sie die Squaw zu den anderen Frauen im Wagen bringen. Reißen Sie sich endlich mal zusammen, Mann!«

Der Sergeant gab zwei Soldaten widerwillig den Befehl, sich um Waynoka zu kümmern. »Sie hätten am Sand Creek dabei sein sollen, Lieutenant, dann wüssten Sie, wie man mit diesen Heiden umzugehen hat. Auslöschen, sage ich, auch Frauen und Kinder, die rote Brut hat es doch nicht anders verdient.«

»Wenn wir das tun, sind wir selbst Wilde«, erwiderte der Lieutenant erstaunlich ruhig. »Wir führen Krieg, keinen Vernichtungsfeldzug. Schlimm genug, dass im Osten noch Amerikaner gegen Amerikaner im Bürgerkrieg kämpfen. Dann sollten wenigstens wir zur Vernunft kommen und nicht auf hilflose Frauen und Kinder losgehen. Es reicht doch, wenn wir sie in ein Reservat sperren. Wir brauchen unsere Feinde nicht zu lieben, wie es in der Bibel steht, aber wir sollten uns auch nicht zu Komplizen des Teufels machen.«

Waynoka verstand kein Wort, glaubte aber zu erkennen, dass der junge Soldat den Mann mit den Streifen zurechtwies. Hatte er sich für sie eingesetzt? Hatte er verhindert, dass man sie erschoss und im Schnee liegen ließ?

Zwei Soldaten stiegen von ihren Pferden und packten sie. Einer tastete sie ungeniert ab und zog das Häutemesser aus ihrem Gürtel, der andere stieß sie so fest, dass sie beinahe wieder stürzte und sich nur mühsam auf den Beinen hielt. Sie befahlen ihr, auf die Ladefläche des Wagens zu kriechen, und halfen nach, als sie es allein nicht schaffte. Sie fiel auf eine schmutzige Wolldecke.

Als sie den Kopf hob, blickte sie in die verschreckten Gesichter von vier Frauen, alle aus ihrem Dorf am Sand Creek. Kishori, eine weißhaarige Alte, die über achtzig Winter gesehen hatte, und Manda, fast noch ein Mädchen, kannte sie nur dem Namen nach. Lona war die Frau eines Hundekriegers, und vor Elenas Tipi hatte ein Wolfskrieger auf seiner Adlerknochenflöte gespielt.

»Waynoka!«, erschrak Lona. »Wir dachten, du wärst tot.«

»Ich war kaum noch am Leben«, erwiderte sie.

Draußen schrie der Mann mit den Streifen einen lauten Befehl, und der Wagen setzte sich holpernd in Bewegung. Waynoka klammerte sich an eine der Metallstreben. Lona zog sie weiter in den Wagen hinein und deckte sie mit einem Büffelfell zu. Sie hatte einige Winter mehr als sie gesehen und trug ihre langen Haare seit dem Massaker offen, ein Zeichen von großer Trauer.

»Sie haben uns erst gestern erwischt«, berichtete sie, »am Ufer des schmalen Flusses im Osten. Der Mann mit den Streifen und einige andere fielen wie hungrige Wölfe über uns her und wollten uns töten, aber der Anführer, den sie Lieutenant nennen, hat sie zurückgehalten. Den Mann, der Manda das Kleid vom Körper gerissen und ihr Gewalt angetan hatte, schrie er besonders wütend an. Ein seltsamer Mann, für einen *Veho*, meine ich. Er benimmt sich wie ein Freund und hat uns sogar Büffelfelle und etwas zu essen gegeben.«

Erst jetzt sah Waynoka die Blutergüsse und blauen Flecken im Gesicht der jungen Manda. Ihren Körper, der wahrscheinlich noch schlimmer aussah, hatte sie in eine Decke gehüllt. Auch die anderen Frauen hatten Schläge abbekommen. Die greise Kishori blutete aus einer Schramme an der linken Wange.

»Bringen Sie uns ins Fort?«, fragte Waynoka.

»Ich glaube schon. Von der Frau eines Fuchskriegers weiß ich, dass sie dort einen Raum mit Gittern vor den Fenstern haben. Und einige Krieger sperrten sie wie Vieh in einen Pferch, bevor … bevor etwas Schlimmes passierte.«

»Meinst du, sie werden uns töten? An Stricken aufhängen?«

»Wenn es nach dem Mann mit den Streifen geht, bestimmt. Machen wir uns nichts vor. Sobald der Lieutenant weg ist, passiert das, was die anderen wollen. Wir müssen stark sein, wenn es noch Hoffnung für uns geben soll.«

»Ich weiß«, sagte Waynoka.

»Wie bist du entkommen? Was hast du erlebt?«

Waynoka berichtete von ihrer abenteuerlichen Flucht, ihrer Sorge um Hiamovi, ihrer Begegnung mit den weißen Siedlern und dem Tod des Mädchens. »Auch die weiße Frau war uns wohlgesonnen«, sagte sie, »aber es gibt nicht viele dieser guten Menschen unter den *Vehos*. Ihr Hass auf uns ist zu groß.«

Elena begann zu weinen. Ihr Schluchzen wurde immer lauter und heftiger und schüttelte ihren ganzen Körper. Als sie schreien wollte, hielt ihr Lona rasch eine Hand vor den Mund. »Beruhige dich, Elena! Wenn du schreist, kommen die Soldaten und töten uns! Sei stark! Vertraue den guten Geistern!«

»Und wo waren die Geister am Sand Creek?«

»Nimm dich zusammen, Elena!«

Lona legte beide Arme um die verzweifelte Elena und atmete erleichtert auf, als sie vor Erschöpfung eingeschlafen war und leise schnarchte. Kishori war ebenfalls eingeschlafen, obwohl man bei ihr nie wusste, ob sie noch in dieser Welt oder schon auf der anderen Seite war. Manda lehnte in ihr Büffelfell gehüllt an der Seitenplanke und starrte mit leeren Augen in die Luft.

Auch Waynoka wäre am liebsten eingeschlafen, doch die Angst, im Verhalten der Soldaten könnte sich etwas ändern, hielt sie wach. Gelegentlich blickte einer von ihnen in den Wagen und lachte über einen offensichtlich schmutzigen Witz, viel zu oft drang die missmutige Stimme des Mannes mit den Streifen herein, und wären da nicht die entschiedenen Befehle des Lieutenants gewesen, hätte sie sich wahrscheinlich noch größere Sorgen gemacht.

Der Lieutenant war ein eindrucksvoller Mann. Für einen *Veho* sah er ausgesprochen männlich aus, selbst auf die Haare, die viele weiße Männer im Gesicht trugen, hatte er verzichtet, und in seinen Augen war etwas, das sie nicht bestimmen konnte. Obwohl sich ihre Blicke nur für einen winzigen Augenblick begegnet waren, hatte sie dort ein freundliches Glimmen entdeckt, das bis zu ihrer Seele vorgedrungen war. *Aiee*, schalt sie sich in Gedanken, wie kannst du in deiner Lage an so etwas denken? Er führt deine Feinde an! Er hat vielleicht deine Verwandten getötet. Und überhaupt, er ist ein *Veho*!

Sie kam nicht dazu, weiter darüber nachzudenken. Sie hatten das Fort erreicht, wie sie durch einen Spalt in der Plane erkannte, und hielten auf dem Paradeplatz mit dem Fahnenmast. Einer der Soldaten öffnete die Heckklappe und rief etwas, das sie nicht verstehen mussten. Eine nach der anderen kletterte vom Wagen, jede in ein Büffelfell gehüllt, um wenigstens gegen die eisige Kälte geschützt zu sein. Bei Manda, die ängstlich vor den Soldaten zurückschreckte, halfen sie nach, und als Kishori überhaupt keine Anstalten machte, sich zu bewegen, zogen sie die Alte an beiden Armen vom Wagen.

»Die ist hin«, erkannte einer der Soldaten.

»Kishori ist tot«, sagte Waynoka.

»Sperrt sie in den Pferch zu den anderen Gefangenen!«, befahl der Sergeant, dem man ansah, dass er sich die Mühe am liebsten erspart hätte. »Und wenn sie Ärger machen, legt sie um! Das wäre sowieso das Einfachste.«

Der Lieutenant war aus dem Sattel gestiegen und sah zu, wie seine Soldaten die Frauen über den Paradeplatz trieben. Wieder trafen sich ihre Blicke, als Waynoka an ihm vorbeilief, und sie spürte diesen warmen Schauer, der auch beim ersten Mal ihre Seele berührt hatte. Ein solches Gefühl erlebte man eigentlich nur bei manchen Verehrern, wenn sie auf der Adlerknochenflöte für einen spielten. Die hellen Töne einer Flöte besaßen magische Kräfte.

»Keine Gewalt!«, befahl er, ohne den Blick von ihr zu nehmen.

Waynoka hütete sich, gegen die Soldaten aufzubegehren, bekam aber dennoch einen Stoß ab, als einer der Männer sie mit seinem Gewehrkolben in den Pferch stieß, eine eingezäunte Koppel, die eigentlich für Rinder bestimmt war. Sie stürzte in den Schnee und blieb liegen, bis sie jemand an den Armen nach oben zog. *»Vehos!«*, schimpfte sie leise. »Sie behandeln uns wie Vieh!«

Sie lehnte sich neben Lona an den Zaun und sah sich in dem Pferch um. Außer Lona, Elena, Manda und ihr befanden sich noch achtzehn andere Frauen und fünf halbwüchsige Kinder in der Umzäunung. Sie hatten genug Felle und Decken, dafür hatte der Lieutenant gesorgt, aber den Befehl im Fort hatte ein Mann mit silbernen Adlern auf den Schultern, ein Colonel, der ihnen über einen indianischen Scout mitgeteilt hatte, dass man sie in wenigen Tagen ins Reservat nach Süden bringen würde. Dort würde ständig die Sonne scheinen.

Den Gedanken an Flucht verwarf Waynoka sofort wieder. Zwei bewaffnete Soldaten bewachten den Pferch, und es wäre selbst einem tapferen Hundekrieger unmöglich gewesen, sie zu überwinden, ein Pferd zu stehlen und den Soldaten auf die winterliche Prärie zu entkommen. Die *Vehos* wussten schon, warum sie um dieses Fort keine Mauern oder Zäune errichtet hatten. Es war von weiten Ebenen umgeben, und die Soldaten würden einen bald einholen.

»Im Reservat soll es warm sein«, sagte Waynoka.

»Die Frauen, die schon länger hier sind, sagen was anderes«, widersprach Lona. »Warm ist es wohl, sogar heiß, so heiß, dass dort nichts wächst und wir weder pflanzen noch jagen können. Jeden Tag verhungern und verdursten unsere Leute.« Sie hustete stark und beruhigte sich erst, als Waynoka sie an sich zog und auch mit ihrem Körper wärmte. »Ich werde krank«, sagte sie leise.

»Rede dir das nicht ein! Du bist stark!«

Aber als die Nacht hereinbrach, hustete sie noch immer, und Waynoka vergrub sich mit ihr in zwei Büffeldecken, um die bösen Geister aus ihrem Körper zu vertreiben. Sie beruhigte sich allmählich und schlief in

Waynokas Armen ein. Nur weil so viele Menschen in dem Pferch waren und sich auch gegenseitig wärmten, war die Kälte einigermaßen auszuhalten. Immerhin hatte es zu schneien aufgehört, und der Pferch lag einigermaßen windgeschützt.

Als die Lichter in einigen Gebäuden aufflammten und sich für einen Moment gespenstische Stille über den Paradeplatz legte, blickte Waynoka nervös zwischen den Planken des Zaunes hindurch. Wie in einem Tipidorf, wenn man die Anwesenheit von bösen Geistern spürte und auf alles gefasst sein musste. Die Wachsoldaten schienen ähnlich zu empfinden und sahen sich nervös nach möglichen Angreifern um. Von einer Frau hatten Lona und sie erfahren, dass die Hundekrieger von Sand Creek wussten und bereits einige Farmen der Vehos angegriffen hatten. Seltsamerweise dachte Waynoka schon seit einiger Zeit nicht mehr an den Mann, der die Flöte für sie gespielt hatte.

Ganz in der Nähe erklangen leise Schritte, und ihr Schutzgeist kam unter dem Zaun hindurchgekrochen. Er wirkte mitgenommen. »Ich bin deinen Spuren gefolgt«, sagte er, »du hast viel erlebt in den letzten Tagen.«

»Maheo hat mich verlassen«, klagte sie. »Das Mädchen, das ich beschützen wollte, ist gegangen, und ich habe mich durch den Schnee gekämpft, nur um wieder von ihnen eingefangen und hierhergebracht zu werden. In einigen Tagen bringen sie uns in ein trockenes Land, das für uns alle den Tod bedeuten wird. Womit habe ich das verdient? Warum tut Maheo mir so etwas an?«

»Du bist am Leben, nicht wahr?«

»Noch.«

»Und du hast gespürt, wie ein Sonnenstrahl deine Seele berührt.«

»Was willst du mir sagen, Wolf?«

»Das weißt du doch«, antwortete ihr Schutzgeist. »Du hast die Angriffe der bösen Geister abgewehrt und gehst besseren Zeiten entgegen. Greife nach der Hand, die man nach dir ausstreckt! Vertraue dem weißen Mann im Fort!«

»Einem *Veho*?«, fragte sie verwundert.

»In jedem von uns fließt rotes Blut.«

Mit diesen Worten verschwand der Wolf. Sie war so mit ihren Gedanken beschäftigt, dass sie gar nicht merkte, wie Manda an ihr vorbeischlich und in ihrer Nähe über den Zaun kletterte. Ihre Blutergüsse und blauen Flecken schimmerten im trüben Licht, als sie in den Schnee sprang und davonlief.

Einer der Wachsoldaten rief: »Da will eine fliehen!«

Mehrere Schüsse krachten, und Manda stürzte zu Boden. Ihr blieb nicht mal die Zeit für einen Schrei, so genau hatte der Wachsoldat gezielt. Ihr Gesicht war blutüberströmt, als sie in den Schnee sank. Sie fiel auf den Rücken und starrte mit leeren Augen zum dunklen Himmel empor. In der Ferne verklang das Krachen des Schusses, der ihrem Leben ein Ende gesetzt hatte.

»Dumme Pute!«, schimpfte ein Soldat.

17

Manda lag noch in ihrem Blut, als der Lieutenant aus seiner Unterkunft gestürmt kam. Während er über den Paradeplatz rannte, zog er sich den Uniformmantel über, seinen Hut hatte er auf einem Stuhl liegen lassen. Mit ihm kamen einige Männer aus den Unterkünften für gewöhnliche Soldaten gerannt, und nur wenig später war die Stimme des Sergeants zu hören, der sie zur Ordnung rief und selbst zum Pferch lief. Die beiden Öllampen am Zaun spendeten genug Licht, um das Loch in der Stirn der Indianerin zu erkennen.

»Wer hat sie erschossen?«, fragte der Lieutenant. Waynoka wusste inzwischen, dass er Benjamin Carlton hieß und bei den Soldaten nicht besonders beliebt war. Eine Cheyenne, die schon länger im Fort war und etwas Englisch sprach, hatte berichtet, dass sie ihn für einen grünen Jungen hielten, der keine Ahnung vom Krieg hatte und der Meinung war, man könnte vernünftig mit den Wilden reden. »Wer war das?«, fragte er noch einmal.

»Ich, Sir«, meldete sich einer von ihnen. »Private Linus Mulrooney.«

»Sie haben es nicht geschafft, sie ohne Waffe aufzuhalten?«

»Sie war über den Zaun geklettert, Sir. Ich musste schießen.«

»Weil Sie Angst hatten, nicht mit ihr fertigzuwerden?«

»Weil ich es befohlen hatte«, sagte der Colonel. Der Befehlshaber des Forts war inzwischen ebenfalls aus seinem Quartier gekommen, gefolgt von seinem Adjutanten, der ihm seinen Mantel und seine Pelzmütze reichte. »Wir dürfen kein Risiko mit diesen Wilden eingehen, auch nicht mit Frauen und Kindern. Sobald wir Schwäche zeigen, tanzen sie uns auf der Nase rum.« Er wandte sich an den Sergeant. »Lassen Sie die Tote wegräumen. Den Arzt können wir uns wohl sparen.«

»Sie ist tot, Sir.«

»Und verdoppeln Sie die Wachen.«

»Ja, Sir.«

Der Colonel blieb vor dem Pferch stehen und blickte auf die verängstigten Frauen und Kinder. Einige weinten. Er war ein untersetzter Mann mit strengem Blick und einem buschigen Schnurrbart, der nur in maßgeschneiderten Uniformen einigermaßen stattlich aussah. »Zu dumm, dass wir die Gefangenen nicht früher ins Reservat schicken können, aber ich habe meine Befehle.«

»Wir sollten sie besser behandeln.«

»Wollen Sie mir sagen, wie ich meinen Beruf auszuüben habe?«

»Natürlich nicht, Sir«, erwiderte der Lieutenant. »Aber es sind Frauen und Kinder. Seit wann führt die U.S. Army einen Krieg gegen Unschuldige?«

»Unschuldige? Diese Frauen sind genauso schuldig wie ihre Männer. Sie halten ihnen den Rücken frei, damit sie ihre feigen Angriffe gegen weiße Siedler ausüben können, sorgen für den Nachschub, wenn ihnen der Proviant und die Munition auszugehen drohen. Und ihren Kindern impfen sie schon den Hass auf uns Weiße ein, bevor sie laufen können. Was machen denn die Krieger mit unseren Frauen und Kindern? Erst vor zwei Wochen haben Cheyenne oder Arapaho eine Farm überfallen, den Mann an ein Wagenrad gebunden und mit brennenden Pfeilen beschossen, die Frau auf übelste Weise vergewaltigt, zwei Kinder erschossen und ihr Baby so lange gegen die Hüttenwand geschlagen, bis es tot war. Und wir sollen Rücksicht auf ihre Frauen und Kinder nehmen? Sie sollen froh sein, dass wir sie ins Reservat schaffen.«

»Ich sage das auch als Christ, Sir.«

»Als Christ sollten Sie Ihre Bibel kennen, Lieutenant. Bei Josua steht: ›Da stand die Sonne still und der Mond blieb stehen, bis das Volk Rache nahm an seinen Feinden.‹ Und im ersten Buch Mose: ›Wer Menschenblut vergießt, dessen Blut soll auch durch Menschen vergossen werden, denn Gott hat den Menschen zu seinem Bilde gemacht.‹ Oder: ›Auge um Auge, Zahn um Zahn.‹ Ich könnte noch etliche andere Stellen zitieren, und falls Sie sich wundern sollten, Lieutenant: Mein Vater war Prediger an einer Kirche in Dublin.«

»Ich komme auch aus Irland, Sir. Mein Vater war kein Prediger, sondern nur ein einfacher Bauer, und die Engländer waren ihm so verhasst, dass er beinahe einen erschossen hätte, aber er hätte niemals eine Frau geschlagen.«

Der Colonel wurde langsam ungeduldig. »Einen Fluchtversuch können wir ihnen nicht durchgehen lassen, Lieutenant. Heute Nacht lassen wir sie frieren.« Er schüttelte unwillig den Kopf. »Wenn ich sie nur endlich los wäre!«

Waynoka hatte die kranke Lona in ihren Büffelfellen zurückgelassen und war an den Zaun getreten. Die Frau, die etwas Englisch verstand, hatte ihr verraten, über was der Colonel und der Lieutenant gesprochen hatten. »Der Lieutenant will uns besser behandeln. Der Colonel sagt, dass wir genauso schuldig wie unsere Krieger sind. Er ist froh, wenn er uns loswerden kann.«

Während der Colonel in seine Unterkunft verschwand und auch der Sergeant keine Lust zu haben schien, länger in der Kälte herumzustehen, ging der Lieutenant nachdenklich am Zaun entlang. Die Wachen, inzwischen verdoppelt, blickten ihm neugierig nach. Einer sagte etwas zu einem anderen.

Waynoka stand etliche Schritte vom Gatter entfernt und sah den Lieutenant kommen. Obwohl es keinerlei Anzeichen dafür gab, ahnte sie, dass er zu ihr kommen würde. Ihr Herz begann schneller zu schlagen. Mehrere Gefühle kämpften in ihr gegeneinander. Die Angst vor einem Soldaten, der über Tod und Leben entscheiden konnte. Die seltsame Zuneigung, die sie für ihn empfand. Die Verachtung der meisten anderen Frauen, wenn er wirklich zu ihr kommen würde. Der Neid, falls ihr das irgendeinen Vorteil einbrachte.

Der Lieutenant kam tatsächlich zu ihr ans Gatter und blickte sie lange an, bevor er sagte: »Ich bin Lieutenant Benjamin Carlton. Und wie heißt du?«

Sie blickte ihn mit offenem Mund an. Er hatte in ihrer Sprache gesprochen, nicht perfekt, aber so, dass sie ihn einigermaßen verstand. »Waynoka«, antwortete sie nach einer ganzen Weile. Sie trat an ihn heran. »Du sprichst unsere Sprache?«

Er lächelte. In einem nur schwer verständlichen Mix aus Englisch und Cheyenne sagte er: »Nur ein wenig. Meine Schwester ist Lehrerin an einer Missionsschule. Ich habe einige Wochen bei ihr gewohnt, bevor ich zur Armee ging, und ihr bei der Arbeit geholfen. Ein junger Cheyenne hat mir dort eure Sprache beigebracht, so viel, dass ich euch verstehen kann. Ich habe ihm dafür bei seinen Englisch-Aufgaben geholfen.«

Waynoka kapierte einigermaßen, was er meinte. Sie wusste auch, was eine Missionsschule war, seit einer der Männer im schwarzen Rock in ihrem Dorf gewesen war und dort über seinen Gott gesprochen hatte. Ein Arapaho hatte in der Zeichensprache für ihn übersetzt. Sie mochte den weißen Gott nicht.

»Nicht viele Weiße sprechen unsere Sprache.«

»Sie ist sehr kompliziert. Schwer zu erlernen«, fügte er hinzu, als sie ihn nicht verstand. »Mehr Weiße sollten sie kennen, dann kämen wir besser miteinander aus.« Er lächelte auf eine Weise, die sie nervös werden ließ, wurde aber gleich wieder ernst. »Es gibt einen Grund, warum ich mit dir spreche.«

»Weil du sehen willst, wie gut du sprichst?«

»Weil ich dich aus meinen Träumen kenne.«

»Du hast mich gesehen?«

Er wirkte verlegen, wie ein junger Krieger, der für seine Liebste auf der Adlerknochenflöte gespielt hatte und dabei beobachtet worden war. »Ich habe von dir geträumt. Nicht einmal, sondern mehrere Male. Und nicht erst jetzt, sondern schon vor einigen Wochen. Haben wir uns schon mal getroffen?«

Sie tat sich schwer, den Sinn seiner Worte zu verstehen, doch als sie nachfragte, sagte er noch einmal. »Ich habe dich gesehen. In meinen Träumen.«

»Wir sind uns nie begegnet«, sagte sie.

»Der Traum war so … so wirklich.«

»Alle Träume sind wirklich. Für mein Volk sind Träume genauso wahr wie die Wirklichkeit. Nur in unseren Träumen erfahren wir die ganze Wahrheit über unser Leben, hat ein heiliger Mann zu mir gesagt.« Ein Teil ihrer Worte war zu kompliziert für ihn. »Träume sind wahr. Wie das Leben selbst.«

»Aber ich kannte dich nicht.«

»Einige unserer heiligen Männer können in die Zukunft sehen. Sie erfahren in ihren Träumen, was einmal sein wird. Es gibt Krieger, die schon vor einem Kampf wissen, ob sie ihn gewinnen werden. Es gibt Frauen, die den Verehrer sehen, der auf der Adlerknochenflöte für sie spielen wird. Es gibt heilige Männer, die einen Sturm kommen sehen. Bist du ein heiliger Mann?«

»Ein Medizinmann?«, sagte er auf Englisch. »Nein, kein Medizinmann, und ich habe noch nie in einem Traum die Zukunft gesehen. Ich glaube nicht an übernatürliche Dinge. Ich glaube nur an Gott und was in der Bibel steht.«

Sein Kauderwelsch kam bei Waynoka in seltsamen Worten an, die er sehr oft falsch betonte, wie es viele Menschen taten, die versuchten, ihre Sprache zu erlernen. Sie verstand dennoch, was er meinte. Und vielleicht sogar ein bisschen mehr. »Greife nach der Hand, die man nach dir ausstreckt«, hatte ihr Schutzgeist gesagt, »vertraue dem weißen Mann im Fort!« Hatte er sie in seinem Traum auftauchen lassen? Verstand er es sogar, Weiße zu beeinflussen?

»Du bist eine gute Frau«, sagte er.

»Und du bist ein guter Mann«, erwiderte sie. »Ohne dich wäre ich längst tot. Die anderen Soldaten mögen uns nicht. Der Mann mit den Streifen würde uns am liebsten töten. Warum sperrt ihr uns hier draußen ein? Warum bekommen wir nichts zu essen und zu trinken? Warum bringt ihr uns nicht gleich ins Reservat? Gibt es keinen Raum mit Gittern, in den ihr uns sperren könnt? Wenn wir noch länger hierbleiben müssen, werden einige von uns sterben.«

»Ich weiß«, sagte er, »ich werde noch einmal mit dem Colonel reden.«

Nachdem er gegangen war, blieb sie noch einige Zeit am Zaun stehen. Ihr Blick folgte dem Lieutenant, bis er in seiner Unterkunft verschwunden war, und sie fragte sich zum wiederholten Male, was sie mit ihm verband. Sie merkte nicht, wie einige andere Frauen sie neugierig ansahen und sich anscheinend keinen Reim darauf machen konnten, was sie mit dem Lieutenant beredet hatte. Auch einige neidvolle Blicke erkannte sie, als sie sich umdrehte. Vor allem Elena schien sie in Verdacht zu haben, ein Spiel zu spielen.

»Hast du dem weißen Mann den Kopf verdreht?«, fragte sie. »Wirst du mit ihm schlafen, um besser von den *Vehos* behandelt zu werden? Was sagst du deinem Hundekrieger, falls wir ihn jemals wiedersehen? Dass du jetzt gemeinsame Sache mit den Soldaten machst? Dass du eine Verräterin bist?«

»Ich habe keinen Verehrer bei den Hundekriegern mehr, und ich mache keine gemeinsame Sache mit den *Vehos*. Ich würde mein Volk niemals verraten. Wenn er uns etwas geben könnte, müssten alle hier etwas davon haben.«

»Das würdest du tun?« Sie lachte. »Vielleicht ist es gar keine so schlechte Idee, gemeinsame Sache mit einem *Veho*-Soldaten zu machen. Wenn sich einer mit mir vergnügen will, soll er bezahlen. Ich will kein Geld, das würde ich sowieso nicht bekommen, aber bunte Perlen oder silbernen Schmuck.«

»Oder das scharfe Wasser, von dem man betrunken wird?«

»Du weißt, dass ich es schon mal probiert habe?«

»Du hast es einem Krieger weggenommen, der es von einem Händler bekommen hat. Du weißt, dass das scharfe Wasser deine Sinne vernebelt. Die Soldaten, die uns am Sand Creek überfallen haben, waren davon betrunken.«

»Ich weiß, was ich tue, Waynoka.«

Waynoka war erleichtert, als Elena verschwand, und sie zu Lona zurückkehren konnte. Ihr Zustand war unverändert. Sie zitterte, obwohl sie auf einem Büffelfell lag und das andere bis zum Hals gezogen hatte, und als Waynoka ihr eine Hand auf die Stirn legte, spürte sie starkes Fieber. »Es wird alles gut, Lona«, beruhigte sie die kranke Frau, »du wirst bald wieder gesund.«

Eine Lüge, um Lona etwas Trost zu spenden, aber als sie am nächsten Morgen erwachten, ging es ihr tatsächlich etwas besser. Maheo hatte ihre Gebete erhört und die bösen Geister aus ihrem Körper vertrieben. Vielleicht nicht ganz, denn sie hatte noch Fieber, aber genug, um ihr neuen Mut zu geben. Doch eine andere Frau war gestorben, eine alte Frau, die Waynoka nicht mal vom Sehen gekannt hatte. Sie war erfroren, einen Glücksbringer in den Händen. Als die Soldaten sie holten, begehrten einige der Frauen auf und beschimpften sie mit Kraftausdrücken, die glücklicherweise nur ein *tsis tsis tas* verstehen konnte. Die Soldaten lachten nur und schleppten die tote Frau weg.

Nachdem die Soldaten auf dem Paradeplatz angetreten waren und die Fahne mit den vielen Sternen am Mast hochgezogen hatten, geschah endlich das kleine Wunder, auf das Waynoka so gehofft hatte. Vor allem wegen Lona, die eine weitere Nacht in der Kälte nicht überstanden hätte. Der Lieutenant und der Colonel kamen mit einigen Soldaten zum Pferch, und bei ihnen war ein Arapaho-Scout, der ihre Worte in die von allen Präriestämmen verstandene Zeichensprache übersetzte. Er hatte sich an die Weißen verkauft und arbeitete als Kundschafter und Spurenleser für die *Veho*-Soldaten.

Der Colonel blickte den Lieutenant an und wandte sich an die Frauen und Kinder: »Lieutenant Carlton hat mir gesagt, dass ihr keine Waffen mehr besitzt und ihm feierlich versprochen habt, euch nicht unseren Befehlen zu widersetzen. Niemand soll sagen, dass die Armee der Vereinigten Staaten kein Einsehen mit Frauen und Kindern hat. Deshalb habe ich beschlossen, euch für die restlichen Tage, die ihr im Fort warten müsst, in das Haus mit den Gitterstäben zu bringen. Dort gibt es einen Ofen, und die Soldaten bringen euch Brot und Wasser. Sollte es allerdings nur den geringsten Ärger geben, kommt ihr zurück in den Pferch. Wir tun uns alle leichter, wenn ihr uns gehorcht.«

Waynoka machte sich zur Sprecherin der Gefangenen und bedankte sich bei dem Befehlshaber. »Wir danken dir, weißer Häuptling. Wir werden tun, was du uns sagst.« Aber ihr dankbarer Blick war auf den Lieutenant gerichtet.

Die Frauen und Kinder fügten sich in ihr Schicksal. Bei dieser Kälte ein festes Dach über dem Kopf zu haben, war mehr, als sich viele Gefangene in diesen Zeiten erhoffen durften.

Sie bekamen Holz und Streichhölzer und hatten schon bald ein Feuer in dem Kanonenofen brennen. Zwei Soldaten brachten ihnen Brot und Wasser, ein Festessen in ihrer schweren Lage. Einige Frauen ahnten, dass Waynoka den Lieutenant überredet hatte, und bedankten sich bei ihr, nur Elena grinste verstohlen und hatte wohl ihre eigenen Pläne.

Die nächsten Tage verliefen ohne einen einzigen Zwischenfall. Lonas Fieber verschwand nicht ganz, aber sie fühlte sich wesentlich wohler, die Wärme breitete sich wohltuend in dem vergitterten Raum aus, der zwar viel zu klein war und sie zwang, auf dem Boden zu schlafen, aber was machte das schon, wenn es warm war und sie zu essen und zu trinken hatten. Die Zeiten, in denen sie saftiges Büffelfleisch gegessen hatten, würden ohnehin nicht zurückkommen. Vielleicht war das Leben im Reservat gar nicht so schlimm, wie manche sagten? Und vielleicht würden sie dort die Krieger wiedertreffen?

Für Waynoka begann etwas, was sich im Rückblick wie ein magischer Traum anfühlte. Eine Zeit, in der sie so viel Glück und Zufriedenheit wie nach einer erfolgreichen Büffeljagd verspürte. *Hesevavo*, das Gefühl war noch viel besser. So wie ihr Schutzgeist prophezeit hatte. Ein Sonnenstrahl, der ihre Seele berührte und neues Licht in ihr Leben brachte. Jeden Abend ließ der Lieutenant sie aus dem vergitterten Raum holen. Keine der Frauen lachte, keine machte sich lustig über sie oder beschimpfte sie gar, denn alle wussten, dass die gute Behandlung, die sie genossen, ihr zu verdanken war.

Sie trafen sich in einem leeren Krankenzimmer, der Lieutenant und sie. Benjamin nannte sie ihn inzwischen. Es war keine dieser Abmachungen, wie sie manche Offiziere mit ihren »Squaws« hatten. Sie trafen sich nicht, um miteinander zu schlafen. Er bezahlte sie nicht und nutzte sie nicht aus. Im Gegenteil, er behandelte sie, wie ein weißer Gentleman eine Lady behandeln würde. Sie sprachen viel miteinander. Er erzählte ihr, dass seine Eltern aus Irland nach Amerika eingewandert waren und er aus Boston kam. Irland war ein Land jenseits des Großen Wassers im Osten, lernte sie, und Boston eine große Stadt an der Ostküste. Noch vor dem Krieg, den die Weißen im Norden gegen die Weißen im Süden führten, war er nach Westen gegangen und hatte seiner Schwester in der Missionsschule geholfen. Weil er ahnte, dass es zu einem großen Krieg zwischen Weißen und Indianern im Westen kommen würde, hatte er sich bei der Militärakademie in West Point beworben und sich der Kavallerie in den westlichen Territorien angeschlossen. »Dieses Land ist groß genug für uns alle«, sagte er, »auch dafür wollte ich mich einsetzen.«

Ihr erster Kuss löste etwas ganz Besonderes in ihr aus. Die *tsis tsis tas* drückten ihre Zuneigung auf andere Weise aus, und sie musste sich erst daran gewöhnen. Doch schon beim ersten Mal, als sie seine warmen Lippen auf den ihren gespürt hatte, war ihr klargeworden, dass sie diesen Mann liebte. Sie spürte eine Zuneigung, die ihren ganzen Körper auszufüllen schien und ihren Herzschlag beschleunigte, sobald sie ihn sah. »*Enitoeme*«, sagte sie zu ihm, ein Wort, das höchste Ehrerbietung ausdrückte. »Ich liebe dich«, erwiderte er und meinte das Gleiche. Sie waren füreinander bestimmt und würden zusammenbleiben, so groß die Hindernisse, die sich ihnen boten, auch sein würden.

Sie würde nicht ins Reservat gehen. In ihren Träumen sah sie, wie sie mit Benjamin mit der Eisenbahn nach

Osten fuhr, in der Kleidung einer Weißen, aber ohne ihre Vergangenheit zu leugnen und ihr Volk zu verraten. Denn mit ihrem Blut würde auch das Erbe der *tsis tsis tas* in ihr und den nachfolgenden Generationen weiterleben. Das spürte sie, als sie daran dachte, dass in ihrem Leib neues Leben heranwuchs. *Ei-e-yah*, alles würde gut werden!

18

Noch vor dem Frühstück ging Ashley zur Rezeption. Suzy Red Horse hatte bereits Dienst und empfing sie mit einem gekünstelten Lächeln. »Ja, bitte?«

Sie zeigte ihr den Zettel mit der Warnung und sagte: »Guten Morgen. Haben Sie eine Ahnung, wer mir das hier vor die Tür gelegt haben könnte?«

Suzy betrachtete den Zettel und errötete leicht. »Nein.«

»Hat jemand nach mir gefragt?«

»Nicht, dass ich wüsste. Sicher ein Dumme-Jungen-Streich.«

»Und warum ausgerechnet vor meiner Tür?«

»Sicher nur Zufall. Sie wollten halt jemand ärgern.«

»Was denn für Jungen?« Ashley steckte den Zettel weg. »Haben Sie mit irgendjemand darüber gesprochen, dass ich nach meiner Vorfahrin suche?«

»Nein ... warum auch?«

»Okay, das wollte ich nur wissen.«

Ashley ging in den Frühstücksraum, der direkt an die Lobby anschloss, und holte sich einen Becher Kakao am Automaten. Das Zeug war zuckersüß und schmeckte genauso schlecht wie der Toast und die Donuts am Büffet.

Sie überlegte gerade, ob sie den halben Kakao in den Müll gießen sollte, als Julian den Frühstücksraum betrat. Er hatte sie gleich ausgemacht und kam direkt auf sie zu. Er war in Zivil, trug Jeans, Stiefel und einen blauen Anorak.

»Julian! Was machst du denn hier?«

»Ashley!« Er küsste sie auf die Stirn und setzte sich ihr gegenüber. »Ich wollte dich eigentlich anrufen, dachte mir aber, es wäre besser, dich zu überraschen. Es sei denn, du hast mich schon aus deinem Gedächtnis gestrichen.«

»Sei nicht albern! Ich freue mich, Julian. So sieht der Morgen doch gleich ganz anders aus.« Fragend blickte sie in sein nachdenkliches Gesicht. »Dein Vater?«

Er nickte ernst. »Er war nicht gerade begeistert von meiner Entscheidung, die Army zu verlassen, das kannst du dir ja denken. Wenn er ein reicher Mann wäre, hätte er mich sofort enterbt! Über meinen Einsatz hab ich ihm gar nichts mehr erzählt, sonst wäre wahrscheinlich sonst was passiert. Zum Glück konnte sich Mom durchsetzen. Sie hat ihm gesagt, dass ich eine ganz liebe Freundin gefunden hätte und einige Tage mit ihr verbringen würde. Und wenn ich zurückkäme, könnten wir über alles entspannt und in Ruhe reden.«

»Das hat sie gesagt? Liebe Freundin?«

»War das zu persönlich?«, fragte er ängstlich.

»Nein … aber ich hab hier zu tun.«

»Und ich kann dir vielleicht dabei helfen. Natürlich nur, wenn es dir nichts ausmacht. Ich bin schon öfter in der Gegend gewesen. Aber ich wäre dir nicht böse, wenn du lieber allein bleiben würdest. Wir kennen uns kaum …«

»Wir kennen uns schon ganz gut«, unterbrach sie ihn. »Wir haben einander mehr gebeichtet als manche Leute ihren Ehepartnern.« Sie lächelte. »Natürlich freue ich mich, wenn du bleibst. Solange du keine Uniform trägst.«

»Das käme im Reservat nicht gut an.«

»In Zivil siehst du sowieso besser aus.«

Julian reservierte ein Zimmer, und Ashley holte ihren Anorak, dann fuhren sie los. Es hatte leicht zu schneien begonnen, und das Land machte einen trostlosen Eindruck. Immer wieder fegte der böige Wind über die Interstate und machte besonders den Trucks zu schaffen, die dabei kräftig ins Schlingern gerieten. Am Straßenrand hielt ein Streifenwagen mit flackernden Warnlichtern und warnte die Fahrer vor einer abschüssigen und glatten Steigung.

Unterwegs berichtete Ashley von der Warnung und der seltsamen Reaktion der Indianerin im Hotel. »Als hätte sie was zu verbergen. Immerhin hat sie mir verraten, wo ich etwas über meine mögliche Vorfahrin erfahren könnte.«

Der Highway 212 ins Reservat führte durch einen Teil der Crow Reservation, eines wesentlich größeren Stammes, der im 19. Jahrhundert von den Lakota und Cheyenne nach Westen abgedrängt worden und jahrzehntelang mit ihnen verfeindet gewesen war. Die Crow hatten mit den Weißen paktiert, und einige ihrer Krieger hatten General Custer zum Little Bighorn geführt. Die Straße führte am Schlachtfeld vorbei, das inzwischen dem National Park Service unterstand und zu den bekanntesten Touristenattraktionen in Montana gehörte.

»Entering Northern Cheyenne Indian Reservation« stand auf dem grünen Schild, das den Beginn des Reservats markierte. Das Land war hier wesentlich zerklüfteter und bewaldeter als westlich von Hardin, und in dem leichten Schneetreiben waren dunkle Felsen zu erkennen. Von Busby, einem winzigen Dorf am Highway, sahen sie nur einige Fertighäuser und aufgebockte Wohnwagen. Im Schnee vor einem der Trailer verrottete ein rostiges Autowrack.

»Die Regierung hat ihnen damals das schlechteste Land gegeben«, sagte Julian, der anscheinend auch lange nicht im Reservat gewesen war. »Und ausgerechnet dort sollten die Büffeljäger zu erfolgreichen Farmern werden.«

»Eine andere Methode, um sie langsam auszurotten.«

»Und es geht ihnen immer noch schlecht.«

»Das Casino bringt wohl etwas Geld«, sagte Ashley, »aber leben kann der Stamm davon auch nicht. Die meisten Bewohner leben von der Sozialhilfe. Meine Mutter wäre beinahe Politikerin geworden, um Abhilfe zu schaffen, aber das haben schon ganz andere versucht. Wenn man daran denkt, wie lange es gedauert hat, den Schauplatz des Sand-Creek-Massakers zur Historic Site zu erklären oder eine Skulptur für die gefallenen Indianer am Little Bighorn zu errichten. Als Professorin für Indianerkunde hatte meine Mutter ständig mit solchen Problemen zu tun, da habe ich einiges mitbekommen.«

Lame Deer, die Hauptstadt der Northern Cheyenne Reservation, machte nicht viel her. Eine Hauptstraße, die Cheyenne Avenue, einige Querstraßen, zwei oder drei

Kirchen, Supermarkt, Tankstelle, Bank, Post, zwei Schulen, nur wenige Lokale und im Norden das Charging Horse Casino. Inzwischen hatte fast jedes Reservat ein Spielcasino, die einzige Einnahmequelle, die sich einigermaßen lohnte, falls man nicht über wichtige Bodenschätze verfügte.

Zwischen den meist schäbigen Häusern an der Cheyenne Avenue ragte das Little Wolf Capitol Building wie ein Schloss empor. Sie betraten es durch den Eingang unter dem steilen Giebeldach und wandten sich an die junge Dame am Empfang. Sie war gerade damit beschäftigt, ihre Fingernägel zu lackieren.

»Wir würden gern jemanden sprechen, der sich mit der Geschichte der Cheyenne auskennt, jemanden vom Stammesrat vielleicht?«, sagte Ashley. »Ich komme von der University of Colorado und würde gern etwas über eine Frau wissen, die in Sand Creek dabei war. Eine persönliche Angelegenheit, Miss.«

Die Rezeptionistin hatte scheinbar gelangweilt zugehört, gab aber bereitwillig Auskunft: »Da gehen Sie am besten zu Maxine beim THPO. Maxine Longbear, erster Stock, dritte Tür links. Maxine ist ein wandelndes Lexikon.«

Sie bedankten sich und stiegen in den ersten Stock hinauf. An der dritten Tür links hing ein Schild mit der Aufschrift »THPO – Tribal Historic Preservation Office«. Sie klopften und betraten das Vorzimmer, wiederholten ihr Anliegen und meisterten nach einer kurzen Wartezeit auch diese Hürde.

Maxine Longbear, die Präsidentin des THPO, war eine übergewichtige Frau in den Vierzigern, hatte ihre Haare elegant frisiert und trug ein freundliches Lächeln zur Schau. Ihre türkisfarbene Bluse ließ sie noch fröhlicher aussehen. Sie bot ihnen die Besucherstühle an. »Was kann ich für Sie tun?«

Ashley schilderte ihr Anliegen, diesmal sehr ausführlich, und reichte ihr beide Fotos, das mit den fünf Frauen und den Ausschnitt mit Waynoka. »Ich würde gern wissen, was aus Waynoka geworden ist. Können Sie mir helfen?«

Maxine blickte erstaunt auf die Fotos. »Woher haben Sie die?«

»Aus dem Nachlass meiner Mutter. Sie war Professorin für Native Studies an der University of Colorado und muss sie in einem Archiv gefunden haben. Sie wusste wohl, dass wir indianische Vorfahren haben, und recherchierte viel. Auch von den Lakota fand sie unveröffentlichte Fotos in einem Archiv.«

»Die Aufnahmen habe ich noch nie gesehen.«

»Meine Mutter war gut in ihrem Job. Leider ist sie vor einem halben Jahr bei einem Unfall gestorben, sonst könnte ich Ihnen vielleicht mehr erzählen.«

Maxine betrachtete die Fotos sehr lange, hielt sie unter ihre Schreibtischlampe, um besser sehen zu können, und studierte die Fotos auch auf dem Smartphone, das Ashley nach einer Weile aus ihrer Umhängetasche zog.

»Bessere Abzüge habe ich leider nicht«, entschuldigte sich Ashley.

Maxine reichte ihr die Fotos zurück und deutete auf eine der Cheyenne-Frauen auf der größeren Aufnahme. »Das ist Elena Red Horse«, sagte sie.

»Elena Red Horse? Ist sie mit Suzy in Hardin verwandt?«

»Suzy im Roadway Inn«, bestätigte Maxine.

»Elena scheint jeder hier zu kennen.«

»Sie war auch eine bemerkenswerte Frau. Wir haben sogar einen der Sonderpreise, die wir beim Pow Wow verleihen, nach ihr benannt. Sie gehörte zu den wenigen Frauen, die den Soldaten am Sand Creek entkommen konnten. Allein das verdient schon Anerkennung. Die anderen Frauen auf dem Foto kenne ich nicht. Ich nehme an, sie wurden mit Elena von den Soldaten festgenommen und ins Gefängnis gesperrt. Wahrscheinlich wurden sie erschossen, aber das ist nicht sicher. Wie Sie vielleicht wissen, geben wir unsere Geschichte gern mündlich weiter, und ich kann mich nicht erinnern, jemals etwas Genaueres über sie gehört zu haben. Ihre Namen kannte niemand, den ich gefragt habe. Aber es ist natürlich möglich, dass Waynoka eine dieser Frauen war.«

»Gibt es jemanden, der mehr über sie wissen könnte?«

»Mary Little Bird vielleicht. Sie ist Lehrerin an der Elementary School. Sie unterrichtet wahrscheinlich gerade, aber gegen Mittag dürfte sie Zeit haben.«

»Diese Elena … warum ist sie so bekannt?«

»Sie ist eine Heldin«, antwortete Maxine. »Sie war bei den Cheyenne, die mit Little Wolf aus dem Reservat in Oklahoma in ihre Heimat nach Montana flohen. Little

Wolf, unser berühmtester Häuptling, nach dem auch dieses Kapitol benannt ist. Elena war bei den wenigen Cheyenne, die es bis in ihre einstige Heimat schafften und sie hat sich während der zahlreichen Kämpfe mit den Soldaten auch als tapfere Kriegerin hervorgetan. Eines Tages verschwand sie spurlos, und man erzählt sich noch heute, dass sie an der Seite eines unbekannten Kriegers über die weiten Ebenen ritt und im Nebel der Geschichte untertauchte. In Büchern habe ich nichts über sie gelesen, aber in Lame Deer hält man noch heute große Stücke auf sie, besonders ihre Nachfahren, die Red Horses.«

Ashley und Julian bedankten sich bei Maxine und verließen ihr Büro. Auf der Treppe begegneten sie einem jungen Indianer, der ihnen beinahe feindselig nachstarrte, und als sie sich ihrem Wagen näherten, erkannte Ashley schon von Weitem, dass jemand ihre Reifen mit einem Messer bearbeitet hatte.

»Na, toll!«, sagte sie. »Da hat es jemand auf uns abgesehen.«

»Weil wir Weiße sind?«

»Oder weil wir in irgendwas herumstochern, das ihnen nicht passt«, erwiderte Ashley. »Was machen wir jetzt? Gibt es in Lame Deer eine Werkstatt?«

Julian deutete über die Straße. »Da drüben, bei der Tankstelle.«

Sie überquerten die Cheyenne Avenue und sahen zwei junge Männer vor einem der Läden neben der Tankstelle stehen. Beide waren Indianer, einer um die sechzehn, der andere vielleicht zwei Jahre älter. Beide trugen Jeans und

Anorak und hatten lange schwarze Haare. Der Jüngere hatte sie zu einem Pferdeschwanz, der andere zu Zöpfen gebunden. Beide grinsten schadenfroh.

»Was gibt's da zu grinsen?«, fragte Julian vorwurfsvoll.

»Sieht so aus, als wären Sie hier nicht erwünscht«, antwortete der Ältere.

Der Tankstellenpächter, ein kräftiger Mann mit kurzen Stoppelhaaren, schien auf sie gewartet zu haben. Er trug ein Namensschild mit der Aufschrift »Charly Red Horse«. »Kummer?«, fragte er scheinheilig.

Julian wollte schon aufbrausen, aber Ashley hielt ihn mit einer Handbewegung zurück. »Wir bräuchten vier neue Reifen für meinen Chevy da drüben.« Sie deutete aus dem Fenster. »Jemand hat meine Reifen zerstochen. Sie haben nicht zufällig gesehen, wer sich an meinem Wagen zu schaffen gemacht hat?«

»Keine Ahnung, hier war einiges los.«

Ashley glaubte ihm kein Wort. »Haben Sie Reifen vorrätig?«

»Für den Chevy? Ich glaub schon.«

»Und was würden die kosten? Mit Montage?«

Er nannte einen unverschämten Preis. Sein Lächeln deutete an, wie großen Spaß es ihm machte, sie auf diese Weise herauszufordern. Was hatten diese Red Horses nur gegen sie? Aber so leicht würde sie ihn nicht davonkommen lassen. Wenn sie sich ungerecht behandelt fühlte, reagierte sie grimmig.

»Ziehen Sie ein Drittel ab, dann sind wir im Geschäft.«

»Kann ich nicht.«

»Können Sie«, verbesserte sie ihn. »Wenn nicht, gehe ich zur Polizei und zeige Sie wegen Wuchers an. Und wenn das nichts nützt, gehe ich zu den Medien und sage ihnen, was für ein Preistreiber Sie sind.«

»Na, schön. Weil Sie's sind. Aber dann verschwinden Sie.«

Sie ging nicht auf ihn ein und drückte ihm den Autoschlüssel in die Hand. »Wir sind in ungefähr einer Stunde zurück, dann sind die Reifen dran, okay?«

Sie verließen den unfreundlichen Mann und gingen zu Fuß zur Elementary School, die nur ein paar Blocks entfernt lag. Das Schneetreiben hatte wieder nachgelassen und auch der Wind wehte zumindest in Lame Deer nicht so stark. Zu Fuß waren nur wenige Leute unterwegs, aber auf der Straße waren etliche Pick-ups und Rez Cars zu sehen. So nannte man die schrottreifen und teilweise von Klebebändern zusammengehaltenen Autos mancher Indianer.

»Wow, dem hast du's aber gegeben«, sagte Julian. »Wenn ich's mir überlege, hättest du meine Hilfe bei dem Stalker gar nicht gebraucht. Den hättest du auch allein geschafft, so wie du mit dem Kerl eben fertiggeworden bist.«

»Ich war wütend, das hilft.«

In der Schule brauchten sie einige Zeit, bis sie sich nach Mary Little Bird durchgefragt hatten. Die Lehrerin, eine sicher ältere, aber sehr jugendlich gebliebene Dame, saß über einigen Arbeiten im Lehrerzimmer. »Maxine hat mir schon gesagt, dass Sie kommen«, begrüßte sie Ashley und Julian. In ihren Haaren, schwarz wie das Gefieder eines Raben, steckte ein kostbarer Kamm.

»Sie suchen nach der Frau, die auf dem Ausschnitt zu sehen ist?«, fragte die Lehrerin, während auch sie die Fotos studierte. »Ich kenne nur Elena, die Frau neben ihr. Die anderen wurden wahrscheinlich erschossen. ›Auf der Flucht‹, wie es immer so schön heißt.« Sie schüttelte den Kopf. »Ich kenne mich wirklich aus in unserer Geschichte, aber diese Fotos habe ich nie gesehen, und von einer Waynoka habe ich nie gehört. Uns genügt, dass Elena eine Heldin war und als Kriegerfrau zahlreiche Coups schlug. Tut mir leid, aber als Weiße sollten Sie nicht versuchen, unsere Geschichte umzuschreiben.«

»Ich habe vielleicht indianisches Blut in den Adern und wäre sicher stolz darauf«, konterte Ashley. »Ich versuche nur herauszubekommen, ob ich mit Waynoka verwandt bin. Ich habe kein Interesse, die Geschichte zu ändern.«

»Ich kann Ihnen leider nicht helfen, Miss.«

»Und wer könnte mir helfen?«

»Wahrscheinlich keiner«, antwortete Mary Little Bird.

Sie bedankten sich und kehrten nach draußen zurück. Ashley wirkte niedergeschlagen, so wenig Bereitschaft, ihr bei ihrer Suche zu helfen, hatte sie nicht erwartet. In welches Wespennest hatte sie gestochen, um eine solche miese Behandlung zu verdienen? Warum wollte man sie aus der Stadt haben?

»Und jetzt?«, fragte Julian.

»Fahren wir nach Hardin und suchen uns ein Restaurant, das diesen Namen auch verdient. Ich brauche dringend was in den Magen.« Obwohl ihr nicht danach zumute war, lachte sie. »Morgen versuchen wir es noch mal.«

»Wen willst du denn noch fragen?«

»Die Red Horses.«

»Die Nachfahren dieser Elena?«

Ashley nickte. »Die wissen mehr, als sie zugeben wollen, sonst hätten sie nicht versucht, uns loszuwerden. Ich bin sicher, Suzy Red Horse hat mir den Zettel mit der Warnung vor die Tür gelegt. Sie war doch die Einzige, die wusste, warum ich gekommen war. Mit ihr sprechen wir zuerst. Sie weiß etwas.«

»Das ist aber alles sehr vage … und gefährlich.«

Sie lachte wieder. »Die Furchtlosen Zwei, oder etwa nicht?«

»Die Furchtlosen Zwei«, wiederholte er. »Weißt du was?«

»Jetzt kommt was.«

»Du bist noch toller, als ich dachte.«

Sie gingen zur Tankstelle zurück und sahen Ashleys Wagen mit neuen Reifen vor der Werkstatt stehen. Die Reifen waren sicher nicht ganz neu, aber sauber montiert, und sie hatten ohnehin keine andere Wahl. Ashley bezahlte schweren Herzens mit ihrer Kreditkarte und ließ sich den Autoschlüssel geben.

»Sagen Sie den Kids, die das verbrochen haben, dass wir uns nicht alles gefallen lassen. Hab ich Ihnen schon gesagt, was mein Freund von Beruf ist?«

»Was?«, fragte er mürrisch.

»Das sag ich Ihnen besser nicht«, erwiderte sie grinsend, »sonst bekommen Sie noch Angst, aber noch mal lassen wir Ihnen so was nicht durchgehen.«

Sie stiegen in ihren Chevy und fuhren nach Hardin zurück.

19

Suzy Red Horse wirkte nervös, als Ashley am nächsten Morgen an der Rezeption erschien. Anscheinend hatte die Indianerin mit ihren Verwandten gesprochen und von der Reifenstecherei erfahren. Ashley wunderte sich selbst, wie forsch und scheinbar furchtlos sie den Mann an der Tankstelle angegangen war. Wenn sie sich ungerecht behandelt fühlte, konnte sie nicht anders.

»Guten Morgen«, begrüßte Suzy sie, »wie kann ich Ihnen helfen?«

Ihr falsches Lächeln reizte Ashley, doch sie verschluckte eine patzige Antwort und sagte stattdessen: »Guten Morgen, Suzy. Warum haben Sie vorgestern Abend den Zettel vor meine Tür gelegt? Warum wollen Sie mich loswerden?«

»Ich? Wie kommen Sie denn darauf?«

»Sie oder einer Ihrer Verwandten. Die Red Horses haben es anscheinend darauf abgesehen, uns aus der Gegend zu vertreiben. Ein Charly Red Horse wollte uns mit einem Wucherpreis abschrecken, und ich gehe jede Wette ein, dass auch die Reifenstecher mit Ihnen verwandt sind. Was soll das, Suzy?«

»Ich weiß nicht, wovon Sie reden.«

»Das wissen Sie ganz genau«, blieb Ashley hartnäckig. »Warum wollen Sie uns loswerden? Was haben wir Ihnen getan? Bin ich irgendjemand auf die Füße getreten? Warum sind Sie so versessen darauf, mir eins auszuwischen?«

Suzy fing sich allmählich wieder. »Das bilden Sie sich ein. Ich kenne Sie doch gar nicht. Warum sollte ich Ihnen eine Warnung vor die Tür legen?«

»Dann war's einer von Ihren Leuten. Ich will mit ihnen sprechen.«

»Das würde ich Ihnen nicht raten. Gary ...«

»Gary?«

»Gary Red Horse, unser Ältester. Ich glaube nicht, dass er Sie anhören wird, aber wenn Sie unbedingt wollen ... seine Adresse ist kein Geheimnis. Er wohnt nördlich vom Highway, am Sweet Medicine Drive bei der Apotheke.«

»Sagen Sie ihm, dass wir kommen, wenn Sie mit ihm telefonieren.«

Sie fühlte sich ertappt und lief rot an. »Aber ...«

»Ich will Ihrer Familie nichts Böses, Suzy. Bis später.«

Sie frühstückten im Hotel, ersetzten den Kaffee durch Orangensaft und den Toast durch Biscuits mit Marmelade und fuhren damit auch nicht besser.

»Hast du eine Ahnung, was die Red Horses gegen dich haben?«

»Ich muss in ein Wespennest gestochen haben.«

»Es muss mit deiner Vorfahrin zu tun haben.«

»Oder mit dieser Elena.« Sie trank von ihrem Orangensaft und verzog das Gesicht. »Die Red Horses haben anscheinend große Angst, dass wir die Wahrheit über Waynoka oder Elena herausfinden. Ein Familiengeheimnis oder so was. Ich will doch nur wissen, ob ich mit Waynoka verwandt bin.«

Nach dem Frühstück holten sie sich eine heiße Schokolade und einen Kaffee bei McDonald's und fuhren ins Reservat. Julian hatte den Stadtplan von Lame Deer auf seinem Smartphone aufgerufen und fand den Sweet Medicine Drive auf Anhieb. Ashley wusste, wie empfindlich Indianer waren, wenn man sich in ihre inneren Angelegenheiten mischte, und verstand, wenn sie Weißen gegenüber misstrauisch waren, konnte sich aber nicht vorstellen, inwieweit sie ihre Frage verletzt haben könnte. Oder steckte etwas ganz anderes dahinter? Seit dem vergangenen Abend machte ihr diese Frage zu schaffen.

Das Haus der Red Horses war eines dieser vorfabrizierten Häuser, die in jedem Reservat zu finden waren. Im Schnee vor dem Haus stand ein älteres und angerostetes Snowmobil, das nicht erkennen ließ, ob es noch benutzt wurde, und auch die Kinderschaukel sah nicht gerade vertrauenerweckend aus. Ein windschiefer Briefkasten stand am Straßenrand vor dem Eingang.

Sie hatten noch nicht geklopft, als die Tür aufging und eine ältere Frau in Rock und Bluse aus dem Haus trat. Um ihre Schultern hatte sie einen breiten Schal gewickelt. Ihre grauen Haare reichten ihr bis zum Kinn. »Sie sind hier nicht erwünscht!«, sagte sie. »Wir wollen nichts mit Ihnen zu tun haben.«

Ashley war auf einen solchen Empfang vorbereitet und wusste von ihrer Mutter, wie man in einem solchen Fall reagieren musste. »Mrs. Red Horse? Ich bin Ashley, und das ist mein Freund Julian. Man hat mir gesagt, dass die Cheyenne sehr gastfreundlich sind und einen Fremden hereinbitten und ihn sein Anliegen vorbringen lassen, auch wenn er anderer Meinung sein sollte.«

Ein älterer Indianer in einem Jogginganzug hatte wohl alles mit angehört und erschien hinter ihr in der offenen Tür. »Ich bin Gary Red Horse. Kommen Sie rein und sagen Sie, was Sie sagen wollen. Aber ich bin nicht mehr so geduldig wie meine Vorfahren. Sagen Sie es und gehen Sie wieder, okay?«

»In Ordnung«, antwortete Ashley und betrat mit Julian das Haus.

In dem großen Wohnzimmer herrschte Chaos. Auf dem blanken Holzboden spielten ein kleiner Junge und ein Mädchen mit lädierten Actionfiguren und Barbiepuppen, auf dem Tisch wickelte eine Frau ihr schreiendes Baby, eine ältere Frau saß am Tisch und starrte auf den Fernseher, in dem eine uralte Folge von »General Hospital« lief, und auf der Couch legte eine Frau getrocknete Wäsche zusammen. Es gab einen Tisch mit mehreren Stühlen, die betagte Couch und zwei Sessel, einen großen Wandschrank und den Fernseher. Über der Couch hingen mehrere Fotos von bekannten Cheyenne-Indianern. Ashley erkannte Dull Knife und Little Wolf, die Häuptlinge, die 1878 aus dem Reservat in Oklahoma geflohen waren – angeblich mit Elena.

Gary Red Horse ließ sich durch den Trubel nicht stören und setzte sich mit Ashley und Julian an den Tisch. Die Frau mit dem gewickelten Baby verzog sich zur

Couch und ermahnte die Kinder mit den Figuren, leiser zu sein. »Sagen Sie, was Sie sagen wollen, Miss Ashley Morrison«, forderte er sie auf.

»Sie kennen meinen Namen? Sie haben mit Suzy gesprochen?«

»Warum sind Sie zurückgekommen? Haben wir Ihnen nicht deutlich zu verstehen gegeben, dass Sie unerwünscht in Lame Deer sind? Warum beschäftigen Sie sich mit Dingen, die nur unser Volk etwas angehen?«

»Weil ich vielleicht eine Vergangenheit mit den Cheyenne habe«, antwortete sie. »Meine Mutter war Professorin für indianische Geschichte und im Besitz dieses Fotos.« Sie zeigte ihm die Fotos auf ihrem Smartphone. Er kannte sie und blickte kaum hin. »Meine Mutter ist tot und hat mir hinterlassen, dass ich mit Waynoka verwandt sein könnte. Ich würde gern herausfinden, ob es stimmt. Was haben Sie dagegen, dass ich mich hier umhöre?«

Gary Red Horse ließ sich nicht beirren. »Waynoka und drei der anderen Frauen, die auf dem Foto zu sehen sind, haben unserem Volk keine Ehre gebracht. In der Gefangenschaft haben sie sich weißen Männern hingegeben.«

»Darüber gibt es keine Aufzeichnungen.«

»So etwas steht nicht in Büchern oder Dokumenten. Das wissen wir von Elena, der einzigen Frau, die sich gegen die *Vehos* gewehrt hat und aus dem Gefängnis fliehen konnte. Die anderen Frauen waren zu feige, um mit ihr zu gehen. Sie gaben sich den Soldaten hin und verloren ihre Unschuld, das höchste Gut, das eine Cheyenne-Frau besitzt. Und dann hat man sie erschossen.«

»Woher wollen Sie das wissen?«

»Auch darüber hat Elena berichtet.«

Ashley war verwirrt. Natürlich war es möglich, dass Waynoka vergewaltigt worden war, aber hatte sie ein mögliches Kind überhaupt gebären können, wenn die Worte von Gary Red Horse stimmten und man sie erschossen hatte? Und wohin hatte man ihr Kind gebracht, wenn sie es tatsächlich zur Welt gebracht hatte? In ein Heim im Osten? Hatte man es zur Adoption freigegeben? War Waynoka mit dem Baby geflohen und hatte es in einem Versteck großgezogen? Sie konnte sich keinen Reim auf die Worte des Indianers machen.

»Und was hat das mit mir zu tun?«, fragte sie.

»Elena war eine tapfere Kriegerfrau, die von unserem Volk als Heldin verehrt wird. Wir dulden nicht, dass eine Weiße nach Lame Deer kommt und ihren Ruf beschmutzt. Wie können Sie nach Waynoka oder einer der anderen Frauen auf dem Foto fragen, wenn Elena die Einzige ist, deren Namen man noch laut aussprechen sollte? Waynoka und die anderen haben unser Volk verraten. Sie waren unbedeutend. Sie waren nichts. Bisher waren alle vier Frauen namenlos, und ausgerechnet eine Weiße hat einer dieser Verräterinnen wieder einen Namen gegeben. Nur Elena hat es verdient, noch einen Namen zu tragen. Also gehen Sie endlich und lassen Sie die Vergangenheit ruhen!«

»Warum ist Waynoka eine Verräterin?«, erwiderte sie. »Sie gehörte zu den Cheyenne, die am Sand Creek überfallen wurden. Selbst wenn man sie vergewaltigt hat …

was kann sie dafür? Was können die anderen Frauen dafür?«

»Sie haben Elena im Stich gelassen …«

»Hat Elena das erzählt?«

»Unsere Geschichte wird mündlich weitergegeben, und wir vertrauen den Worten, die uns aus der Vergangenheit erreichen. Als Elena aus dem Reservat floh, haben einige andere Frauen sie verraten und den Soldaten sogar gesagt, in welche Richtung sie geflohen war. Anders kann es nicht gewesen sein, denn nur sie wussten, was Elena vorhatte. Sie haben Elena verraten!«

»Aber das ist doch eine reine Vermutung!«

»So wird es seit vielen Wintern berichtet.«

»Und Elena ist eine Kriegerfrau ohne Fehl und Tadel?«

Seine Stimme nahm einen feierlichen Klang an. »Der gute Ruf der Red Horses und die Vorteile, die uns die Stammesregierung gewährt, gehen auf ihr mutiges Verhalten zurück. Sie begründete unser Ansehen in Lame Deer.«

»Was für Vorteile? Die Ehre, einen Pokal zu verleihen?«

»Das Auto, die Lebensmittel, die Süßigkeiten für die Kinder. Wir haben Elena viel zu verdanken und lassen nicht zu, dass Sie versuchen, ihre Verräterinnen ins rechte Licht zu rücken. Das sind wir ihrem Andenken schuldig.«

»Und deshalb lassen Sie die Reifen meines Wagens zerstechen?«

»Gehen Sie!«, forderte Gary Red Horse sie auf.

Ashley sah ein, dass jedes weitere Wort umsonst gewesen wäre, und verließ das Haus. Julian, der gar nichts gesagt, aber aufmerksam zugehört hatte, folgte ihr. Erst jetzt wurden sie auf den neuen Kombi neben dem Haus aufmerksam. Auf den Türen war das Logo der Stammesregierung zu sehen.

»Jetzt wird mir alles klar«, sagte Julian. »Sie haben Privilegien, weil diese Elena wie eine Heilige im Reservat verehrt wird. Der Kombi ist ein ausrangierter Wagen der Stammesregierung, den haben sie wahrscheinlich umsonst bekommen. Und das wird nicht der einzige Vorteil sein, den sie durch Elena haben. Kein Wunder, dass sie Angst haben, du könntest sie von ihrem Sockel herunterholen und herausfinden, dass sie vielleicht gar nicht besonders war.«

Das hatte sich Ashley auch schon gedacht. »Aber ob ich mit Waynoka verwandt bin, weiß ich immer noch nicht. Hier wird es uns keiner verraten.«

»Dann war's das?«

Ashley antwortete nicht und lenkte ihren Chevy zur Hauptstraße zurück. In Gedanken versunken bog sie auf den Highway nach Hardin. Schneeflocken wirbelten in der eisigen Luft, die Straße war mit einer leichten Schneeschicht bedeckt und stellenweise sehr glatt, besonders im Schatten einiger Felsen. Die Lichtkegel ihrer Scheinwerfer brachten den Schnee zum Glitzern. Die Scheibenwischer knarrten laut über die vereisten Scheiben und nervten gewaltig.

Als sie sich einigen Felsen näherten, die wie stumme Wächter neben dem Highway auftauchten, fiel ihr ein dunkler Schatten auf, der sich inmitten der wirbelnden Flocken bewegte. Obwohl sie nicht mal die genauen Umrisse des Schattens erkennen konnte, glaubte sie zu wissen, wen sie vor sich hatte. Sie fuhr an den Straßenrand und hielt auf dem Seitenstreifen vor den Felsen.

»Ist was mit dem Wagen?«, fragte Julian besorgt.

»Ich bin gleich wieder zurück«, sagte sie und griff nach ihrem Anorak.

»Ist dir nicht gut?«

»Warte hier. Ich erkläre dir später alles.«

»Ashley? Was hast du vor?«

Sie schlüpfte in ihren Anorak und lief zwischen die Felsen. Die Flocken wirbelten ihr ins Gesicht. Über einen schmalen Pfad, der in dem Schneetreiben kaum zu sehen war, stieg sie nach oben. Dort bildeten die Felsen ein Plateau, das ihr in luftiger Höhe über dem Highway wie ein Berggipfel vorkam.

Ihr Schutzgeist hatte auf sie gewartet. Die Kälte und der Schnee machten einem Geistwesen wie ihm nichts aus. »Ich wusste, dass du kommen würdest«, sagte er. »Niemand soll sehen, wie du mit mir sprichst.«

»Man hat mich wie eine Feindin behandelt«, klagte sie. »Als wäre ich eine gemeine *Veho*, die den Ruf einer Kriegerfrau zerstören will. Sie wollen mir nicht glauben, dass ich nur wissen will, ob ich mit Waynoka verwandt bin.«

»Du kämpfst gegen eine Legende an.«

»Das ist nicht wahr.«

»Aber die Red Horses glauben, dass es so ist. Du hast gesehen, wie groß ihr Ansehen und ihr Einfluss sind. Halte dich von ihnen fern, Schwester!«

»Ich soll nach Hause fahren? Ohne herausbekommen zu haben, ob ich Vorfahren bei den Cheyenne habe? Das kannst du nicht von mir verlangen.«

»Du hast mit den falschen Leuten gesprochen.«

»Ich weiß. Sie haben mich aus dem Reservat gejagt.«

»Geh zu den richtigen Leuten, dort wirst du die Wahrheit erfahren.«

»Und wo finde ich die?«

Ashley glaubte, den Wolf lächeln zu sehen. Er beeindruckte sie noch immer durch sein stattliches Aussehen und die verhaltene Aggressivität in seinem Blick und seinen Bewegungen, aber sie hatte keine Angst mehr vor ihm.

»Vertraue Maheo, er wird dir helfen.«

»Eine weiße Frau soll Maheo vertrauen?«

»Wenn du mit Waynoka verwandt bist, fließt auch indianisches Blut in deinen Adern, dann hast du seine Hilfe verdient. Er weiß selbst in ausweglosen Situationen einen Rat, so wie der Gott der Weißen auch.« Sein Lächeln schien sich zu verstärken. »Manchmal glaube ich, der Gott der Weißen und Maheo sind ein und derselbe, aber selbst ich höre nur seine Stimme und kann es nicht beweisen. Wenn man ihn sehen könnte, hätte er wohl jeden Tag ein anderes Gesicht. Mal sähe er wie ein Cheyenne und mal wie ein Weißer aus.«

»Ein schöner Gedanke. Ein Gott, der wie alle Menschen aussieht.«

»Und unsere vierbeinigen und gefiederten Freunde, vergiss das nicht. Wie die Bäume am Wegesrand und die Blumen auf den Wiesen. Sie alle haben eine Seele und sind Teil eines Ganzen, das sich täglich selbst erneuert. Das Leben ist ein Kreis, sagen die Cheyenne, es gibt keinen Anfang und kein Ende.«

»Du bist klug«, sagte Ashley.

»Klug ist nur Maheo oder wie immer du ihn nennen willst. Das Große Geheimnis, das über unserem Leben liegt. Du kannst es nicht sehen, aber du spürst es, wenn du über eine blumenübersäte Wiese läufst oder die würzige Luft nach einem Regen atmest. Wenn du am Ufer eines weiten Meeres stehst und dem Rauschen der Wellen lauschst oder auf einem einsamen Berggipfel die Stille genießt. Wenn du dich in der Sonne wärmst oder hier oben im eisigen Schneetreiben frierst. Das Große Geheimnis braucht keine Kathedrale.«

»Deine Worte hören sich gut an.«

»Geh nach Lame Deer zurück! Hab keine Angst!«

Sie kehrte zu ihrem Wagen zurück. Der Motor lief, die Scheibenwischer knarrten, die Scheinwerfer blendeten sie. Julian blickte sie verwundert an, als sie ihren Anorak auszog und sich hinters Steuer setzte.

»Was ist los mit dir?«, wunderte er sich.

»Alles okay.« Sie wendete und fuhr nach Osten zurück.

»Wo willst du denn hin?«

»Zurück nach Lame Deer. Wir versuchen es noch mal.«

Julian blickte sie verständnislos an. »Aber da waren wir doch gerade. Du glaubst doch nicht, dass es dort noch irgendjemanden gibt, der mit dir spricht. Du hast doch selbst erlebt, was die Red Horses für einen Einfluss haben.«

»Es muss jemanden geben.«

»Und woher willst du das wissen?«

»Ich hab so ein Gefühl.«

Er grinste. »Weibliche Intuition?«

»Wer weiß?«

Eigentlich hatte sie vorgehabt, ihm von ihrem Schutzgeist zu erzählen, aber die Angst, von ihm ausgelacht zu werden, war zu groß. Welche weiße Frau hatte schon einen Schutzgeist? Selbst viele Indianer glaubten nicht mehr daran. »Ich habe mit einem Wolf gesprochen«, klang auch recht sonderbar.

Vor ihnen tauchte Lame Deer auf. Im Schneetreiben sah die Stadt noch unbedeutender aus. Einem Impuls folgend, lenkte sie den Wagen nach Süden.

20

Ashley hatte keine Ahnung, wohin sie fuhr. Sie spürte nur, dass etwas auf sie zukommen würde. Ob eine Weissagung ihres Schutzgeistes oder weibliche Intuition für dieses Gefühl verantwortlich war, konnte sie nicht sagen. Sie wusste nicht, was ihr Schutzgeist mit seinen Worten gemeint hatte. Oder war es nur der Wunsch, nicht tatenlos nach Denver zurückfahren zu müssen?

Als sie an der Elementary School vorbeikamen, sah sie Mary Little Bird mit einigen Schülern aus dem Gebäude kommen. Sie fuhr an den Straßenrand und stieg aus. Die Lehrerin war offensichtlich überrascht, sie noch in der Stadt zu sehen, und blickte sie verwundert an. »Sie sind noch in Lame Deer?«

»Ich bin wieder hier. Wer kann mir etwas über Waynoka sagen?«

»Ich habe Ihnen doch gesagt …«

»Ich weiß, was Sie mir gesagt haben, Mary Little Bird«, schnitt Ashley ihr das Wort ab. »Sie wollten mir auch weismachen, dass Elena eine Heilige ist.«

»Sie war eine respektable Kriegerfrau.«

»Es muss doch jemand in Lame Deer geben, der Waynoka kennt? Ein heiliger Mann, ein Geschichtenerzähler, der von ihr gehört hat? Ich glaube nicht, dass die Frauen, die bei Elena waren, alle erschossen wurden, und Sie glauben es auch nicht, nicht wahr? Sagen Sie mir, mit wem ich sprechen kann.«

Ashley hatte den richtigen Nerv getroffen. »Tahkeome«, nannte die Lehrerin einen Namen. »Nach der Highschool geradeaus und dann rechts. Die Schotterstraße in den Wald. Sein Blockhaus liegt an einem schmalen Fluss.«

»Vielen Dank«, sagte Ashley. Sie stieg in ihren Wagen, wartete geduldig, bis die Lehrerin mit ihren Kindern die Straße überquert hatte, und fuhr weiter.

»Was hast du denn mit der gemacht?«, wunderte sich Julian.

»Sie hat erkannt, dass ich ihr nichts Böses will.«

»Einfach so?«

»Vielleicht hat mein Schutzgeist nachgeholfen.«

»Wie bitte?«

Ashley war über ihre eigenen Worte erschrocken. »Ach, nichts«, sagte sie schnell. »Mach mal das Navi an und suche nach der Highschool in Lame Deer. Der Mann, den sie mir genannt hat, wohnt in dem Wäldchen dahinter.«

Die Highschool lag ein paar Meilen südlich der Stadt. Sie war in wenigen Minuten dort und bog nach rechts in die schmale Seitenstraße, die in dem inzwischen dichten Schneetreiben kaum zu sehen war. Sie war nur bis zum Ende der Sportplätze hinter der Schule geräumt, dahinter überwog der Schnee.

Ihr Chevy tat sich schwer und schaffte es mühsam bis zum Waldrand. Unter den Bäumen, wo der Schnee nicht so hoch lag, kamen sie besser vorwärts. Der Himmel verfärbte sich bereits und kündigte den Abend an, in den Bäumen hatte sich Nebel verfangen und gaukelte ihnen ein verwunschenes Reich vor, wie man es sonst nur in Fantasy- und Märchenfilmen zu sehen bekam.

Die Blockhütte hätte sie beinahe übersehen. Nur weil hinter den Fenstern ein Licht flackerte, entdeckte sie das Haus auf der Lichtung. Sie mussten den Chevy auf der Straße stehen lassen und die letzten Schritte zu Fuß gehen.

Das Haus war nicht besonders groß. Es erinnerte sie an die Trapperhütten, die man von den Bildern aus Kanada und Alaska kannte, eher unscheinbare, aber sehr stabile, aus Baumstämmen gebaute Unterkünfte mit Kamin, die man im hohen Norden manchmal tagelang nicht verlassen konnte. Vor der Hütte parkte ein dunkler Pick-up, der schon wesentlich bessere Zeiten gesehen hatte.

Ein Mann trat vor die Tür und bat sie herein. Er schien aus der Vergangenheit zu kommen, war wie ein Krieger aus dem 19. Jahrhundert in Leggings und Lederhemd gekleidet und trug seine langen weißen Haare zu Zöpfen geflochten. Sein von Wind und Wetter gegerbtes Gesicht erinnerte Ashley an Porträts von Häuptlingen wie Dull Knife und Two Moons. Sein Lederhemd war mit blauen und weißen Perlenstickereien und Muscheln verziert.

»Ich bin Tahkeome«, stellte er sich vor, »ich habe euch schon erwartet.«

»Ich bin Ashley, das ist mein Freund Julian«, erwiderte sie.

»Ich weiß.« Er lächelte amüsiert. »Der Mocassin Telegraph in unserem Reservat ist schneller als das Internet.« Wie alle Indianer, die etwas auf Tradition hielten, kam er nicht gleich zur Sache. »Setzt euch. Ich habe heißen Tee.«

Sie setzten sich an den Tisch und sahen sich in dem Wohnraum um. Zu ihrer Überraschung gab es elektrischen Strom in der Hütte, einen Fernseher, wenn auch älteren Datums, und eine Stehlampe. Das übrige Licht kam von dem flackernden Feuer im Kamin. Auf dem Kaminsims standen zahlreiche gerahmte Fotos, anscheinend von Verwandten. Es gab einen Schrank, ein Regal mit erstaunlich vielen Büchern, meist Sachbücher über indianische Themen, und eine Küchenecke mit Kühlschrank und Gasherd. Der Schlafraum war durch einen bodenlangen Vorhang von der übrigen Hütte getrennt.

Tahkeome brachte den Tee, der angenehm nach Kräutern duftete, und setzte sich ebenfalls an den Tisch. Mit einer bewundernswerten Ruhe stopfte er seine Pfeife und blies den Rauch nach oben und unten und in alle vier Himmelsrichtungen, eine Referenz an die historischen Zeiten, als man einem Besucher noch die heilige Pfeife anbot. Der Rauch löste sich im Lichtschein auf.

»Wir freuen uns, dich kennenzulernen, Großvater.« Auch die respektvolle Anrede für ältere Indianer kannte sie von ihrer Mutter. »Obwohl ich mir keiner Schuld bewusst bin, wollte bisher niemand unsere Fragen beantworten.«

Tahkeome paffte zwei Züge und blies den Rauch aus. Er wartete, bis sich die Kringel verflüchtigt hatten, und erwiderte: »Ich weiß. Aber du bist keine dieser Weißen, die sich damit rühmen würden, eine ›Wilde‹ als Vorfahrin zu haben und sich damit wichtigtun.« Er betonte »Wilde« abfällig. »Wie oft habe ich schon Weiße gehört, die glaubten, von Tatanka Yotanka oder Tashunka Witko abzustammen.« Die indianischen Namen von Sitting Bull und Crazy Horse. »Und du gehörst auch nicht zu den Weißen, die zu unseren Pow Wows kommen und uns mit einem Menschenzoo verwechseln und ohne zu fragen in der Gegend herumfotografieren. Du bist anders, und hätten die Red Horses nicht so großen Einfluss, wärst du auch freundlicher in Lame Deer empfangen worden.« Er rauchte nachdenklich. »Bist du aus freien Stücken ins Reservat gekommen?«

Einen Mann wie Tahkeome durfte sie nicht belügen, auch wenn sie sich denken konnte, wie Julian auf ihre Worte reagieren würde. »Ich bin einem Wolf begegnet. Er hat mir gesagt, dass ich in Lame Deer eine Antwort finden würde.« Sie wagte nicht, Julian anzublicken. »Ich bin ihm mehrmals begegnet, das letzte Mal heute Morgen, als er mir empfohlen hat, umzukehren.«

»Dein Schutzgeist.« Auch das hatte Tahkeome anscheinend schon gewusst. »Vor allem Krieger hatten einen Schutzgeist, der sie in den Kampf und durch ihr Leben begleitete. Heute leben nur noch wenige *tsis tsis tas* wie zu den Zeiten, als noch Millionen Büffel über die Hügel der weiten Ebenen stürmten. Dass ein Geist-Tier wie der Wolf einer weißen Frau erschienen ist, beeindruckt mich, aber es wundert mich nicht. Du folgst deiner Mutter. Ich habe sie nie getroffen, aber ich kannte ihre Arbeiten.« Er deutete auf das Bücherregal hinter sich. »Ich habe alle ihre Aufsätze gelesen und weiß, dass sie uns immer mit großem Respekt begegnet und für unsere Belange eingetreten ist.«

»Sie war eine großartige Frau«, sagte Ashley.

»Ich habe für sie und ihren Mann gebetet«, erwiderte er.

Sie nippte an dem heißen Kräutertee, er schmeckte nach Salbei. »Warum behandeln mich Gary Red Horse und seine Verwandten wie eine Feindin? Ich hatte vorher nie von ihnen gehört und habe ihnen nichts getan. Sie werfen mir vor, dass ich den Ruf von Elena beschmutze. Wie kann ich ihren Ruf beschmutzen, wenn ich ihren Namen vor einigen Tagen noch gar nicht kannte?«

»Sie haben Angst, dass du die Wahrheit über Elena herausbekommst. Ich weiß schon seit einigen Jahren, was damals wirklich geschehen ist, aber was hätte es für einen Sinn ergeben, den Menschen die Wahrheit zu erzählen? Manchmal sind Legenden besser als die Wahrheit, deshalb solltest auch du sie für dich behalten. Die Erinnerung an Elena stimmt die Menschen im Reservat glücklich und stärkt ihre Hoffnung auf eine bessere Zukunft. Gibt es etwas Besseres als eine Frau der Cheyenne, die ein blutiges Massaker überlebte? Die mit Little Wolf, einem unserer angesehensten Häuptlinge, aus dem Reservat in die alte Heimat floh und als Kriegerfrau gegen die *Vehos* kämpfte? Die unserem mutigen Anführer als treue Weggefährtin zur Seite stand?«

»Und das alles ist eine Lüge?« Ashley konnte es kaum glauben. »Elena war gar nicht so tapfer, wie die Legende behauptet? Und die Red Horses wissen, was wirklich passiert ist, und hatten Angst, dass ich es herausbekomme?«

»Ich weiß nicht, ob sie die ganze Wahrheit kennen, aber du hast recht. Sie haben Angst, dass jemand die Geschichte, wie wir sie kennen, umschreiben will. Sie haben Elena viele Privilegien zu verdanken. Sie werden ihretwegen bevorzugt, auch vom Stammesrat. Diese Vorteile würden sie alle verlieren.«

»Was ist damals wirklich passiert? Woher kennst du die Wahrheit?«

»Eine der fünf Frauen, die auf dem Foto zu sehen sind, war Lona, die Frau eines Hundekriegers. Der Krieger hieß Avonaco und war einer meiner Vorfahren. Ihm verdanke ich mein Wissen über diese Frauen. Seine Worte wurden von einer Generation an die nächste weitergegeben, bis sie mich erreichten. Es war eine der Wahrheiten, die wir mit keinem anderen geteilt haben.«

»Was ist damals wirklich passiert, Großvater?«

Tahkeome nahm die Pfeife aus dem Mund und blickte in die Flammen des Kaminfeuers. »Wie du weißt, gehörten Waynoka, Elena und Lona zu den Frauen, die das Massaker am Sand Creek überlebten. Sie hatten mehr Glück als die vielen anderen Frauen und Kinder, die dort an einem eisigen Wintermorgen starben. Ich bin sicher, du warst an diesem heiligen Ort und hast die Trauer gespürt, die heute noch über dem Flussufer liegt. Ich habe Sand Creek schon einige Male besucht, um für die Seelen der unschuldigen Menschen zu beten, die dort auf grausame Weise sterben mussten. Ich respektiere Krieger, die sich mit anderen Kriegern messen, aber ich verachte Feiglinge, die gegen wehrlose Frauen, Kinder und Greise in den Krieg ziehen.« Er unterstrich seine Abneigung mit einer wütenden Geste und einem Wort in seiner Sprache.

Ashley hörte gespannt zu und lächelte zufrieden, als Julian nach ihrer Hand griff und sie liebevoll drückte. Auch er war anscheinend von dem alten Cheyenne-Indianer beeindruckt und zeigte ehrliches Interesse, als er fortfuhr.

»Nach einem Tabu, das die Cheyenne zu der damaligen Zeit noch beachteten, das heute aber keine Gültigkeit mehr hat, dürfte ich die Namen der Toten gar nicht nennen, aber anders würdest du mich nicht verstehen, und ich weiß, dass dein Schutzgeist will, dass du die Wahrheit erfährst. Elena, Lona und zwei andere Frauen folgten dem Flussbett des Sand Creek nach Norden und wurden von Soldaten aufgegriffen. Waynoka floh mit einem Mädchen, das unterwegs an seinen Verletzungen starb, und fiel denselben Soldaten in die Hände. Sie brachten ihre Gefangenen nach Fort Lyon und sperrten sie ein.«

»In ein Gefängnis?«

»In einen Pferch für Rinder und Pferde.«

»Wie Vieh?«

Tahkeome nickte schwer. Obwohl er schon seit Langem wissen musste, was damals passiert war, traten Tränen in seine Augen. »Über Nacht blieben die Frauen in dem Pferch, ohne Winterkleidung, nur mit ein paar Wolldecken und Büffelfellen, die wenig Schutz vor der Kälte boten. Eine der Frauen erfror, eine andere wurde von den Soldaten erschossen, als sie fliehen wollte.«

»Und Elena?«

»Elena und Lona landeten im Reservat der Southern Cheyenne in Oklahoma. Das trockenste und unfruchtbarste Land, das man sich vorstellen konnte. Lona traf ihren Hundekrieger wieder und berichtete ihm, was mit den Frauen im Fort passiert war. Kurze Zeit darauf starb sie an einer Krankheit des weißen Mannes. Elena floh in den Alkohol. Sie gab sich den Soldaten hin und ließ sie mit Feuerwasser bezahlen, bis sie so verzweifelt war, dass sie sich eine Kugel in den Kopf jagte. Das ist wirklich mit Elena passiert. Sie war keine Kriegerfrau. Und sie war schon tot, als Little Wolf aus dem Reservat floh.«

»Du hast recht, die Legende hört sich besser an«, sagte Ashley.

»Und jetzt ist es zu spät für die Wahrheit.«

»Waynoka … was war mit Waynoka? Bin ich mit ihr verwandt?«

»Das ist gut möglich«, räumte Tahkeome ein, »denn als die Soldaten die gefangenen Frauen in den Pferch sperrten, setzte sich ein gewisser Lieutenant Benjamin Carlton für sie ein. Ohne ihn wären sie wohl alle gestorben. Er sorgte dafür, dass sie warme Büffelfelle und ausreichend zu essen bekamen.«

»Ein weißer Offizier?«, wunderte sich Ashley.

»Benjamin Carlton war ein guter Mensch, den es nicht kümmerte, ob jemand weiß, schwarz oder braun war.« Er legte eine Pause ein, klopfte seine Pfeife am Kamin aus und legte sie beiseite. »Und dann geschah etwas Seltsames. Waynoka und der Offizier verliebten sich ineinander. Sie waren nicht die Einzigen damals, selbst General Custer soll eine indianische Freundin gehabt haben. Solange die Weißen diese Frauen wie leichte Mädchen betrachteten, wurde so etwas geduldet. Aber der Lieutenant meinte es ernst und wollte Waynoka heiraten. Er hatte Glück. Die Presse im Osten bekam Wind von der Affäre und setzte sich für die beiden ein. An der Ostküste stand man der Indianerpolitik sehr kritisch gegenüber und nannte Sand Creek ein Massaker, als die Leute im Westen es noch als Schlacht bezeichneten. Dem Colonel blieb nichts anderes übrig, als die Heirat zu genehmigen, aber Lieutenant Carlton wurde gezwungen, die Armee zu verlassen. Angeblich zogen sie nach Osten.«

»Und niemand weiß, was aus ihnen wurde?«

Tahkeome schüttelte den Kopf. »Ihnen blieb damals wohl nichts anderes übrig, als ihre Spuren zu verwischen. Nur so konnten sie ein einigermaßen normales Leben führen. Ich weiß, dass sie schwanger war, als sie mit ihm das Fort verließ. Was aus dem Kind wurde, weiß ich nicht. Aber wenn deine Mutter auf Waynoka gestoßen ist, hast du sicher Cheyenne-Blut in den Adern. Dein Schutzgeist wusste das, deshalb hat er dich nach Norden geschickt.«

Ashley brauchte einige Minuten, um diese Nachrichten zu verarbeiten. Sie blickte Julian an und sah sein Lächeln. Ein Mann, der keine Vorurteile kannte und sie auch geliebt hätte, wenn ausschließlich Indianerblut in ihren Adern fließen würde. Der beste Beweis dafür, dass

Waynoka und sie zumindest eines gemeinsam hatten: einen Mann, der sie liebte und bedingungslos zu ihnen hielt.

»Ich bin dir sehr dankbar, Großvater«, sagte sie.

»Was wirst du jetzt tun?«

Sie lächelte schwach. »Ich werde den Red Horses ihre Legende lassen und nach Hause zurückkehren. Ich werde versuchen, in die Fußstapfen meiner Mutter zu treten und das Andenken des Volkes, zu dem auch ich ein wenig gehöre, in meinen Gedanken und meiner Arbeit zu wahren.« Sie strahlte Julian. »Und ich werde darauf warten, dass Julian mein Tipi in Denver betritt.«

»Und ich werde alles daransetzen, dass es nicht mehr lange dauert«, fügte Julian hinzu. »Sobald ich die Armee verlassen und die schlimmen Gedanken an den Krieg verdrängt habe. Ich will dich nicht mit meinen Sorgen belasten.«

»Ich werde dir helfen, mein Sohn.«

Er blickte den alten Indianer fragend an.

»Wenn sich ein Krieger der Cheyenne von einer schweren seelischen Last befreien wollte, ging er in eine Schwitzhütte und folgte den Anweisungen eines heiligen Mannes. Mit dem Körper reinigte er auch seine Seele. Komm zu mir und befreie dich von allen Sorgen. Ich warte auf dich. Hab keine Angst!«

»Ich danke dir, Großvater.« Auch er benutzte das Respektwort.

Nachdem sie gegangen waren, fuhren sie schweigend durch Lame Deer. Zu bedeutsam war das, was sie von

Tahkeome erfahren hatten. Erst auf dem Highway, bei dem Felsen, auf dem sie den Wolf getroffen hatte, hielten sie an und traten in das Schneetreiben hinaus. Sie genossen die Abkühlung und sahen lächelnd zu, wie die Schneeflocken auf der Haut des anderen schmolzen.

»Ein guter Tag«, sagte Julian.

»Ich liebe dich auch«, sagte Ashley.

Dann fuhren sie weiter, und erst, als sie in den Seitenspiegel blickte, sah sie einen Wolf, der über die Straße lief und zwischen den Felsen verschwand. Obwohl sie es nicht sehen konnte, hatte sie den Eindruck, dass er lächelte.

Christopher Ross
Die Nacht der Wale

256 Seiten
Hardcover
ISBN 978-3-7641-7100-1

ebook **Auch als E-Book erhältlich!**

LChoice
Hier bestellen

Der Ruf der Freiheit

Vancouver, 1932: Als die 17-jährige Caroline dem weißen Wal zum ersten Mal begegnet, ahnt sie nicht, wie sehr sich ihr Leben bald verändern wird. Sie flieht vor ihrem aufdringlichen Verehrer und ihrer tyrannischen Mutter und folgt dem Ruf des Wales auf die sagenumwobenen Queen Charlotte Islands. Auf den nebelverhangenen Inseln vor der Westküste Kanadas kommt sie einem dunklen Geheimnis auf die Spur, das ihr den Weg in eine neue Zukunft weist. Und sie lernt das Glück der wahren Liebe kennen …

Ein romantisches Abenteuer voll Spannung und Poesie in der atemberaubenden Landschaft Kanadas.

www.ueberreuter.de
Folgt uns bei Facebook & Instagram